蒼蘭訣 上

妳要和本座待在一起，自是我去哪兒，妳去哪兒。
我下地獄，妳怎能在人間獨活？

九鷺非香

蒼蘭訣 上

目錄

楔子

「本座乃不死之身，三界雖大，宇宙無盡，而從未有誰能與吾相爭。」黑影靜靜臥躺於熔岩之上，他玩似地抓起一把炙熱的鮮紅岩漿。「憑妳，一介女流，也想斬本座於劍下？」

凜凜殺氣緊附在閃著寒芒的長劍上，執劍女子立於半空，脣角弧度微揚，比魔尊更加肆意張狂，「東方青蒼，你可是不敢應戰？」

「哈哈哈哈，不敢？」東方青蒼仰天長笑，炙熱的岩漿在他掌心猛地灼燒起來，烈焰在空中凝為熾紅的長劍，激蕩開來的灼熱氣息使女子衣袍一震。

「赤地女子，天界那幫廢物封妳為天地戰神，敢與本座如此叫囂，想來是自恃有幾分本事。」東方青蒼瞇眼輕笑，他站起身來，銀白色長髮長及腳踝。一步踏出，火山在他腳下仿似畏懼地震顫搖晃。

「正巧，今日無趣。」東方青蒼說著，抬起手腕，烈焰長劍將他半邊臉遮住，更顯丹鳳眼中魔氣張揚。「便讓本座，來試妳一試。」

「魔尊。」赤地女子手中寒劍起勢。「輕敵，乃是兵家大忌。」

東方青蒼咧嘴一笑，「弱者方有大忌。」他血色的眼中寒光微閃，比人類尖利許多的虎牙印上了烈焰的火光，極盡猖狂。「本座從無忌諱。」

上古魔尊與赤地女子一戰，使天地失色、晝夜顛倒，星辰時間仿似也受其干擾。就在那一戰，橫行三界的魔尊敗在了赤地女子的劍下。

自此赤地女子天地戰神的威名遠揚，而東方青蒼在那一戰之後重傷難癒，最後終被諸天神佛齊力斬殺。魔界之人在那之後也被盡數趕入九幽不毛地，自此一蹶不振。

「東方青蒼死了嗎？」

「魔尊是不死之身，不入輪迴、魂魄不消不散。待得機會合適，他還會再回來。」

種在盆子裡的蘭花草晃了晃葉子。「那他什麼時候再回來啊？主子……我怕死……」

「不會讓他再回來的。」司命提筆寫命格。「我、天帝，還有現在的戰神陌溪，包括南天門前看門的小哥、昨天幫我給妳澆水的小仙女都不會讓他回來的。所以妳放寬心，不會死的啊，乖。」

當時聽司命輕描淡寫地講完這段上古舊事的時候，小蘭花無論如何也想不到，有一天她竟然會看見魔尊復活，重返三界。更想不到她會與這個上古大魔頭面對面地打招呼、乾瞪眼。

最讓她砸爛腦袋也想不到的是——

有一天，她竟然用上了這個不老不死、魔力無邊、作惡多端的大魔頭的……身體……

蒼蘭訣

第一章

小蘭花的內心幾乎是崩潰的。

小蘭花坐在牢裡，看著牢外的女子盤膝而坐，閉目凝神，靜得連呼吸的聲音都聽不到。

這都多少天了，小蘭花支著下巴，表示很憂慮。外面那傢伙……到底有沒有好好在喘氣啊，要是他就這樣悄無聲息地憋死了去，那她得多虧！

畢竟，那具身體才是她正經八百的身體啊！

而現在她用的這個……

小蘭花抓了抓自己垂到腰間的銀髮，又拿自己的大手第一百次摸了摸自己平坦的胸膛，然後嘆息一聲：「好硬。」

男人磁性的低音吐出這兩個音節，在昊天塔裡迴響了好幾圈才慢慢消匿。

但這兩個音節卻打破了維持已久的寂靜。牢籠外的女人終於緩緩地呼出了一口氣，閉著眼睛道：「小花妖，妳膽敢再對本座的身體上下其手，便休怪本座也對妳的身體不客氣。」

「斤斤計較，我就摸摸你胸怎麼了，你一個大男人還怕摸嗎？」小蘭花頓了頓，倏爾羞紅了整張臉。「哎唷喂……大魔頭，你以為我摸哪兒了？齷齪！你真齷齪！」

女子睜開一對杏眼，帶著幾許與面容不相符的妖異，譏諷一笑。「一個女子能說出此等話來，也不見得妳純潔到哪裡去。」

小蘭花哼了一聲，換了話題：「你不是上古魔尊嗎？傳說中你偷雞摸狗那麼厲害……」東方青蒼眉梢一挑，小蘭花情不自禁地嚥了口唾沫，「你、你那麼厲害，倒是給想個出去的辦法呀！」

東方青蒼又閉上了眼，「想出去，妳就別給我添亂。」

小蘭花眼一瞪，怒了，「現在被關在籠子裡的是我啊！我怎麼給你添亂？要說添亂，你才是給別人人生添亂的高高高手吧！」

如果不是他，自己怎麼會被關進昊天塔裡！又怎麼會從一個嬌滴滴的「蘭花大閨女」變成野性真糙漢……雖然這大魔頭的身體看起來細皮嫩肉的，身材挺好，髮質挺好，五官也挺好，手指挺修長……

小蘭花甩了甩腦袋，「要不是你這個倒楣妖怪，我也不會落到如此境地！」

「倒楣？」東方青蒼瞇起眼。「如此稱呼本座，妳膽量著實不小。」

對面那雙眼睛明明是她的眼睛，但小蘭花愣是被東方青蒼這個眼神兒嚇得膽寒胃痛，甚至有點兒腎虛……

但小蘭花眼前豎著的幾根柵欄幫她壯了膽，她鼓著腮幫子，冷哼一聲：「有本事，你打我呀！」

聽得這句話，東方青蒼倏爾咧嘴一笑，然後一把抓起自己披在身後的頭髮，在小蘭花反應過來之前，指間氣息一動。但見那及腰長髮唰的一下，被盡數截斷。

小蘭花整個人都僵硬了。

頭……頭髮，她的頭髮……

東方青蒼將她的斷髮拿在手裡把玩了一下，「腦子不聰明，毛長得倒挺好。」言罷，將一手長髮隨意一扔，柔亮的黑色髮絲像孔雀的尾巴一樣漂亮地鋪了一地。

東方青蒼扯了扯已變成齊耳短的黑髮，蹺起二郎腿，嘴角的笑放肆又惡劣，「怎麼，妳忘了？妳現在可是在我手裡。」

惡魔！喪心病狂的惡魔！

小蘭花幾乎要跪下去了，她對著自己鋪了一地的斷髮心疼地看了好一會兒，才想起要向凶手報仇！她一抬頭，惡狠狠地盯住東方青蒼，大喝一聲：「我跟你沒完！」

小蘭花抬手往自己身後一抓，拉住那一頭銀色長髮，學著東方青蒼的姿勢，手指間氣息一動……

然後她就更想哭了。

不知是她不會調用氣息，還是東方青蒼這個身體裡根本沒有氣息，她完全使不出法術來啊……

東方青蒼像是料定了這個結果一樣，嘴角的弧度更張揚了幾分，「想截斷本座的頭髮，妳還得修煉個萬把年。」

小蘭花咬了咬牙，「我偏不信！」她說著，用手指捲起兩三根髮絲，狠狠一拉，逕直將頭髮連根拔出，疼得她渾身一哆嗦，看得東方青蒼身形一僵，笑容微收。

小蘭花忍著痛，學著他的模樣，也陰險狠毒地咧嘴一笑，「今日姑娘我就讓你禿頂。」

東方青蒼沉了臉色，「給我住手。」

話音落地，小蘭花又接連拔了四、五根下來。

東方青蒼眯起了眼睛，「妳再膽敢如此放肆，我便卸了妳的胳膊。」

小蘭花聞言怒極，「你敢卸我胳膊我就割你的脖子！」

「若再多言，本座便斷了妳舌頭！」

「你要敢斷！我就給你揮刀自宮！」

狠話放到如此境地，兩人都沉默下來，盯著對方好半晌。最後小蘭花盯得眼睛發痠，才垂下眼睛眨巴了兩下，然後便看見了自己一地的斷髮。

她心裡難過委屈得不行，就地一坐，將膝蓋一抱，紅著眼睛開始啪答啪答地掉眼淚。

沒了。

她再也不能編漂亮的辮子，不能紮美麗的頭花了。拜這個大魔頭所賜，她下半輩子就只能在這個牢房裡度過了，什麼都沒了……

東方青蒼在柵欄外面看著裡面的自己抱著膝蓋蜷成一團，用沙啞磁性的嗓音發出咿咿嗚嗚的哭聲，真是要多傷心有多傷心。

他看得很心塞。

「不許哭。」他生硬地要求。

小蘭花傷心極了，聽到他這句話，嗚嗚地哭得更加用力。

東方青蒼覺得用自己喉嚨發出的哭聲像鬼爪子一樣撓進他的腦袋裡，比當年赤地女子扎進他渾身經絡裡的玄冰針更讓人難以忍受。

「起來！」

小蘭花抬起了頭，一臉鼻涕眼淚地看著他，「你把我頭髮還給我！」

「妳先起來！」

「先把頭髮還給我！」

「好！」東方青蒼手腕一轉，地上的斷髮盡數飛起，一根一根精準無誤地接了回去。不過片刻時間，如瀑長髮落下，完好如初。「起來！」

小蘭花呆呆地望著自己重新接好的頭髮，驚訝得都忘了該記東方青蒼的仇了，「我身體……什麼時候會這種法術的？」

東方青蒼嫌棄地瞥了小蘭花一眼，「把妳這張臉給本座收拾乾淨。」

頭髮已經接好，小蘭花倒也不再傷心了，專心地拿袖子去擦臉上的鼻涕眼淚。

東方青蒼坐了回去，望著她道：「使本座屈於威脅，妳倒是古今第一人。」

「讓我哭出了男人的聲音，你也是古今第一人。」小蘭花擦乾淨臉，氣呼呼地轉頭看他。「我一刻鐘都不想和你待在一起了！說！你到底有沒有出塔的方法！」

「當然有。」

「什麼辦法？」

「炸了此塔。」

東方青蒼說得如此輕描淡寫，活像他說的是要去拍死一隻蚊子一樣簡單。

小蘭花聞言愣了愣，然後悽悽慘慘地垂下腦袋，可憐巴巴地嘀咕：「完了，我這輩子是再也見不到主子了。」

無怪小蘭花會如此想，昊天塔乃上古神物，要炸了它談何容易？更遑論他們現在身體互換，小蘭花是半點也探不到東方青蒼身體裡的力量，即便探到了，她也不知道魔界的力量要怎麼使用。

而東方青蒼……

小蘭花就只能呵呵一笑了。她那身體有幾斤幾兩她是清楚得很，就算東方青蒼能將她的頭髮全部接上，那也改變不了她身體裡只有幾百年微末仙力的事實。那些力量拍死幾個小妖小怪是沒什麼問題，至於炸昊天塔這活兒，等她再修個十來萬年，或許也是可以試試的。

小蘭花鼻頭有點酸澀，回想當初遇到東方青蒼的那一刻，她覺得自己這一生，算是賠給了那瞬間的好奇心了。

「你怎麼就那麼笨呢，你既然搶了我的身體，就該用我的身體好好待在外面啊。」小蘭花淒然道：「然後和我裡應外合，逃出去的可能也比現在大呀。」

東方青蒼譏諷一笑，「天界之人不是從來自詡清高嗎，妳卻為了自己逃生，不惜想與本座『裡應外合』？就不怕本座出去危害蒼生，使生靈塗炭？」他瞥著小蘭花的坐姿。「氣節呢？」

小蘭花嘟了嘟嘴，「我把這些事情都考慮完了，那還要那些天兵天將還有天帝仙君們做什麼？我主子說過，搶人飯碗猶如殺人老母，不能幹。」

東方沉默片刻，摸著下巴道：「小花妖，隨我入魔吧，妳倒有幾分資質。」

「不要，主子會拿我去餵豬的。」頓了頓，小蘭花傷感地嘆了口氣。「被困在這裡面，主子想拿我去餵豬都不行了……當初你要是在外面，好歹還能找到一些魔界的壞蛋來幫襯幫襯，現在你在這塔裡面，咱們孤男寡女，孤苦無依的，再也沒法出去了……」

「誰告訴妳這裡面沒人幫襯？」東方青蒼平靜地看著小蘭花。

小蘭花愣了愣，「不然呢，這裡還有誰？」她上下左右地找了一圈。

昊天塔內的階梯貼牆而上，中間中空，從下方一抬眼能看到塔頂中懸的寶珠，塔內景象一覽無遺。若還有其他人在，那肯定是一眼就能瞧見的。

東方青蒼笑笑，不過隨意勾了勾唇角，也讓人感覺放肆。自己的身體裡住進了別的人，原來真的會在舉手投足間勾勒出不同的感覺啊。

小蘭花正在感慨著，忽聽東方青蒼呢喃了一句，「差不多也是時候了。」小蘭花還在愣神，便見他忽然邁腿往樓梯上走去。

「你去哪兒啊？」小蘭花盯著他。「別亂跑啊，塔裡面禁咒很多的……你用的是我的身體啊，喂！」

任由小蘭花的聲音越來越大，東方青蒼也沒有回頭瞥一眼。

「哎！東方……」還沒等小蘭花將他名字喚完，邁上階梯的東方青蒼腦袋忽然不見了。

小蘭花嚇得倒抽一口冷氣。只見東方的腳還在接著往上走，消失的地方從脖子到了腰，然後到了腿，最後整個人都消失不見了！

小蘭花不敢置信地揉了揉眼睛，然後仔細去看，這才發現東方消失的地方正巧是第一層和第二層的交界處。

難道這座塔裡別有洞天？若真如此，那這裡關的可能就不只她和東方青蒼了。

在小蘭花的記憶裡，她一次也沒聽自己的主子提過有關昊天塔開啟，封印妖魔的事件，直到這次，她親自體驗了一回。所以，如果說這塔裡面還封印有別的妖魔，那定是在很久之前就被關在這裡了的。而被關在這裡的妖怪，想想也不會弱小到哪裡去。

昊天塔統共九層，搞不好，被關的人物還不只一、兩個。如果東方青蒼能管用點，把那些妖怪都放出來，那炸了這座塔也不是不可能的事情嘛……

小蘭花搓了搓手，感覺有點兒小激動。

至於炸了這座塔放出那些妖魔鬼怪之後，天下蒼生該怎麼辦……

小蘭花還是認為，自己不能搶了天帝的飯碗。

她滿懷期冀地盼著東方青蒼領著一大堆妖魔鬼怪威風凜凜地走下來，但等了好久，也沒見東方青蒼出現。

他好像是真的消失在了這座塔裡一樣，音信全無。

小蘭花很擔心自己的身體再也回不來了。

在一日勝過一日的憂愁中，小蘭花的精神有些繃不住了。她開始迷迷糊糊地作一些夢，一會兒夢到主子溫柔地給她澆水，一會兒夢到東方青蒼拔禿了她的腦袋，還夢到那日……

那日仙魔大戰，小蘭花倉皇逃到下界，無意間撞上了剛復活便被打成重傷墜落下界的東方青蒼。他抓住她，毫不客氣地拿森白的牙齒咬在了她脖子上。小蘭花分明感覺到，隨著血液流出她身體的，還有她的魂魄。

在昏迷之前，她隱隱約約聽見東方青蒼用她的身體對追殺而來的天兵天將說：

「我甘願入昊天塔中看守此妖魔，無愧千年修行成仙之德。」

她想罵他，無愧你祖宗，我統共還沒活到一千年呢……

等她醒來，她就和大魔頭一個牢裡一個牢外地坐著了。

這是現實裡的事，但在小蘭花的夢裡，她和大魔頭一起被關進了牢裡。他們的身體沒有交換，大魔頭每天抓著她的肚兜帶子對她獰笑，「妳從是不從？妳若不從，我就一撮一撮地拔光妳的頭髮！」

她哭得嗓子都啞了，大魔頭也無動於衷。最後她無可奈何，只好從了大魔頭，但在她脫衣服的時候，主子卻忽然拿著鐮刀出現了，黑著臉說肥水不流外人田，寧肯把她割了餵豬，也不能讓她被大魔頭吃乾抹淨。

小蘭花嚇得臉色慘白，驚惶之間，只聽一聲冷喝。

「起來。」

小蘭花一個激靈，帶著一頭冷汗爬起來。牢外的女子正冷冷地看著她。

「大……」小蘭花一句話剛開了個頭，忽然察覺到另一道目光。她偏頭一看，在東方青蒼身後，還跟著一個黑髮赤衣的男子。

救兵！

小蘭花腦海裡劃過閃亮亮的兩個字。大魔頭果然找到救兵了！

她仔細地打量了一眼對方，然後就有點兒笑不出來了。就算再沒見識，這人眉心的火焰印記她還是認得的。

墮仙。

被關在昊天塔裡的墮仙。

她聽主子說過，非有大怨恨的人成不了墮仙。這樣的傢伙多半心理扭曲、三觀不正，行為喜怒比一般邪魔更難預測，招惹不得。

小蘭花默默退了一步，那赤衣男子的目光卻已落到她身上，「哦，這兒還有個美男子啊？」他言語輕佻，惹得小蘭花蹙起眉頭。

可還沒等小蘭花更進一步觀察下他，他忽然身形一轉，一手搭上了東方青蒼的肩頭，接著竟往下滑去，順勢將東方青蒼攬進懷裡，「小美人。」他一雙桃花眼媚得幾乎快滴出春藥來。「妳放我出來，原來是為了救他嗎？這可甚傷人心。」

什……這、這傢伙簡直輕浮！

「你給我撒手！」小蘭花怒叱。「爪子拿開！」她的身子可是清清白白的「蘭花大閨女」，怎容他人隨意調戲！

她雄渾的聲音吸引了牢外兩人的目光。東方青蒼斜眼看她，對於赤衣男子的觸碰顯得毫不在意。

赤衣男子挑起眉頭笑道：「小美人兒和這位是什麼關係呀，惹得我可是嫉妒極了。」

「我和她沒關係。」東方一臉冷淡，更襯得小蘭花吭哧吭哧的怒氣莫名其妙。

赤衣男子望著小蘭花，嘻嘻笑道：「那這位是自作多情地想做護花使者咯？」他眯眼將小蘭花上上下下一打量，然後微微蹙起眉頭，「看起來還有點眼熟……」

「你好像不太想離開這裡？」東方青蒼打斷了赤衣男子的言語，神色冰冷。「若不想走，我把你關回去便是。」

「小美人兒怎生怒了？」赤衣男子收回手。「好好好，咱們談正事。妳說的昊天塔的要害，在哪兒？」

東方青蒼前行幾步，走到昊天塔中心，抬手比劃出了四個方位，「今日午時，四方正位皆會有所偏移，尤以正東方為最，寶珠陰影會偏向這裡。」東方青蒼抬手指向小蘭花對面的那堵牆。「彼時，此處就是昊天塔要害所在。炸掉此處，昊天塔定然分崩離析。」

赤衣男子摸著下巴琢磨了許久，「小美人，我看妳乃是仙靈之身，恐怕不知道昊天塔裡面的浩渺正氣對我這樣的墮仙有多大的禁制吧。力量越強則壓制越大，我能使出一成力氣已經要拚命，妳確信我能在那一時半會兒的破綻裡，炸掉這個上古神器？」

他這話問到了點子上，小蘭花也表示不相信。

要是昊天塔這麼簡單就能被攻破，那這上古神器的稱謂，未免也太水了一點。

東方青蒼咧嘴一笑，「當然不信。我會在此地布下陣法，到時，你只管用你那點微末法力炸牆便可。」

赤衣男子似被東方青蒼的氣勢唬住，愣愣地看了他許久，「真是奇怪，妳非墮仙，道行也淺，為何如此熟知昊天塔的弱點，又為何膽敢出此狂言，妳到底是什麼人？」

「你只需知道，你與我現在目的一致即可。」

赤衣男子舔了舔嘴脣，漆黑的眼中似有精光掠過，「姑娘如此神祕難測，實在是讓人……難忍心動啊。我此生閱女無數，還從未見過姑娘這般氣質的女子……」他說著，邁步向東方青蒼走去，卻在離東方兩步遠時，身子一歪，高呼一聲：「哎呀，腳崴了。」手往前一抓，恰恰探在東方青蒼的胸上。繡著娟麗蘭花的抹胸被他的手微微抓了一點下來，露出了些許隱祕的弧度。

赤衣男子偷得了腥，邪魅一笑，一抬頭，正打算用眼神再調戲調戲這小姑娘，哪想卻對上了一雙冷淡無情的眼睛。

哎？

這個被他襲了胸的女子，正拿看死魚的眼神靜靜地看著他。

不該這樣吧……

羞惱呢？氣憤呢？被調戲之後的歇斯底里呢？讓他聽了連心都會融化的嬌叱呢？

「啊啊啊啊啊！」

便在這方沉默如死水一般毫無聲響的時候，那邊的牢籠裡爆發出一陣雄獅般的狂暴怒吼：「啊啊啊啊啊！你給我撒手啊啊啊！」

赤衣男子被吼得驚詫轉頭，牢裡的美男子正瞪著那雙似血的眼睛對他嘶吼，

「放開放開放開！撒手！混帳東西！我要殺了你！我要殺了你！」

赤衣男子眨巴了兩下眼睛，轉頭問東方青蒼，「這是……怎麼了？」

東方青蒼面無表情地拉了拉抹胸，「站穩了？」

「啊……嗯……等等！妳不生氣？」

東方青蒼一彎脣，笑得比他剛才偷襲成功時還邪魅狂狷。

「我為何要生氣？」他推開已經僵住了的赤衣男子。「閃開，我要準備布陣了。」

赤衣男子被推了一把，呆呆地站到一邊，嘶啞的男子斥罵聲不絕於耳，「我要剁爛你的手！總有一天我要剁爛你的手！」

他往旁邊一看，牢裡的美男子已經氣得開始踹牆。

再一轉頭，被襲了胸的當事人正在塔內的邊角轉悠，一面脫了鞋往牢籠上砸，「吵死了安靜點。」然後光著腳繼續坦然地走。

赤衣男子眨巴了一下眼睛，忽然覺得，是不是因為他被關太久，所以都無法理解這個世界了呢……

第二章

從前有一個魔尊，後來他一巴掌把自己拍死了。

正午將近。

東方青蒼咬破食指，以指為筆、以血為墨，在塔內四方正位上畫下了符咒。每個符咒落定，昊天塔內都會更暗幾分，到四方正位符咒都畫完時，整個塔裡就只餘頭頂寶珠尚有餘光。

東方青蒼站在中心，寫下最後一個符。

小蘭花在牢裡看著自己的手指心疼得咳聲嘆氣。

赤衣男子倚著牢籠而坐，目光靜靜地落在東方青蒼身上，「她一直都這樣沉默幹練、行事果斷嗎？」

小蘭花心裡還硌硬著他，沒好氣地回答：「我怎麼知道！關你什麼事！」

赤衣男子歪著腦袋笑，「她很像我認識的一個女子，半點也沒有其他女人的矯揉造作。她沉穩、冷靜、勇敢而無畏，像是對任何事都胸有成竹，比男子還帥氣……」

「你才認識他多久啊！」

小蘭花的話顯然沒被他聽進耳朵裡，「這樣的女人，真是讓人敬慕又傾心。」

可那個身體裡面不是女人啊！那個身體裡本來是一個膽小、怕死、愛哭又嬌弱的女子啊！所以……不要再拿這種目光看著她的身軀了好嗎……

「喂，銀髮男。」赤衣男子轉頭盯著小蘭花，然後挑釁一笑。「不管你是何方妖魔，這個女人，我搶定了。」

小蘭花翻著死魚眼，簡直有點無語，「你確定？」

「好了。」東方青蒼突然出聲喚道：「過來，站這裡。」

赤衣男子拍拍屁股走了過去，「美人兒說的每句話都這樣簡潔幹練、直擊內心啊。」

小蘭花覺得心好累。

待得赤衣男子站到中央的符咒之上，東方青蒼二話不說，抓住他的手臂在他手腕上唰地劃出了一道口子。赤衣男子一怔，只見腕上鮮血落在符咒之上，四處無窗的昊天塔內竟起了幾絲微風。

三人髮絲皆有所動，赤衣男子愕然地看著東方青蒼，「這法陣……」

東方青蒼一笑，眉目猖狂，「區區昊天塔能奈我何。單憑此陣之力，三界封印，我也能給它撕開。」

赤衣男子沉默，小蘭花亦心驚膽顫。上古神器在東方青蒼面前不過是個說炸就炸的小玩意兒……她頓覺這世間好似沒有什麼能束縛東方青蒼的胡作非為，即便沒有這具魔尊的身體，他也依舊放肆得讓人害怕。

赤衣男子似也對東方青蒼起了些顧忌，不聲不響地盯著東方。昊天塔外天光流動，四方正位的陰影忽然往小蘭花對面那堵牆上微微一傾。正如東方青蒼所說，昊天塔的破綻出現了。

赤衣男子猶自盯著東方青蒼失神，東方青蒼微微挑眉，「不想出去了？」

好似被這句話打醒了一樣，赤衣男子眨了眨眼，手上術法凝聚。一記赤焰打在對面的牆上，只聽轟的一聲，昊天塔劇烈一顫。小蘭花腳下一滑，連忙抓住面前的欄杆穩住身子，再抬頭一看，只見四方正位上，方才東方青蒼所畫的符咒均泛出了道道血光，隨著昊天塔震顫得越發劇烈，血光顏色也隨之更加鮮豔，幾乎要把塔內染紅。

赤衣男子轉頭一看，表情隨之變得極為驚駭。他收了手上術法，轉頭看向東方青蒼，「這是魔陣！」

東方青蒼咧嘴一笑，微微露出虎牙，看起來又奸詐又惡毒，「怎麼，才發現嗎，赤鱗？」

赤鱗大驚，「妳為何會知曉我……妳到底是誰！」

言語之間，昊天塔好似已經難以支撐，發出嘎吱嘎吱的斷裂之聲。緊接著，整座塔往下一沉，小蘭花只見自己面前的欄杆盡數被折壓變形。

東方青蒼並不回答赤鱗的問題，只催促道：「再給此塔一擊。」看起來已經在這裡待得極不耐煩了。

赤鱗這時哪裡還肯聽東方青蒼的話，當即往後一退，站到了符咒外面，是打算不出去也不要被東方青蒼擺布了。東方青蒼眼睛微微一瞇，這時忽聽另一邊傳來一聲驚呼，「大魔頭大魔頭！救命啊！」

東方青蒼轉頭看去，這才發現圍困著小蘭花的精鋼柵欄已被盡數壓彎，沉下來的木頭將小蘭花擠到了一個角落裡去，幾乎快要將她壓扁了。

「救、救、救救我呀！」她被嚇得夠嗆，說話都結巴了。

東方青蒼咬了咬牙，似恨鐵不成鋼，「昊天塔正氣已洩，妳就是沒有法力也該有點氣力，竟還推不開這些廢材！」

他一喊，小蘭花才想起自己現在用的是魔尊的身體，就算沒有力大無窮，但好歹也是不死之軀，昊天塔再沉應該也壓不死她呀。小蘭花穩住心神，伸手抵住沉下來的巨大實木。她這一使力，便驚訝地發現，她的指甲竟然能輕而易舉地將面前這塊木頭挖出一道深深的口子。小蘭花大著膽子五指向前，狠狠一挖，已經被擠到她面前的木頭瞬間被截成幾段。

這是上古神器啊。

小蘭花還在感嘆，昊天塔又是一沉，外面的玄鐵柵欄被擠壓得往牢裡一戳。小蘭花只見一根黑乎乎的影子飛了過來，逕直撞在了她的胸膛上。

然後，手臂粗的玄鐵在她胸膛上打了個彎。

竟然把玄鐵給撞彎了……

魔尊的身體簡直比上古神器還要神氣！沒等小蘭花感慨更多，忽然又是一聲巨響，塔頂的寶珠轟然破碎，昊天塔內震顫不斷。小蘭花現在是什麼都不怕了，挺著胸膛站在一片飛揚的塵埃之中，眼睜睜看著昊天塔分崩離析。

外面是小蘭花熟悉的天界氣息，她忍不住揚起了微笑。天界的陽光照在臉上的感覺真好。

然而待塵埃落定，小蘭花突然思考起了一個非常重要的問題。

現在出了昊天塔，大魔頭得拿回他的身體了吧。想想他們在塔裡，她對大魔頭說的那些話、做的那些事，小蘭花陡然意識到，她可能命不久矣了。

廢墟之中傳來一陣窸窸窣窣的響動。大魔頭從裡面爬了出來，一身的灰，滿臉狼狽。

想來也是，她的那具身體有多不頂用，她是最清楚的。能活著從這坍塌的塔裡爬出來，已經是要極大的本事了。東方青蒼一轉頭，與小蘭花四目相接，「剪個頭髮便號啕不止，方才怎未見妳來護我一把？」

小蘭花嚥了一口唾沫。

與此同時，一道紅影自廢墟之中竄出，瞬間逃入天際，不見了蹤影。東方青蒼望著赤衣男子遠去的方向冷冷一笑，「跑得倒快。」他也不急著去追，拍了拍身上的灰，便向小蘭花走來，「小花妖，身體還回來吧。」

小蘭花又嚥了一口唾沫，「有件事……」

「說。」

「身體換回來後……不許殺我。」

東方青蒼沉默了會兒，隨即笑了起來，一如既往地邪惡至極，「好啊，本座不殺妳。」但他臉上「說謊」兩個字明顯得小蘭花一看即知。小蘭花想哭，「那不換了！咱們就這樣吧！一輩子都別換回來了！」

東方青蒼冷哼，「這可由不得妳。」

他伸手便去抓小蘭花。小蘭花心中害怕，哪肯讓他抓，連連後退。東方青蒼皺起眉頭，「給我站好。」

小蘭花哆哆嗦嗦地看著他，「主子說魔族的人發誓是頂用的，不履行誓言會受到懲罰。你發誓，你發誓你不殺我，我就乖乖和你換身體。」

東方青蒼冷冷嗤笑一聲：「妳主子可有告訴妳，魔族的人都是對著魔尊起誓的？」

小蘭花臉色一白，這……這個主子還真沒說。這下完了，沒什麼能箝制東方青蒼的行為了，讓他自己對自己發誓，頂個蛋用！

小蘭花被嚇得渾身哆嗦、泫然欲泣。東方青蒼看著擺出這樣表情的自己的臉好一會兒，終於敗下陣來，揉了揉額頭，「好了，過來，我留妳一命便是。」

小蘭花像博浪鼓一樣搖頭，「不不不不……你得給我個保證。」

東方青蒼瞇起眼，逼上前去，「我說了不殺妳，便不會殺妳。」

「光說誰不會！你別靠近我！」小蘭花連連後退，但忽然之間，她腦子裡劃過一個念頭：她現在才是東方青蒼啊！魔尊的身體在她手裡，她才是強勢的一方，只要不讓東方青蒼碰到她的身子……

還沒等小蘭花想完，東方青蒼一把抓住了她的手，將她一拉。小蘭花就看見自己的臉在面前飛快放大，還有那口雪白的牙齒……

不能讓他咬到她！

小蘭花猛力向後一掙，力道太大，只聽喀的一聲，東方青蒼發出一聲悶哼，抓住小蘭花的那隻手無力地垂了下來，竟是直接被小蘭花這一下把手臂拉脫臼了。

小蘭花此時駭得已經忘了自己的身體有多經不住折騰，只不管不顧地照著東方青蒼面門揮了一巴掌出去，「說了不要隨隨便便靠近我，混蛋！」

啪的一聲，東方青蒼被打飛了出去，身子像斷了線的風箏一樣摔落在昊天塔的廢墟之上。

然後沒了氣息。

小蘭花打了這巴掌後將胸抱住，蹲在地上，害怕得顫抖，「我還想見到主子呢，我還不想死……」

抖了半晌，四周是死一樣的寂靜。

小蘭花睜開眼，往斜刺裡一看，自己的身體如同被遺棄的破布娃娃一般躺在一片塵土之上，披頭散髮、滿臉鮮血，四肢扭出了個不可思議的動作。

小蘭花嚥了口唾沫，轉頭看了看自己的大手，然後突然之間，恍悟過來自己做了什麼。

她……她好像把自己拍死了啊……

小蘭花陷入了「我把自己殺死了」的極度驚恐中。

她渾身發抖，一步一跪地爬到自己身體面前，哆嗦著伸出手，卻不知道應該去碰自己身體的哪個地方。

腦袋嗎，脖子扭得好像太過了點，抬腦袋的時候要是斷掉了怎麼辦？

抓手臂？手臂拐的弧度好像更奇怪啊，真的能抓嗎？

大腿呢？腿看起來倒是還好……不對啊！這膝蓋怎麼是往前彎的！

最終小蘭花還是戰戰兢兢地抱住了自己的腰，將自己的上半身扶起。果然，身體一抬起來，她的腦袋就以一種不可思議的角度垂在了後面。

看樣子，是頸椎全斷了……

小蘭花哭喪了臉，「大……大魔頭啊……」

沒人應她。只有一臉的鮮血隨著她的動作流入髮際線，又順著頭髮，滴滴答答地落在塵埃裡。

太慘了，小蘭花傷心得連哭都忘了，只無意識地哀聲嘀咕：「怎麼辦呀，這可怎麼是好唷……」

便在她一片混亂之際，遠處傳來幾聲雷響。小蘭花抬頭一看，天邊那黑壓壓的一片天兵天將正飛快地向她這邊趕來。

領頭的是武曲星君，小蘭花認得他，這人之前還邀她主子一起去喝酒來著。但現在那武曲卻認不得她了，他衝她大喝，「魔頭休走！」話音未落，一道雷擊便往她身上砸來。

她魔尊之身毫髮未損，但懷裡自己的屍體卻又焦黑了幾分。

自己已經夠慘了！難道連屍身都要被挫骨揚灰嗎！這可不行！

小蘭花倉皇地左右一顧，想著剛才赤鱗逃走的方向，連忙抱起自己的身體，不管不顧地往雲頭下逃竄。在極度慌亂當中，小蘭花竟然莫名地會用東方青蒼的身體飛了。也正因為她太過慌亂，所以都忘了回頭看一眼，她不過飛了片刻，就把身後的天兵天將甩得沒了蹤影。

腳踩上了土地，到了人界。小蘭花見四周無人，終於稍稍安下心來。她看了一眼自己又黑又軟的屍身，再次努力地搖晃了一陣，「不是說魔尊魂魄不入輪迴嗎，他能跑去哪兒啊？要走也得把我的身體修好了再走啊！難道是跟在我身邊看我笑話嗎？」小蘭花連忙上下左右地看。「大魔頭？東方青蒼？嚶嚶，怎麼真的不見了……」

「尊上，尊上！」

在小蘭花欲哭無淚之際，一道一聲急似一聲的呼喊自遠方傳來。小蘭花連忙抱住自己的屍身，戒備又緊張地望著那方。只見一個白鬍子老頭兒喘著粗氣從遠處趕了過來，一個跟頭栽在小蘭花面前，滾了三圈，站都沒站起來，便匍匐叩地，一邊喘一邊呼喊：「小人、小人乃是魔、魔界疾行者，叩見魔尊……」

「魔界？」小蘭花聽到這兩個字就下意識地想躲。但想想自己現在的身分，她覺得魔界總比天界的人來得好。小蘭花正打量他，白鬍子老頭匍匐著身子，腦袋也沒抬一下就道：「恭喜魔尊重回三界！」

看他這虔誠的樣子，好像恨不得卑微到土裡去一樣。

「小人自打仙魔大戰之後便一直在天界行臥底之事。今日昊天塔崩塌之聲響徹天界，小人知曉定是尊上掙脫困境，所以特來迎接。」白鬍子老頭兒跪著往小蘭花那裡行了兩步，像是想上來抱住她的腳，小蘭花忙默默地往後縮了縮腿。

老頭兒不甚在意，趴在地上繼續道：「尊上不愧為我魔界至尊，方才那一路，除了專修疾行的小人，其他人是無論如何也跟不上尊上的。」老頭兒又對小蘭花拜了一拜，「尊上，自上古時，尊上魔蹤銷匿之後，我魔界常年受天界欺壓。如今孔雀軍師已一統九幽魔界，只待魔尊降臨，便可率領我等重掌天地大權。經上次仙魔大戰之後，天帝昏厥，上古神龍重回萬天之墟，到如今，只要尊上戰勝戰神陌溪，我魔界便可大獲全勝……」

小蘭花腦袋裡一片混亂，聽他講話便覺得有一片蒼蠅在耳邊亂糟糟地飛，直到他說出她熟悉的名字，小蘭花才陡然開口：「戰神陌溪是好人。」

白鬍子老頭說得正盡興，忽聽得這一句話，不由愣了愣，後背微微弓起來一點，但還是沒敢抬頭，「尊上？」

「戰神陌溪和他媳婦三生姑姑都是好人，不准打。」

魔尊叫戰神的媳婦什麼，三生……姑姑？還、還說他們是好人？

傳說中那個橫行三界、揮一揮手就掀了一座山的上古魔尊，心裡居然有這樣樸素的是非觀？

疾行者覺得如果不是自己年紀太大耳朵出了問題，那就是魔尊年紀太大腦子出了問題。「尊上，你……」他方才一直不敢胡亂打量魔尊，現在抬頭一瞅，才發現魔尊懷裡竟還抱著一具形容慘烈的女屍！

「哎唷……」疾行者立即叩了個頭，身體有點哆嗦，登時什麼問題都不敢問了，只得附和，「尊上說得是。」

「你……」小蘭花忽而想到了什麼，問疾行者，「你看得到鬼嗎？」

白鬍子老頭兒嚇得屁股都在抖，「看不到看不到，小人看不到也不想看到啊！」

「你先別抖。」小蘭花道：「你抬頭看看我，看看我四周，發揮你最大的能力，你能感覺到陰氣嗎？有沒有？」

「沒有沒有沒有！」疾行者連忙甩頭。

「那完了。」小蘭花頹然地嘆息一聲。東方青蒼的魂魄一定是去地府了。不是說好了不投胎的嗎！小蘭花急了，她是不想被東方青蒼殺死，但是更不想一輩子都當個死不掉的男人啊。「不成，我得去見閻王！」

白鬍子老頭聞言大驚，愕然地看著小蘭花。見小蘭花抱了女屍轉身要走，他不知是哪來的勇氣，往前一撲，抱住她的腳脖子大喊：「尊上使不得！使不得呀！您可是魔界的希望啊！您有什麼想不開，小人願替您擔待！您可不能死啊！」

「放開放開。」小蘭花抖腿，甩開了疾行者。「誰說我要死了，我只是要去見閻王。」

主子以前和她說過，三界封印維持三界秩序，乃是天地大道。凡人身死、仙人歷劫方可踏入冥界。她現在以這個不死魔頭之身想入冥府，大概就只有撕開三界封印這一個方法了。

可撕開三界封印……

「區區昊天塔能奈我何，單憑此陣之力，三界封印，我也能給它撕開。」

這猖狂的一句話陡然浮現在小蘭花的腦海裡。

是了，東方青蒼在昊天塔裡擺陣的時候說過這句話。

他當時是怎麼擺陣來著，小蘭花轉著眼睛細細回想。她的記性向來很好，還是朵蘭花草的時候，主子經常在她旁邊寫命格，有時候一個長長的命格寫到後面主子就會忘記前面自己寫過什麼，這時小蘭花就會得意地提醒他，然後抖著葉子驕傲地等誇獎。

一個個字在小蘭花腦海裡浮現，她激動地抓著疾行者問：「鄴城在哪兒？快帶我去！」那是人界陰氣最重、最接近冥府的地方，從那裡擺陣撕開三界封印應該是最輕鬆的。

從小蘭花抓住他的那一刻，疾行者渾身都在瑟瑟發抖，「在、在、在這邊，小人帶您去，小人帶您去。」

兩人速度都極快，不過半個時辰，便已到了鄴城。此時正值正午，街上人還很多，小蘭花鼻尖忽然敏銳地嗅到了一絲不同尋常的氣息。

正午時分街上就有陰氣，真不愧是鬼城。

她一路尋找，終是找到了一個破敗的院子，這便是城中陰氣最重之地。

這樣的三界交界地，在陰暗的縫隙裡面，藏滿了人界骯髒的氣息，權欲、性欲、怨氣、邪氣、怒氣皆化為醜陋的魑魅魍魎，在角落裡匍匐，只待有人走過便將其拖進去，啃食乾淨。

疾行者躲在小蘭花身後，拉了拉她的衣袖，「尊上，雖然此話有些大不敬，但咱們還是不要靠近這個地方吧。我聽人說，這是鬼城裡最不乾淨的地方了。」

膽小成這樣，真的是魔族嗎？

小蘭花瞥了他一眼，然後一轉頭，就看見破敗的門扉裡爬出來一團團形狀詭異的灰色霧體。疾行者好像看不見這些，只顧著在她身後戒備地四處張望。

這大概是魔尊的身體才獨享的待遇吧，能看盡這世上所有的醜與惡……

小蘭花嚥了口唾沫，心裡嘀咕，如果可以，她也不願意踏入這個地方。但她現在又沒有傳說中東方青蒼的力量，能動不動就給三界封印撕條口子，她當然只能找這種地方擺陣了呀。

小蘭花一抬腿，抱著自己的屍身踏入了院子。

空蕩蕩的身軀最易招惹這些東西附體，是以在她跨入小院的那一刻，四周黑氣激蕩，藏在角落裡的邪祟嘶吼著向她撲來，在小蘭花耳邊化成一道道尖銳的刀鋒，幾乎要撕碎她的耳膜。

這些魑魅魍魎都在覬覦她這具已死的身體。

小蘭花心裡怕得不行，但現在主子不在，連東方青蒼也不在，院子外面只有一個比她更不管用的白鬍子老頭兒。她只有靠自己。

小蘭花沉住氣，在心裡第一百遍地默念起「我是東方青蒼」，閉上的眼再一睜開，血瞳之中精光一閃而過，目光直向對她迎面撲來的黑霧。

只聽一聲尖厲的呼喊，黑氣頓時消散。

小蘭花堅定了目光，繼續往院子裡走。

她現在身體很強大，內心也比以往任何時候都堅定。她最怕的是死亡，所以這個時候，就要拚盡全力讓自己活下去。

第三章

魔尊……是不是腦子有點兒問題？

小蘭花以魔尊之血畫下封印，還不等她往牆上砸磚頭，便覺一陣地動天搖。魔尊之血，就是如此不一樣！

院子裡魑魅魍魎嘶叫著到處亂竄，外面的疾行者趴在地上淒聲大喊：「尊上當真要為一個女仙捨棄我魔界大業嗎？您的子民們等了您數萬年！數萬年啊！」

小蘭花一隻腳已經跨入了她自己製造的冥界入口，聽到這話不由頓了頓，回頭正色道：「沒錯，我為了她什麼都可以做。我就是這樣自私自利、完全不顧魔界子民死活的魔。所以，你們別指望我了，就認命地乖乖待在九幽地吧！」

白鬍子老頭聞言號啕大哭。

小蘭花抱著自己的屍身，心安理得地跨入了冥界之中。

黃泉路，彼岸花開了遍野，四周靜得能聽到遠方忘川河水的流淌聲。

聽聞戰神的妻子前身便是冥府裡的三生石，小蘭花遠遠一望，看見了奈何橋前的石頭。現在那塊三生石已經被當作文物用繩子圈了起來，禁止前來投胎的鬼魂們在上面亂塗亂畫。而此刻在奈何橋前的，除了三生石，還有烏泱泱的一片鬼魂。

小蘭花走得近了，這才看見，奈何橋前傳說中的孟婆竟然不在，也沒有鬼差分發孟婆湯。鬼魂們領不到湯，不敢投胎，時間一長，自然在奈何橋前面堵成一片。

奇怪，鬼差們都跑哪兒去了？

小蘭花順著路邊插得歪歪扭扭的路標一路找到了閻王宮。這一路上除了胡亂飄蕩的鬼魂，她愣是一個鬼差都沒看見。難道冥界的鬼差都厭煩工作，集體投胎了？

這不行吧……

她一邊嘀咕一邊走到閻王宮前。

此時大殿殿門緊閉，門口一個看守都沒有。小蘭花左右看了一會兒，小心翼翼地推開門。只聽吱呀一聲，小蘭花先伸了個腦袋進去，然後她就驚呆了。

威嚴的大殿上跪滿了鬼差，此時都瑟瑟發抖地匍匐於地。最前面兩排躺著昏迷的黑白無常和判官，高高的座椅之上，瘦弱的閻王正被人踩在腳下，而閻王的座椅之上，果不其然就是大魔頭東方青蒼……的魂魄。

他將手裡的命簿隨手一扔，「還要年代更早的。」

立即有跪著的鬼差哆嗦著跑到了後殿，給他拿東西去了。閻王在他腳下抖著嗓子喊：「大人，大人，不能再翻了啊，不能翻了，都亂了……」東方青蒼並不理他，只將眉眼一抬，目光瞬間鎖在了小蘭花的臉上。

四目相接，小蘭花心頭陡然一緊。

「竟然自己找過來了。」東方青蒼咧嘴一笑。「妳還真是給本座省心。」

東方青蒼一開口，大殿裡所有的鬼差都回頭往她這裡望。小蘭花雖不知東方想幹什麼，但下意識地覺得不妙，正想逃，座椅上的大魔頭忽地拍案而起，在閻王的背上借力一蹬，如離弦之箭一般逕直向小蘭花衝來。

小蘭花連連後退，匆忙之中不忘合上大門，卻見東方青蒼直接從門裡面穿了過來，一腦袋扎進了這個身體裡面。

小蘭花只覺周身一緊，像是有一股大力在推擠著她，將她往東方青蒼的身體外面提一樣。那股力量一寸寸剝離她與這個身體的聯繫，疼得小蘭花想哭。

「妳已經沒用了，滾出去。」她聽見東方青蒼的聲音在腦海裡迴盪。

他想搶回他的身體！小蘭花明白過來。但如果這個身體被大魔頭搶走，她就真的變成了孤魂野鬼，無處可去，徹徹底底地死得乾淨了！

她還不想去投胎，她不能放棄這個身體。

她死死扒住身體裡面她所能感覺到的每一條經絡，拚命將大魔頭往外面擠，「我不能死！主子以後看不到我了會傷心的！我還要去見她！」

「不用去了。」東方青蒼道：「待我將此間事宜處理完畢，便去天界將他殺了讓他來見妳便是。」

小蘭花聽得這話，只覺一股熱血上頭，心裡是從來也沒有過的激蕩，「你敢動我主子我和你沒完！」與此同時，她猛地奪回對身體的控制權，拔腿就往前衝，一頭撞在閻王宮前的大門上。

力道之大，讓整個地府為之一顫。玄鐵大門被撞出了一個大洞，東方青蒼的腦袋掛在洞上，整個人沒了意識。

大殿裡跪著的鬼差們看著掛在門上的東方青蒼的臉，集體靜默。隔了好一會兒，才有鬼差發問：「閻王，這大魔頭好像把自己撞暈過去了，現在……怎麼辦？」

閻王從地上爬起來，拍拍背，咳了兩聲，還沒說話，下面已經嘰嘰喳喳地討論起來，「要不殺了他？」

「他到咱們地府來，不就已經是死了嗎？」

「可是不對呀，剛才他衝出去的時候還是個魂魄，怎麼這下掛門上就有了肉身了？」

「是呀，這事有蹊蹺。」

「哎呀，管那麼多勞什子，直接把他丟到十八層地獄裡面去得了。」

「那還得了？他要是把十八層地獄捅出了窟窿，放出裡面的惡鬼那才是真麻煩。」

「那你說拿他怎麼辦？」

一個問題，讓眾鬼差都沉默下來，然後集體望著重新爬回椅子上的閻王。閻王在眾人的注視之下，沉吟半晌，而後小聲道：「咱們先把他伺候著……」

眾鬼沉默。

「然後悄悄上報天界，等援救吧。」

大家回頭看了看已經暈過去，但周身煞氣未消的大魔頭，忽然達成了一致，這或許確實是目前最明智的辦法了。

在一片空曠之中，小蘭花忽然聽到有個聲音在和自己說：「出去。」

她睜開眼，卻覺得身體有一半格外沉重，而另一半輕得像羽毛。

「出去。」她又聽到了這個僵硬的聲音，愣了好一會兒，才意識到，這個聲音竟然是從自己嘴裡發出來的！她伸手捂住自己的嘴，但卻只抬起了左手。

右半邊身體，完全感覺不到了！

小蘭花驚駭，「怎麼回事？」依舊是雄渾的男音，依舊是男人的大手，但她敏銳地察覺到，好像有什麼在昏睡之間變得和先前不一樣了……

「我讓妳滾出去。」她聽見自己大聲喊出了這句話，但這並不是她想喊的啊！

小蘭花愣然不已。

便在呆怔之間，她看見自己的右手動了起來，摸出了一面鏡子，放在她的面前，緊接著，令人驚恐的事情發生了。她竟然在鏡子裡，看見了兩個人的臉。一個是小蘭花自己的臉，另一個則是東方青蒼。

「怎……怎麼回事？」

「拜妳所賜，一具身體，住了兩個魂魄。」

她在自問自答，但又不是自問自答。

鏡子裡的東方青蒼臉色鐵青，陰鬱的目光幾乎能飛出殺人利刃。而小蘭花則是驚愕呆怔，一副全然還在狀況外的模樣。

「我們……共用一具身體？」小蘭花呆呆地道：「我……和你？」

東方青蒼顯然不想再重複一遍了，「識趣點，便從我的身體裡滾出去。」

小蘭花愣了好一陣，「不滾。」消化了這個事實後，為了活命，小蘭花的腦子立即飛快地旋轉起來。「滾了我就真死了。你得幫我把我原來的身體復活，還要保證不殺我，我才會從你的身體裡出去。」

「妳原來的身體已經燒了。」

小蘭花大驚，「什麼？」

東方青蒼十分冷淡，「冥府之人當然不會允許人界的屍身留在這裡。左右妳遲早都得死，趁現在能死得很方便的時候，趕快滾。」

「不，你得還我一個身體！」

「妳的身體是妳自己拍死的，咎由自取。纏著本座做什麼？」

「那是你的手拍的！」

「本座沒空陪妳玩。」

「人命關天的大事怎麼是玩！反正你不還我我就不走。」小蘭花道：「我現在還在你身體裡面，證明你沒辦法把我擠出去，反正我也沒什麼事要幹，索性就天天纏著你，給你搗蛋，讓你什麼事都做不了！」

東方青蒼眯起了眼，「上一次膽敢威脅本座的人，骨灰已化為山下塵土。」

「好啊，所以你現在是要自殺嗎？」

東方青蒼沉默起來，鏡子裡他的面色變得陰晴莫測，看得小蘭花心裡不由自主地發顫。然而不久，東方青蒼卻忽然將鏡子放下，輕聲道：「好，本座幫妳。」

小蘭花看不到鏡子，不知道東方青蒼的表情，但卻感覺到他正扯著唇角笑。她能想像，現在自己的臉大概會露出怎樣奸詐又陰險的一個表情。

小蘭花忽然間生起了股不祥的預感，「為……為什麼？」

「妳不是要嗎？」東方青蒼道：「妳要，我就給妳。」

於是小蘭花心裡不祥的預感越發擴大了起來。

東方青蒼答應幫小蘭花捏個肉身，但東方青蒼說，他得先在冥府找找資料。

小蘭花很奇怪，冥府的書除了那一大堆的命簿還能有什麼造肉身的資料？可東方青蒼說要查，她還是得由著他查，誰讓他們現在共用一個身體呢。

除此之外，當務之急，小蘭花和東方青蒼要先學會去做……

東方青蒼一臉鐵青，「本座讓妳走妳就走，步伐給我邁開點！」

閻王寢殿，小蘭花和東方青蒼從床上下來之後，就一直沒有走出過房門。小蘭花被東方青蒼怒氣沖沖地吼過一嗓子後，心裡對東方青蒼的懼怕也轉為了氣憤，「我怎麼沒走了？步子還要邁多大呀？我這不是怕扯到嗎！」

「能扯到什麼！」

「能扯到什麼你不知道嗎！」

東方青蒼心裡升騰起一股難得的挫敗感，他拿右手揉了揉眉心，「不會，根本就不會！妳之前一個人用本座身體的時候，也沒見妳憂心此事，給我正常點！」

小蘭花嘛了嘛嘴，「本來一個人用這個身體還沒什麼事，你突然擠進來，整個人都感覺怪怪的，一站起來就覺得身體裡多了點什麼……」小蘭花拿左手捂住左半邊臉。「我不想感覺到自己身體上有奇怪的東西存在啊！羞死人了！」

「……」

正在此時，屋外響起了敲門的聲音：「大……大人？您需要什麼嗎？」鬼差在外面問得小心翼翼。

屋裡的兩人默了一瞬，東方青蒼先開了口：「把我昨日未翻完的命簿拿來。」

外面的人連聲答應著走遠了。小蘭花奇怪地問：「你要看命簿做什麼？」

東方青蒼冷笑，「給妳做身體啊。看看何人死得早，讓妳借屍還魂。」

這聽起來有點奇怪，但細細想想也確實是那麼一回事。她現在可不是就只能借屍還魂了麼。

不一會兒，鬼差就將命簿拿來了，規規矩矩地堆在書桌上，等東方青蒼過去看。東方青蒼卻站在原地一直沒動。鬼差等了半晌，終於按捺不住大著膽子抬頭瞅了東方青蒼一眼。

東方青蒼目光一轉，冷冷地落在他身上，鬼差立即渾身一抖，忙不迭地往門外退，「小人就在外面候著，大、大人有何吩咐，喚一聲小鬼甲便是。」

鬼差小步跑到門外，合上門扉之前，他終於看見東方青蒼動了，只是走路的姿勢……

「魔頭沒對你怎樣吧？」門外另一個鬼差將小鬼甲拉遠了一點，壓著聲音問他：「還好？」

「我是還好。」小鬼甲摸了下巴。「可我怎麼覺得這魔尊，看起來有點像是……半身不遂啊。」

「哎？他是不是身體出什麼毛病啦，昨天也是直接對著咱閻王宮大門就撞過去了，要不……咱們不等天界派人來，直接先……」鬼差比劃了個切脖子的手勢。「小鬼甲打掉他的手，「拉倒吧，他剛才那眼神兒還瞅得我膽寒呢，老實看門去。別讓他跑了就成。」

屋外的話一字不漏地傳進小蘭花的耳朵裡，自然也傳進了東方青蒼的耳朵裡。

魔尊這具身體，視力好聽力好，還打不死摔不壞，真是十足地便利。

小蘭花有些憂心東方青蒼會不會一個心情不好，就直接把外面那兩隻小鬼打得魂飛魄散……於是小蘭花伸出左手搆到一面鏡子，擺在面前。

鏡子裡立時顯出了兩個人的身影。東方青蒼面無表情，就好似根本沒聽到外面兩隻小鬼說的話一樣，他瞥了一眼銅鏡，然後拿右手將鏡子扔到一邊，「把左邊眼睛給我轉過來，左手把書捧著。」

對於這樣合理的要求，小蘭花一般是不會拒絕的。她乖乖轉回了眼睛將書捧了起來，與東方青蒼一同看著命簿，「你不生氣？」小蘭花很好奇。「你聽到他們的話了吧？」

「妳聽得到，本座自然也能聽到。」

「你不殺他們？」

東方青蒼翻了一頁命簿，「三界之中，仇恨本座、欲殺本座之人多過瓊淵之水、旱地之沙。不過兩隻小鬼，還不值得本座動手。」

聽得東方青蒼如此輕描淡寫的陳述，小蘭花嘛了嘛嘴，「你還真是狂妄。」

東方青蒼將手中命簿一放，「先前便罷了，此後休得再用本座面容做出諸如此類的表情。」

小蘭花奇怪，「嘛嘛嘴又怎麼了，礙你什麼事了？」

「本座不許。」

「好吧好吧。」小蘭花又嘛了一下嘴。「毛病真多。」

「說了不許。」

「知道了知道了。」

東方青蒼深吸一口氣，忍住翻騰的情緒，剛想靜下心來做正事，忽而感覺自己的左眼珠子又往旁邊轉去了。心頭陡然升起一股從來沒有過的、讓他無法訴說的無力感。東方青蒼閉上右眼忍了忍，最後終是忍了下來，不再搭理小蘭花，用一隻眼睛查看起命簿。

小蘭花被困在這裡去不了其他地方，左手動一動就能聽見東方青蒼嫌棄的冷哼。地府的命簿上密密麻麻地記載著出生年月以及身死日期，其他什麼也沒有，比起主子寫的命格，真是單調乏味極了。小蘭花瞅了一會兒，瞌睡蟲就爬上了頭。

掙扎了一會兒，終是沒有撐住，閉了眼睛就兀自睡去。

東方青蒼一愣，明顯感覺到身體裡的另外一個魂魄陷入熟睡……他目光一凝，再次起了將小蘭花擠出身體的念頭。但他往體內一探，一如先前一般，完全找不到小蘭花的魂魄與他身體之間存在的縫隙。

明明是個外來的魂魄，他的身體不僅沒有對她產生排斥，反而融合得極好。

東方青蒼盯著命簿，目光流轉，轉瞬之間便生出了無數念頭。

忽然，胸膛中間微微一暖。在他們魂魄的交界處，有微微的沉重感傳來，像是另一個魂魄完全放鬆地倚靠在了他的身上，不帶戒備、沒有隔閡地靠著他的魂魄、熨貼著他的胸膛。

東方青蒼為這奇異的觸感微微失神，還從沒有人敢在他身邊如此放鬆……

可失神也不過片刻時間，東方青蒼眨了眨眼，讓自己的心思回到命簿之上。天界那些愛管閒事之人隨時會來，他雖從不懼怕爭鬥，但卻心煩別人妨礙他的計畫。他得盡快找到……

小蘭花醒過來的時候，東方青蒼還在翻看命簿。

冥界沒有晝夜之分，天色永遠都是灰撲撲的一片。小蘭花也摸不清自己到底睡了多久，但往桌下一看，東方翻過的命簿已經堆得同她一樣高了。

小蘭花愣然，「你到底在找什麼呀？」

東方青蒼沒有理會她，目光停留在手中的命簿上，良久都沒有翻動。

小蘭花一眼瞅去，但見那一頁只寫了一個女子的生辰八字和她命定的卒日，「謝婉清，二十二年，卒。」小蘭花呢喃出這幾個字，隨即感慨，「二十二年，這麼短啊，名字這麼好聽的女孩子，真是可惜了。」

嘴角拉動，小蘭花感覺東方青蒼笑了起來，他說：「可惜嗎？那咱們就選她吧。」

小蘭花一愣，聽見東方青蒼笑著說道：「小花妖，咱們也差不多是時候回到人界了。」

小蘭花覺得自己腦子還有點迷糊，東方青蒼已經站了起來，邁腿就往門口走。然而走了兩步，東方青蒼先前從心裡湧出的終於找到人的激動也好，興奮也罷，瞬間盡數化成了灰煙。他扶著桌子站定，極為忍耐地開口：「別讓本座的左腿像條假的，給我動！」

小蘭花被他吼得一愣。東方青蒼鬆開桌子，邁著大長腿就在屋裡快速地走動起來，「邁開腿，步伐要大。」他用這種近乎和自己較勁兒的方式強迫小蘭花跟上他的腳步。「甩手臂，妳沒走過路嗎？不要讓本座同手同腳！」

小蘭花覺得自己的魂魄在東方青蒼的身體裡面不停地摔跟頭，再被他吼了幾句，更是暈得找不著北。但也就是在這種混亂的狀態中，被迫跟著東方青蒼的腳步，小蘭花終於奇蹟般地和東方青蒼邁出了協調的步伐。或許是這個身體本來就有的記憶，不一會兒後，她已經越走越自然。

「這魔頭在屋裡幹什麼呀？像是翻箱倒櫃的。」

「好像在屋子裡來回轉圈走路……」

「你確定這個當真是魔尊？那個上古魔頭？不是什麼腦子有毛病的鬼魂假扮的？」

外面的討論聲傳進耳朵裡。小蘭花忽然覺得自己有點挺對不起大魔頭的，看這都被非議成啥樣了……

東方青蒼面無表情地抬起右手，衣袍一振，長風似龍平地而起，衝屋而出，逕直撞碎了兩扇門，把外面看守的兩個鬼差撞翻在地，呼嘯著飛散在冥界無盡的曠野裡。

東方青蒼邁步跨出房門，小蘭花幾乎是下意識地跟上了他的步伐。

東方青蒼深吸一口氣，輕輕一嘆，像是多年舊疾被治好了一樣，暢快又舒適——總算是會走路了。

他目不斜視地踏過兩個鬼差身邊，小鬼甲在他身後哀求，「大人，您不能離開冥界啊……」

小蘭花本還想轉頭看他一眼，解釋給他聽為什麼她現在要去人界，但東方青蒼就跟完全沒聽到這話一樣，頭也不回地繼續往前走，只說了一句，「把左眼轉回來。」

兩隻眼睛看不同的方向應該會嚇壞不少冥界的鬼，小蘭花乖乖收回了目光。

東方青蒼直奔奈何橋而去，一路上聞聲趕來的鬼差越來越多。行至三生石邊，連閻王都趕來阻攔了，「大人，魔尊大人，您這是要去哪兒啊，不在冥府多待一段時間嗎？我還給大人準備了咱們冥界的特色鬼魂舞呢……」

「跳給自己看吧。」東方青蒼連手都沒有抬，逕直撞開閻王，跨過了奈何橋。

面前鬼影一晃，是黑白無常擋在了他面前。

東方青蒼一笑，「要動手？好啊。」

話音落下，他突然輕抬右手，一陣狂風席捲而來，撕裂冥府沉寂已久的空氣，在泥土地上砍出了一道深不見底的裂痕。

此招之下斷無幸理，如果不是位置落在了黑白無常身旁老遠……

因為魔尊的左手在千鈞一髮之際，將他的右手推開了。

明明是他自己攔的自己，但此刻這大魔頭的臉色卻是鐵青，像是恨不得要將誰碎屍萬段一樣。

「唔，你們要不讓我過去，我就這樣一刀一刀把你們冥府的地全部切成豆腐塊兒！」魔尊忽然用一種跳躍又嬌羞的口氣說道：「都給我讓開哦！」

許是錯覺，在說完這句話之後，魔尊的臉上劃過一絲羞憤欲死的神情。

他還僵在空中的右手也有幾分顫抖。

冥界眾人都驚呆了。

原來，上古魔頭走的是這個調調？

東方青蒼收了手，幾乎是逃一樣地，以迅雷不及掩耳之勢鑽入了輪迴井。

輪迴井中光影流轉，小蘭花開了口：「大魔頭，臉別繃得這麼緊嘛，我知道我打擾了你發怒立威不太對，但並不是什麼事都得用殺人來立威呀。你看剛才，砍砍地也一樣能嚇得他們動也不敢動啊，而且我不是也想辦法把你的威嚴補回來了嘛。」

東方青蒼已經完全不想搭理自己身體裡面的這個魂魄了。

刺目的白光一閃而過，周遭景物轉瞬改變。鼻尖感受到的空氣瞬間變得厚重了許多，小蘭花知道，是人界到了，但……

好奇怪，為什麼人界的空氣也如此渾濁？風還有點大……

「尊上！尊上！」

疾行者還在屋外面蹲守，看見魔尊的身影，喜極而泣，一張老臉上涕泗橫流。

原來，他們又回到了鄴城的這座小破院。

「尊上您終於出來了！小人總算是等到您了！來，此地不宜久留，咱們還是快走吧。」

小蘭花心裡覺得奇怪，她記得來時這裡魑魅魍魎雖多，但空氣卻遠不似現在這般渾濁難聞，這樣的氣息，簡直和冥界沒什麼兩樣了。在人界出現這樣的氣息，應該不太好吧……

小蘭花回頭一看，猛地瞪大了眼睛。

這……怎麼回事？她記得她去冥府的時候只在這面牆上撕了一條小口啊，怎麼現在這條口子竟比她人還高上兩倍了？

黑色的裂縫沿著牆壁爬上房頂，像是連外面的空氣也給撕開了一樣。陰氣不斷從縫隙裡面流出，人界的怨氣、邪氣也不停地在縫隙外面打轉。

看這樣子，用不了多久，這裡的氣息就能自己凝成一個巨大的怪物，到時候鄴城的百姓可就遭殃了。

「嗯，幹得不錯。」東方青蒼看著裂縫卻很滿意地笑了出來。「沒想到妳還能記下本座的法陣，自己撕開三界封印。」

小蘭花已經要嚇哭了，「這這這……這口子撕開了，怎麼沒自己合上啊？」

東方青蒼嗤笑，「妳以為三界封印是肉做的？割開了還能自己長回去？」

小蘭花聞言，心頭陡生驚惶，「那完了，怎麼辦，我捅了這麼大的婁子，要是被主子知道了，她真的會拿我去餵豬的！」

「那就讓妳主子快些找到妳，將妳拿去餵豬了事。」東方青蒼說得冷淡極了，他轉身要走，左腿卻死死釘在地上不動。

小蘭花指責他，「你怎麼能夠視若無睹！裂口還在不斷變大，要是這些亂七八糟的邪氣在這裡成了氣候怎麼辦？」

「與本座何干？」

「怎麼沒關係，我當時是為了去找你才闖下大禍的！」

「尊上？尊上您說什麼？」疾行者始終不敢踏進院子一步，只在外面扯著嗓子吼。「風太大，小人聽不到你的話啊！您快些出來吧，這些天受此處縫隙影響，鄰城裡人心躁動，越來越亂，咱們不能在這裡久待呀，天界的人會發現的。」

小蘭花聞言更不肯走了，「已經有人受影響了，咱們得趕快把這縫給縫上，不然會出大事的！」

東方青蒼心頭煩躁，面色冰冷，「本座從未受世人供奉，為何要助世人安樂？且不說如今只是在三界封印上撕條口子，本座今日便是毀了三界封印，也不會有半分愧疚。」他冷冷地笑了笑。「換句妳聽得懂的話說。自古以來，本座向來只負責『闖禍』，至於如何收拾，那是天界的事。三界傾覆，生靈塗炭，於本座而言，不過笑事耳。」

三界傾覆，生靈塗炭。

小蘭花過去闖過的禍事中，沒有哪件能和這八個字相提並論。她當即嘴一撇，露出泫然欲泣的表情，「說白了你就是不想幫我擦屁股……」

聽到這樣一句指責，東方青蒼費了好大的力氣才忍住扶額的衝動。

「看在我們是同一個人的分兒上，你就幫幫我吧。」小蘭花軟言相求。「以後你要做什麼事我都配合你，只要你先幫我把這個婁子解決……」

東方青蒼聞言，右邊眉梢微動，「什麼事都配合？」

小蘭花點頭如搗蒜。

東方青蒼拿右手捏住了自己的臉，道：「首先，有人在的時候，我不讓妳說話，妳就不許說話。」

小蘭花應聲：「好。」

「其次，不管任何時候，不要打斷我做任何事，比如像方才那樣，阻止我殺人。」

管他呢，反正下次遇到了那種情況再說，先答應著。於是小蘭花又應了聲：「好。」

「最後……」東方青蒼頓了頓，然後微微笑開。「妳求我，我就幫妳。」

「……」

小蘭花聽主子說過，這個世界上有一種人格叫作施虐型人格。以前她覺得，這個世界陽光又可愛，怎麼會有這樣的人存在呢？直到今天，她聽到東方青蒼說出了這句話。

「好……好啊。」小蘭花咬著牙，從牙縫裡擠出三個字。「我求你。」

於是，東方青蒼就開懷地笑了，「本座滿足妳。」

他右手上金光凝聚，一揮衣袖，金光散開，幻化成撲翅的蝴蝶，一隻一隻翩然飛到幽深的黑氣之處，擋住了傾瀉的渾濁氣息。

不過片刻，金蝶已嚴絲合縫地堵住了牆上的縫隙。東方青蒼攏了衣袖，大風揚起他的衣袍與長髮。眨眼之間，面前的牆壁恢復得完好如初，連帶著破敗的小院也被清掃乾淨，裡面的魑魅魍魎一隻不留。

原來力量強大就是這樣，是殺是救，全在他一念之間。

小蘭花還在愣神，東方青蒼已邁開腳步往屋外走去。

「去……去哪兒？」小蘭花連忙邁起左腿跟上他。

「九幽不毛地。」

看也沒看躲在院外的疾行者一眼，東方青蒼逕直拂袖而去，徒留疾行者坐在地上出神。他沒看錯吧，魔尊……剛剛補上了三界封印？他居然還會關心民間疾苦？這……確定放出來的是魔尊，不是什麼上古神？

蒼蘭訣

第四章

給我拿男人來！

黑水貫穿的九幽自上古時起就是不毛荒地。東方青蒼敗於赤地女子之後曾在九幽休養生息，但沒等他重傷痊癒，諸天神佛便趁他不備，將其斬殺。

此後天下魔族盡數被趕入九幽不毛地，天界在此施加封印，將九幽與人界隔離，此處始稱魔都。

疾行者在路上旁敲側擊地問東方青蒼，可不可以也像在三界封印上撕條小口子一樣，也把天界給魔界的封印撕掉。而且，撕都撕了，就別撕那麼一小點口子，乾脆全部撕了拉倒……

小蘭花在東方身體裡聽得此言，登時蹦了起來，脫口而出：「那怎麼行！」

疾行者被吼得一愣，卻見魔尊說了這話之後立刻用手死死捂住自己的嘴。

「妳可是忘了方才答應過本座什麼？若是再吵，本座便回去撕開三界封印。」

小蘭花嘀咕：「可那種事情的確不能做呀……我要是不搶著說，你肯定就答應了……」

「本座答應與否，何須妳來插手，給我閉嘴。」

他們趕路極快，疾行者在呼嘯而過的風中只見魔尊捂著嘴一陣嘟囔，也不知道他在自言自語些什麼。

他憂心地反思，是不是自己剛才說的哪句話得罪了魔尊？惹了魔尊不喜，稍有不慎就會魂飛魄散。他心頭急跳，連忙垂下頭，不敢再言語。然而一想到剛才魔尊對他提議的反應，疾行者又開始十萬分地憂心。

聽聞這個上古魔尊從來自私自利，據傳，他修得不死之身後，不思壯大魔族，只顧著自己每天滿世界地尋釁鬥毆，待得打遍天下了，還是不肯回來帶領族人走向光明的前途，只在焱山占山為王，每天掛著牌子宣告天下自己要獨孤求敗。

最後可好，敗在赤地女子手上，也葬送了他的性命。

是以當時孔雀軍師為了大業提出復活魔尊這個建議時，魔界之中不乏反對的聲音。但反過來想一想，魔界無人堪與魔尊匹敵，魔尊好鬥，那也只能找天界的人去鬥。這對魔界而言，無論如何都不算個壞事。退一萬步說，即便魔尊對魔界袖手旁觀，拿他來做一個精神領袖，也是非常鼓舞士氣的。

復活魔尊看起來十分可行。

可現在……疾行者覺得，他們做決定的時候，是不是……太草率了？以他眼下對魔界的這個態度看，實在難說是敵是友啊……

可魔尊已經復活，要塞回去估計是不行。看來，只有玩命地討好他了……

疾行者在魔尊跨入冥府的時候就給魔界放了信回去，大家都知道魔尊已逃出昊天塔，但又為了個女人踏入冥界的事。是以現在知道魔尊正在往九幽魔都趕，大家都齊齊湊在界口等待，手裡拿著的，除了有歡迎魔尊的東西，更有給女人準備的東西。

但奇怪的是，當界門打開，上古魔尊威風凜凜地踏進來的時候，他身邊除了跟著低眉順眼的疾行者外，並沒有女人的影子。

負責迎接的是魔界的丞相觴闕，他恭恭敬敬地對魔尊行了個禮，後面的人立刻跟著嘩啦啦地跪了一片。

眾人齊聲道：「恭迎尊上重臨三界。」

小蘭花被這陣勢唬住了，她感覺天界的仙人都做不到如此對待天帝。東方青蒼對這種場面卻顯得興趣缺缺，只對觴闕道：「你是現今魔族的統領者？」

觴闕恭恭敬敬地答：「小人乃是魔界丞相，而今的統領者乃是孔雀軍師。只是他先前為復活尊上，在天界身受重傷，至今重傷未癒，無法前來迎接尊上。」

「嗯，你能調動魔族力量便可。」

這句話讓在場之人一驚，皆好奇地抬頭打量東方青蒼。這是……一來就要帶著他們去打仗的架勢？

東方青蒼全然無視周圍打量猜測的目光，邁步就往魔界深處走，「我有事吩咐你。」

觴闕愣愣地跟在他後面，打量一眼東方青蒼的神色，又瞅一眼四周的眾人，忍不住開口問：「尊上，聽聞先前您為了一個天界女子去了冥界，現在為何……」

「死了。」東方青蒼眼眸中極快地劃過一絲情緒。

觴闕的注意力全都放在他身上，對於東方青蒼的表情他極為敏銳地捕捉並且解讀了出來。魔尊是在說——我簡直還想再殺那傢伙一次。

前一刻為了那人入冥界，下一刻就毫不猶豫把人家打得魂飛魄散了嗎……

魔尊的喜怒還真是不可探測，於是觴闕徹徹底底地沉默下來。

觴闕將東方青蒼領到議事殿，還沒來得及坐下，東方青蒼便道：「吩咐你的人，去給我找一個女人。」

觴闕又是一愣。「女人？」又是女人？難道是魔尊移情別戀了，所以才把前一個殺了？

「甲寅年六月廿五辰時三刻出生，名喚謝婉清的女人。」東方青蒼道：「找到她的行蹤，立即告訴我。」

全然命令的口氣，半點客氣也沒有。觴闕是在高位待慣了的人，照理說該極不習慣別人這樣與他說話，但偏偏這話從東方青蒼的嘴裡說出來，讓他感覺不到半點不適應。

魔尊自然而然地下達了命令，觴闕也自然而然地應了一聲：「是。」應答得毫不猶豫。

「給本座準備房間。」

「是，已經準備好了。屬下這便去吩咐侍者帶領尊上過去。」

「嗯，此事盡快。」

「是。」

直到退出房間，觴闕才反應過來，不對呀！他今天應該是要和魔尊商量在什麼時機用什麼方式去攻打天界的，這……領了一個找女人的命令就出來了，算是怎麼回事……

他回頭往屋裡看看，議事殿門緊閉，他也不好意思再進去，只好把那些事暫時放放，等回頭找到機會再說吧。

「你要找這個謝婉清做什麼？」趁著沒人，小蘭花小聲問東方青蒼。

「本座自有安排。」東方青蒼閉目養神。「把左邊眼睛也閉上。」

不一會兒，侍者來迎東方青蒼去他的寢殿。

一路走的是最寬敞的道路，通向最高的宮殿，那裡是魔界最權威的象徵。

「此處本是魔尊大人的祭殿，但尊上既然已經復活，祭殿別無用處，自是該讓尊上入住。」侍者道：「今日傍晚，丞相給尊上備了接風宴，還望尊上賞臉。」

等侍者退去，小蘭花扭著頭將宮殿一打量，「大魔頭，你還真是備受尊崇。」

「誰都可以受到這樣的對待。」東方青蒼道：「只要他們如本座一般強大便可。」

小蘭花噘嘴，「狂妄。」

東方青蒼捏住自己的嘴，幾乎想將這兩片肉撕下來。

忽覺一道目光落在自己身上，東方青蒼轉頭一看，幾個侍者捧著精美華貴的衣裳呆若木雞地站在一旁，「尊……尊上，這是丞相為您準備的晚宴衣裳……」

東方青蒼覺得額頭青筋直跳，「放下，從今往後，沒我的允許，不得入殿。」

「是……是。」

迎接魔尊的宴席擺在他高高的宮殿之前，順著階梯一級一級向下延展。紅色燈籠幾乎照亮了魔界整個天空。

當東方青蒼身著一襲鑲金邊的大黑袍出現之時，魔界之人盡數叩拜於階前，山呼恭迎魔尊。

小蘭花哪裡經歷過這種陣仗，當即被唬得有幾分腿軟。東方青蒼淡然落座，借飲酒的時候，咬牙道：「妳抖什麼！」

小蘭花更是瑟縮了一下，「我我……我怕呀。」

東方青蒼心頭那股自打遇到小蘭花開始就一直盤旋的無力感又浮現了出來，「妳怕什麼？」

「這裡這麼多人，我一個也不認識，還全是魔界的。那個……那個長得好奇怪，腦袋上還有牛角；那、那、那邊那個也是，手怎麼和爪子一樣啊；還有那個……他臉上還有蛇的鱗片，天哪，好可怕……」

「……」

這裡最可怕的明明應該是東方青蒼吧！

小蘭花抖得越來越厲害，逼得東方青蒼不得不開口：「妳在本座身體裡，天下皆不可懼。」

座下有人遙遙對東方青蒼讚揚了一長串，然後舉杯敬酒。東方青蒼漫不經心地抬了抬手，將杯中酒飲盡。

階下眾人見狀，趕忙爭先恐後地輪番敬酒。東方青蒼來者不拒，一杯接一杯地灌下去。宴會過半，小蘭花就開始覺得眼前模糊起來，舌頭也有些捋不直了，「大、大魔頭，咱們不能喝了……」

「本座如何，豈容他人置喙。」東方青蒼說著，又飲了一杯酒。

小蘭花眼睛開始亂轉，「我好像，聽見有人說，這酒……叫、叫千日醉……主子說，這酒專醉神魔……」

她說了話，卻沒人應她聲了。小蘭花終於也撐不住，側著身子往寬大椅子上一倒，睡著了。

在夢中，小蘭花覺得渾身都躁熱不堪，她抓了抓衣領，摸到了一片又硬又結實的胸膛，還微微發著燙，她舒服地嘆了口氣，開始拿手指在胸膛上畫圈，正畫得起勁，靈敏的耳朵聽見屋子外面有人在商量，「這……尊上好像有點……躁動？」

「是不是因為太久沒有……來，把女人給弄進去。」

女人？

小蘭花覺得很是不滿，她自己就是女人啊，還要女人做什麼？她睜開一隻眼，看見三、四個女人依次進入屋內。大家都穿得很是清涼，但往那層薄薄的紗裡一看……

嚇！簡直嚇死小蘭花！

這些女人身上都有紋身，不是蛇就是蠍，紋得十分逼真，像是要撲出來咬她一口、螫她一下。

小蘭花連忙揮手，「別過來別過來，過來我就打妳們哦！」

幾個女人面面相覷，即便醉酒，東方青蒼身上的煞氣也讓她們覺得很是畏懼，她們努力笑著道：「尊上，丞相讓我們來伺候你……」

小蘭花一噘嘴，「我要女人伺候幹麼？要，也給我拿男人來！」

眾人一驚，宛如被雷劈了一樣看著東方青蒼，「尊……上？」

小蘭花覺得用一隻手撐著身子坐著太累，於是又趴回了床上，然後拍了拍自己的胸脯，又拍了拍旁邊的枕頭，「要這樣的男人，睡這兒。」幾個女子因為太過吃驚，好半天都沒有挪地方。最後，有人往後退了一步，大家才全部驚醒似的，捂上了嘴，一個一個悄然退出了房間。

小蘭花咂巴了一下嘴，聽見沒了聲音，正準備閉上眼睛睡覺，忽見房門又開了。

一個還穿著侍衛甲衣的男人像是被外面的人扔進來的一樣，在地上滾了一圈，爬起來。他抬頭看了小蘭花一眼，咬著牙，面色慘白地跪行到小蘭花床邊。

「尊、尊上，屬下來伺、伺、伺……」他緊咬牙關，臉面青白，後面那個字是怎麼也說不出口，活像快要嚇死過去一樣。

小蘭花歪著腦袋看了他許久，然後拿左手食指點了點他的額頭，「小哥滿壯實。」

侍衛的天靈蓋像是都被這一點戳碎了一樣，渾身劇烈顫抖起來。

小蘭花拍了拍旁邊的枕頭，「夜深了，你也睡。」

侍衛虎目含淚，爬上了床，然後僵挺著身子。他已經做好了所有的準備，但就在他正在思考身後事的時候，身邊忽然傳來了均勻的呼吸聲。

侍衛小哥僵硬著腦袋轉頭一看，魔尊摸著自己的胸膛，已經睡得無比香甜。

什麼呀……

真的就只是睡覺啊……

魔界也有清晨。

與人界不同，從早上開始，魔界的太陽就炙烤著大地，空氣乾燥，使得九幽成為一片不毛之地。

東方青蒼鼻翼微動，呼出一口長氣，像是沉睡了千年的巨龍，攜著巨大的氣勢甦醒。他周身氣息隨著他睫羽的顫動而波動，使床幃飛舞、屋門震顫。

東方青蒼睜開右眼，左邊的眼睛也跟著睜開。他身體裡的另一個靈魂控制他的左手抬起來，揉了揉眼睛，張開他的嘴，打了個哈欠，然後咂巴了兩下，伸出舌頭舔了舔嘴唇，還拿手在嘴上抹了一下，像是在下意識地抹乾流出來的口水。

而此時，不管那個靈魂對他的身體做出了怎樣的舉動，東方青蒼都只看著他旁邊睡著的這個長著鬍子、輪廓硬朗、體格健碩的男人。

雖然很不想承認，但是上古魔尊此時是有幾分呆滯的。

這是他從來沒遇到過的情況。

自打遇見那個女人之後，他的運勢就像突然急轉直下了一樣，出現的狀況都變成了他沒遇見過且不好處理的，甚至是根本無法理解的狀況。

比如說現在。

侍衛小哥一夜沒睡，察覺到東方青蒼的動作，他僵硬地把眼珠子轉到側面。只見東方青蒼一隻眼睛直勾勾地盯著他，另一隻眼睛卻半睜不睜地四處亂轉，小哥嚇得魂飛魄散，身體越發僵硬起來。

「最好有誰能與本座解釋一下。」東方青蒼坐起身來，目光冷冽，殺氣四溢，幾乎能碎肉削骨。「這到底，是怎麼回事……」話音未落，他的左手撓了撓他結實的腰腹。

東方青蒼目光往下一轉。

很好，情況似乎更加撲朔迷離了一些。

他現在為何衣襟大開，為何袒胸露乳，為何和一個男人……

東方青蒼覺得他現在可以什麼都不用問，先殺了這個男人才是正經事。

他目中血色翻飛，周身仿似升騰起黑色的氣焰。

侍衛嚇得渾身哆嗦，「尊上……尊上……」他抖著嘴想說話，但來來回回卻只知道喊這兩個字。

東方青蒼黑著臉一腳將他踹下了床，也顧不得穿鞋了，逕直踏下床鋪，拖著像殘廢了一樣的左腳，拔出掛在床邊做裝飾用的尚未開刃的劍，一抬手就要將侍衛砍成兩半！

侍衛緊閉了雙眼，眼角幾乎快擠出淚水。

忽然之間，東方青蒼大吼一聲：「啊！」不像是給自己助威，倒更像是被自己嚇到了一樣。他尖叫起來，「你要幹麼！」

劍遲遲未落到自己身上，侍衛大著膽子抬頭一看，魔尊的左手握住了他的右手，他臉上神色一會兒青如鐵色，一會兒慘白如紙，簡直讓人看不懂他是在生氣還是在害怕。

「我我我……」侍衛抖著嗓子道：「我在等死啊尊上……」

「出去出去出去。」魔尊的舌頭也像是捋不直了一樣，哆哆嗦嗦地喊著：「走走走！趕快走！」

侍衛初聽此言還不相信，畢竟魔尊現在還舉著劍呢。但看這劍遲遲不落下來，侍衛連忙翻了身，連滾帶爬地拉開房門衝到了外面。

屋裡安靜下來，只餘東方青蒼粗重的喘息聲。

「一大清早就要砍人，東方青蒼你瘋了不成？」

「呵……」東方青蒼覺得自己現在確實要瘋了。他扔了劍，手掌卻因為太激動而止不住地顫抖。他按壓著自己的太陽穴，過了好一會兒，好似才終於找回自己的理智一樣，隱忍著開口：「本座醉酒，妳便用本座之身……找……樂子？」

小蘭花奇怪，「什麼樂子，你在說什麼亂七八……糟……的……」腦海中的記憶慢慢浮現。她好像看見自己豪氣地拍了拍自己的胸膛和身邊的枕頭，然後吩咐人送了一個男人過來。

小蘭花張開嘴，忘了合上。

怎麼辦，她好像確實是幹了一些亂七八糟的事，還是用東方青蒼的身體！最驚悚的是……她忘了那個男人在躺下之後，到底有沒有做更亂七八糟的事了……

小蘭花捂住嘴，陷入了徹徹底底的驚惶。

東方青蒼坐回床邊，似頭痛極了地揉著腦袋。

「大魔頭……」意識到自己可能闖了禍，小蘭花心裡的愧疚感如浪湧一般將她淹沒。「我……我不是故意的啊，我真的不知道自己醉酒之後會那樣……」

「給本座閉嘴。」

「嗚……」小蘭花起了哭腔。「我真的對不起你，主子說害人丟了貞操要挨天打雷劈的……」

東方青蒼覺得腦袋更痛了幾分。

「但這事不能怪那侍衛小哥，全是我的錯，你要懲罰就懲罰我吧。」

「妳是仗著身體優勢在示威是嗎？」

「沒……沒有，嗚嗚，我是真的知道錯了。」

左邊眼睛裡流出的眼淚讓東方青蒼極不適應，他煩躁地撕了床單將左邊臉頰擦乾，「休要使本座容顏泣淚。」

小蘭花還是十分愧疚，「嘤，可我把你……我心裡真的……」

東方青蒼揉了幾下太陽穴，「沒妳想的那回事。」

小蘭花聞言止住了眼淚，「沒有？」

「這也是妳的身體，妳就什麼都感覺不到嗎？根本沒有那回事。」

小蘭花這才想起感覺一下自己的身體，然後陡然鬆了一口氣，「嚇死我了。」沒了愧疚，小蘭花陡然又生出一股脾氣，「那你剛才為什麼要砍人家侍衛小哥？」

「妳好意思問得如此理直氣壯？」東方青蒼一句話將小蘭花堵得不再言語。他嘆了一口氣，竟然神奇地覺得，面對這樣的事情，他居然開始慢慢習慣了，至少在心態上，已經能很快沉澱下來。他整理了情緒，揚聲道：「給本座備水。」

不一會兒便有人輕輕叩門，「尊上，水備好了，在濯塵殿。」

東方青蒼理了理衣襟，披上衣袍，出了門去。

一路上侍者的眼神全都落在地上，一動不動、目不斜視。但東方青蒼走過兩個轉角之後，後面就傳來了竊竊私語。

「尊上」與「男人」這兩個詞出現得尤為頻繁。

是了，就算身體上沒有發生什麼事，但……

小蘭花又生了愧疚，這上古魔尊的名聲可算是完全砸在她手裡了。

東方青蒼卻什麼都沒說，面無表情，彷彿什麼都沒聽到。想想上次在冥界聽到小鬼們的討論時，他也是這樣。他對於流言蜚語似乎總是全然不在意，極盡漠視，活像人家議論的不是他，而是一個和他毫無關係的人一樣。

小蘭花終是忍不住好奇，「他們……議論的那些話，你不生氣嗎？」

「弱者方在背後議論。」東方青蒼道：「螻蟻之言，尚不足擾心。」

小蘭花一愣，不管是在傳說裡還是這幾天的認知裡，小蘭花心裡一直覺得東方青蒼是一個暴躁易怒、只要有一點不愉快就會殺人的惡魔，粗魯又沒耐性，野蠻而不講道理。但聽得他這句話，小蘭花忽然覺得，這個大魔頭，或許也不全是那樣。

他對人生或許有特別的感悟。

「我主子常說，流言蜚語，積毀銷骨……」

沒等小蘭花將話說完，東方青蒼便一笑，「刀山火海、閻羅地獄尚不能傷本座分毫，流言蜚語又有何懼？積毀銷骨……哼，不過是因為太弱小罷了。」

小蘭花又愣了一陣，她忽然明白了，這個大魔頭，對人生根本沒有什麼特別的感悟，他只是單純的狂妄而已……

談論間，東方青蒼走到了濯塵殿門口，一推開門，屋內水氣氤氳，一片朦朧。東方青蒼隨手將外袍脫在地上，又伸手解開中衣的衣帶，左手卻忽然抱住了胸膛。小蘭花驚呼：「你要幹麼？」

東方青蒼看著面前寬大的浴池，「難道妳看不出來嗎？」

小蘭花驚駭，「為什麼要洗澡？你不是說昨天什麼都沒發生嗎？」

東方青蒼眉毛皺了起來，「一身酒氣，不該沐浴？」

「啊啊啊……你別脫了，我不想和你一起洗澡啊！」

「妳走便是。」

「……」

拖著左腳步入浴池，東方青蒼發現，他竟然已經習慣了自己時不時殘廢一下的左腿。坐在浴池裡，他左邊身體僵硬得不行。左手一直將左眼捂著，害羞得十分安靜。

真難得，東方青蒼想，他身體裡的那個靈魂，真是從來沒有安靜過。

他倚著石壁靜靜坐了一會兒，享受著難能可貴的平靜。

其實要東方青蒼「享受平靜」是一件十分難得的事情。上古時，他可是叱吒風雲的大妖魔，什麼時候不是別人求著他讓他施捨平靜，現在卻……

到底是時過境遷，人心不古啊。

不過想到上古之事……

東方青蒼右手一抬，自浴池中潑了一點水出去。

水滴便在岸邊凝形，慢慢長高，最後變成了三個人影模樣，靜靜站立。

「朔風長劍，去找。」

三道人影輕輕頷首，風一樣消失在濯塵殿內。

小蘭花這才放下捂著眼睛的手，轉著眼珠子左右看了看，「找什麼劍？大魔頭你在和誰說話呢？」

「和我捏出來的侍衛。」東方青蒼答得漫不經心，頓了一下，倏爾笑了。「小花妖，妳不是想要身體麼，本座以水為載，幫妳起一個。」

小蘭花聞言，連忙搖頭，「主子和我說過你的事，我知道你會一種祕法，可以平空造物，但主子說，你到底是比不上天地大道，造出來的東西空有人形沒有人樣，過一、兩個月就化了。我才不上你的當。」

東方青蒼微微瞇起眼睛，「嗯，妳主子懂得還挺多。」

「我主子是天上地下萬事皆知的神仙。懂得多、法力高，最是厲害。」她言語之間是十萬分的驕傲。

「哦？」東方青蒼輕聲道：「與本座比，如何？」

「你比我主子差遠了。」話脫口而出，小蘭花覺得空氣沉了幾分，她轉了轉左邊眼珠子，「不……我是說，術業有專攻，我主子知道的東西多，但不一定打得過你呀……」

「後輩神仙。」東方青蒼言語裡是滿滿的不屑。「所知天地幾何？怕是知道的，也不及本座萬一。」

小蘭花忍住撇嘴的衝動，又生怕大魔頭去找自家主子的麻煩，只好弱弱地應聲道：「是，魔王大人你最厲害。」

霧氣在眼前氤氳，坐了半晌，小蘭花也不拘束了。反正水面波光蕩漾，什麼也看不清，她嫌無聊，索性玩起水來。

她試著調用東方青蒼體內的氣息，拿食指在水下輕輕一彈，登時一道氣息破開浴池中的水，像是有魚從她指尖游出一樣，在水面上劃出一道水痕。

東方青蒼的右眼睜開，瞥了一眼，隨後就當沒看見一樣重新閉上。對於小蘭花私自調動自己體內氣息他倒沒有多大反感，畢竟她這樣安安靜靜地用他的氣息玩，比她嘰嘰喳喳地用他的嘴巴吵來得讓人舒心多了……

「別使太大力……」

話音未落，小蘭花揮掌而出，一股長風唰地甩了出去。氣息撞上兩丈外的磚石牆壁，將磚石撞擊出一個大坑。與此同時，池中之水被淩厲的掌風一斬為二，讓東方青蒼的身體瞬間裸露在池中。

身體的清涼讓小蘭花下意識地垂頭一看，然後震驚得忘了抬頭。

被分開的水轟然落下，重新填滿浴池。水波激蕩，嘩嘩地撞出白色的泡沫。也將浴池另一頭的磚石都沖進了水裡。東方青蒼揉著額頭，「妳沒聽見本座的話嗎？」

小蘭花完全呆住了，「你……你身上真的有……烏龜……」

東方青蒼已經不想搭理她了，自浴池中踏了出去，扯過一旁備好的浴巾將身體擦乾。伴隨著他的動作，尚在驚嚇中未回過神來的小蘭花受到了更大的驚嚇，「別……不要，不要這樣擦胸膛啊！我感覺得到啊！」

「啊！你在擦什麼地方啊！啊啊啊！羞死人了！不准擦了！」

「妳再吵，本座便再擦一遍。」

小蘭花徹底安靜下來。

穿好衣裳出門，濯塵殿外已經站了一片侍者。為首之人戰戰兢兢地走到前面來，「尊上，可是有何處不滿意？」

東方青蒼看了他一眼，「池子太窄了，拆了重建。」

寬三丈長六丈還窄？

但東方青蒼既然開了口，自然沒有人說他不是。侍者應了，目送他離去。

東方青蒼在魔界歇了三天，三天時間，整個魔界討論的事情全是關於他。

尊上今天早上吃了塊軟糕，剛誇了一句好吃，下一秒就將軟糕吐出來，說拿出去餵豬。

尊上今天中午去賞花，剛誇完蘭花漂亮，轉手就將院子裡的蘭花連根拔了，讓人拿去埋土裡做肥料。

尊上今天晚上睡覺之前，服侍他的侍女在窗戶外面又看見他對著鏡子自言自語了，嘀嘀咕咕說了好半天的話。

時間一長，魔界的人都開始懷疑，這個魔尊……他如果不是冒牌貨那肯定就是……有病啊！

喜歡的食物要拿去餵豬，漂亮的花要連根拔起，時不時自言自語，動不動就朝令夕改。

上古魔尊，果真邪氣至極，舉手投足都讓人難揣測。

而第四天一大早，魔尊便說他要去人界。要幹什麼也不說，派人去幫也不幹，右手拂了拂衣袖，左手抓了兩塊糕點就上路了。

丞相鶡鬪本叫疾行者跟著去，但沒隔多久疾行者就灰溜溜地回來了，說是險些被魔尊砍成兩半，他就躲了一瞬的工夫，再回頭就沒看見魔尊的身影了。

能走得如此快，想來這個定是真的魔尊沒錯了。但……確認了這就是魔尊之後，魔界的人，反而更加莫名地忐忑不安起來。

孟冬，崑崙已是漫天大雪。

小蘭花看著走在前面的水影人有點不忍心。他的腳和腦袋都已經被封凍成冰，但還是努力地往前走著，將東方青蒼帶入被大雪覆蓋的崑崙深山之中。

「他快要死了。」小蘭花道：「你不給他補點法力或者是讓他暖和一下？」

「他的作用就是死。」東方青蒼答得毫無感情。

小蘭花撇嘴，在心裡暗罵東方青蒼無情。

水影人帶著他們行至一座山頭，一股寒風自他身下吹來，他身子一僵，從腳至頭被徹底凍結成冰，只是手指還遙遙指著前方。

小蘭花攀上山頭，跟著他手指的方向一看，山下面是一處深淵，在深淵的斷壁中間有一個若隱若現的冰洞，約莫兩丈多寬。

東方青蒼視力超群，小蘭花眨了眨眼仔細一瞅，登時便看到了冰洞周圍的牆壁上覆蓋滿了透藍色的小冰晶。那種東西小蘭花不認識，但看那模樣，她就知道，那冰洞之中的氣息定是極寒。

小蘭花知道東方青蒼身體強壯，但是……

她用左手抓了抓衣襟，東方青蒼就穿了三件衣裳，外面這件黑色的大袍子好看是好看，可在這冰天雪地裡就會兜風，一點實用性也沒有。小蘭花開口問：「我主子以前和我說過，崑崙山下有妖市，我們要不要去買件火狐披風搭上再去那個洞裡啊？那裡看起來好像是有什麼封印，冷得不同尋常啊。」

東方青蒼理也不理她，腳下氣息一動，拖起他的左半邊身子便往崖壁上的冰洞而去。

還未走進冰洞，小蘭花便覺一股淩厲的寒氣撲面而來。

果真是非同尋常的地方，至少剛才走了一路，不管風雪多大，小蘭花其實是沒感覺到冷的。但到了這裡，只是風一颳，小蘭花就有點哆嗦了。

這可是東方青蒼的身體！小蘭花望著裡面被藍色冰晶覆蓋滿了的岩壁，洞內幽深，通向未知的地方。小蘭花開始有點怕死了，「你要找什麼劍呀，別找了，咱們回去吧，重新打一把就是了。這裡面讓我感覺好不安啊……」

「閉嘴。」東方青蒼冷冷地說了一句，一腳踏進冰洞之中。

像是察覺到外面有人進入一樣，洞穴裡呼嘯出來一陣寒風，將東方青蒼銀白色的髮絲掀起，讓他長及腳踝的銀色頭髮瞬間結上了細細的冰碴。

小蘭花不安更甚，「真的好冷啊。大魔頭，這個地方真的很不妙啊……我主子說過有些地方真的不能去的，天地之間有很多奇奇怪怪的縫隙，你再厲害也是一己之力，不能與天道抗衡……」

「天道？」

東方青蒼腳步往前一踏，仿似有一股烈焰自他腳下竄出，劃分為三股。一道逕直衝入洞穴深處，像是在還擊方才那記冷風，呼嘯著將地面燒出一條道路來；另外兩道火光一左一右，順著岩壁蔓延而上。

小蘭花但見周圍藍色冰晶瞬間融化，耳邊一陣冰晶爆裂的亂響。

等她再轉眼一看，東方青蒼身前三步已不見藍色冰晶的影子，只留下了灰撲撲的岩壁。

「天道算什麼？」東方青蒼語氣輕蔑，繼續邁步上前。

小蘭花在東方青蒼的身體裡看得愣神，但越往深處走，她的不安就越發強烈起來，「大魔頭，我覺得，除了冷，這裡可能還有別的東西啊，我……」

話音未落，小蘭花只覺一股撕心裂肺的疼痛自身體深處傳來，一如當初東方青蒼強迫她交換魂魄時一樣。

小蘭花呻吟出聲，與此同時她覺得身體往右邊一倒。

小蘭花眼前昏花，在天旋地轉當中，她似乎看見東方青蒼的魂魄被拽出了身體，隨著洞外莫名其妙湧進來的風，被吹到了冰洞的深處。

緊接著，小蘭花也沒有在東方青蒼的身體中堅持多久，一樣被撕裂出來，被風捲進了透著藍光的、神祕的冰洞裡面。

在人界魂魄離體。

主子說，這叫死。

第五章

一個東方青蒼倒下了，千萬個東方青蒼站起來。

小蘭花覺得東方青蒼真的是她生命中的掃把星。

這才碰見他多少日子，她死來死去多少回了？先是自己的身體莫名其妙地被自己拍死了，接著還要委委屈屈地跟一個男人搶身子。

這下更好，乾脆魂魄離體，在人界飄成了一隻孤魂野鬼。

小蘭花想起主子以前說的一句話，覺得真是太應景了，「真是倒了血楣。」

小蘭花抱著胳膊抖抖索索地站起來，往左右看看。東方青蒼的身體和魂魄都不見了；而自己魂魄離體，竟也沒有冥府的鬼差來拉她去地府。不過想想，或許連鬼差都來不了這裡，更甚者，天上地下知曉這個地方的人或許都沒幾個。至少小蘭花就從來沒聽她主子提起過。

沒了東方青蒼的身體，四周的寒冷似乎更加徹骨。但好在她現在是一個魂魄，如果換作她以前那具身體，別說走路，恐怕連站也站不起來了吧。

岩壁上的藍色冰晶發著幽幽的微光，照得整個冰洞裡面都亮堂堂的。小蘭花輕輕喚了一聲：「大魔頭？」

她的聲音在冰洞裡來回迴盪，傳出去老遠，可她一直沒聽到回應。她記得東方青蒼的魂魄也被從身體裡面拉出去了，只是不知道被後來那股妖風給吹到哪裡去了。不過小蘭花想，既然她現在還好好的，那大魔頭一定也沒有出事……

等等。

小蘭花突然意識到一個嚴峻的問題。

現在他們兩個都魂魄離體，依照大魔頭的秉性，再見她的時候一定會毫不猶豫地把她殺了的呀！

畢竟，誰想和別人一起共用自己的身體，而且她這些日子以來對大魔頭……換作她是大魔頭，說什麼她也得把自己捏死。

小蘭花明白，一直護著她不受大魔頭迫害的屏障忽然之間倒塌了。所以，她現在要活下去就必須在東方青蒼之前找到他的身體並且鑽進去。只有這樣，她才可以和東方青蒼繼續維持之前僵持不下的局面，得以生存。

絕對不能在找到身體前碰見東方青蒼！

絕……對……

「還想去哪兒？」

一個聲音在背後響起。

小蘭花渾身一僵，眼珠子滴溜溜地往旁邊一轉，看見了身側一塊大大的冰晶上映出了她身後東方青蒼森冷的面孔。他身上的冷意與殺氣湧出，登時盈滿了整個洞穴。

就算是個魂魄，小蘭花也聽見了自己陡然增快的心跳聲。

「可真是讓本座好找。」他抬起了手，火光在他指尖顯現。

小蘭花根本不想去深究為什麼他一個魂魄還能使用法力這個問題，只在東方青蒼將火甩出的那一刻，撲通一聲跪在了地上，躲過他的法術又將他的大腿抱住，

「大人！小蘭花知道錯了！您別殺我！」

氣節？那玩意兒不能吃，小蘭花早就把它扔了！

東方青蒼勾起唇角，微微露出的犬齒讓他的面容顯得森冷又歹毒，「妳何錯之有，這些日子，妳可是讓本座看到了自身許多不足。」

小蘭花將他大腿抱得更緊，「我是當真知道自己錯了。我不該對大人您那麼放肆的，嚶嚶，看在咱們一起吃過飯、睡過覺、洗過澡的分兒上，您放過我吧！」

「哭？」東方青蒼皮笑肉不笑地將小蘭花的下巴掐住，將她臉上的肉都掐變了形，提著她的臉便把她從地上拉了起來。「用妳的臉哭起來倒是讓本座極為愉悅。」

小蘭花嘛著的嘴動了動，卻因為東方青蒼捏著她的嘴而說不出口。求饒的話說不出口，小蘭花只好極力眨眼睛，以顯示自己的無辜與可憐。

東方青蒼卻無動於衷，他嘴角的笑收斂回去，眼神越發冷了下來，「本座玩夠了，這場鬧劇到此為止。」

他手上烈焰翻騰，小蘭花只覺臉頰邊上熱度驚人。她知道東方青蒼要燒掉她的腦袋，讓她魂飛魄散，那可是誰也救不回來的死法。

她當即心頭一狠，揮手往東方青蒼臉上一拍。東方青蒼不防她突然變臉，被一個大耳刮子打個正著。與此同時，小蘭花將一顆冰晶順勢拍進了他耳中。東方青蒼手中火焰頓時式微，他一手拎著小蘭花，一手捂住耳朵，似想將裡面的冰晶融化，這時，小蘭花另一隻手對準東方青蒼的心房，使了她最大的力氣，將另一顆冰晶拍到他的魂魄之中。

冰晶入體，似乎對東方青蒼產生了極大的影響。他的臉色一陣白一陣紅，手一鬆，小蘭花雙腳落地，捂著喉嚨撕心裂肺地咳了幾聲，然後頭也不回，連滾帶爬地轉身往洞穴深處跑去。

剛一轉彎，便覺身後燒來一股炙熱的烈焰，想來是東方青蒼怒得不行，徹徹底底動了殺心。

小蘭花嚇得膽都要碎了。

再被抓住，她一定會死成渣！

憑著這股信念，小蘭花一口氣跑出了老遠。直衝過了十幾個岔路口，氣都要跑斷了，才敢停下來。

往身後一看，東方青蒼沒有追來，想來是她拍的那兩顆冰晶讓他極不好受。

但是管他呢！他們現在就是你死我活的格局，只有找到身體，恢復成以前的樣子，才能消停下來。

小蘭花以前聽主子說過，五行相生相剋，不管人魔仙妖，都有自己的五行，這是在出生的時候就定下來的。小蘭花雖然不知道東方青蒼的出生時間，但根據傳說還有他善用的法術大概能看出，東方青蒼是屬火的。如此說來，此地的極寒冰晶正與他相剋。

東方青蒼魂魄離體，尋常魂魄在人界連東西都摸不到，更遑論使用法術。在小蘭花所知曉的人中，除了戰神陌溪與天帝，還沒誰能做到這一點。在一個與他相剋的地方用魂魄使用法術，東方青蒼著實是已經厲害到另一個階段去了。如果今天對上的是東方青蒼的身體，小蘭花敢肯定，在碰到東方青蒼的臉之前，她就已經被他燒得連渣都不剩。

還好是在這麼一個奇奇怪怪的地方，她才能拚命與他一搏。

小蘭花累得不行，垂頭看了看自己被冰晶凍傷的兩隻手，忍著痛放到嘴邊來哈氣，哈著哈著她忽然意識到一件極為奇怪的事情。照理說，她現在是魂魄的狀態，應該碰不到人界的東西才對，就算是這個地方氣息奇怪，但也是人界的領域，為什麼剛才她還能偷偷把兩個冰晶抓在手裡？

小蘭花想了一會兒，不得結果，乾脆把這個問題拋在腦後。當務之急，是要找到東方青蒼的身體，並且進入它。

小蘭花又往前行了一段路，感覺四周的溫度又低了幾分。前方是一個三岔路口，其中兩條的岩壁上依舊布滿了藍色冰晶，唯有一條，裡面黑乎乎的一片，伸手不見五指。

小蘭花有幾分忐忑，但想著剛才一路走來都是一樣的景色，所謂不破不立，不走向不一樣的道路，事情恐怕很難再有進展。

一咬牙，小蘭花搓著雙手小心翼翼地踏入黑暗當中。

邁進黑色洞口不過兩三步，小蘭花便覺一股更冷的氣息從裡面湧出，幾乎把她凍成冰。還是別去了吧，小蘭花心裡打了退堂鼓，但是往回走就是徹底被她惹毛了的大魔頭。想想剛才在背後燃燒的熊熊烈火，面前的寒風似乎也不那麼刺骨了，黑暗也不那麼讓人害怕了。

畢竟，前面仍有一線生機，後面可完全是死路一條。

小蘭花壯起膽子，繼續往前面走去，一步路要先用腳趾頭在前面探三次才敢踩實。小蘭花覺得自己走了好久，可是回頭一看，閃著藍色光芒的冰洞離她也不過就四、五丈的距離。

忽然之間，遠處傳來一聲炸裂的響動，這鬼地方除了她和大魔頭，應該沒別的人進來吧！這動靜肯定是大魔頭在搞破壞！小蘭花登時嚇得魂都快沒了，也不伸腳探路了，一股腦地往前面跑。

黑乎乎的洞穴裡面還有數不清的彎道，小蘭花撞了幾次牆，就在黑暗中徹底失去方向了。現在回去的路看不見，這黑色洞穴裡的盡頭在哪兒也不知道。

小蘭花又怕又急，不知道怎麼辦才好。

這時，黑暗之中忽然飄來一股奇怪的氣息。

十分淺淡。但小蘭花很確信自己沒有嗅錯。在看不見東西、聽不到聲音的環境裡面，這股氣息更是尤為明顯。

小蘭花努力定下心神，順著這道氣息而去。

不知走了多久，眼前忽然有了光亮。小蘭花欣喜不已，連忙順著光芒跑去，終於邁出黑色洞穴。眼前藍色冰晶反射出來的光芒有些刺目，小蘭花瞇著眼睛適應了好一會兒，才將眼前的場景看清楚。

這是一個巨大的洞穴，少說也有十來丈高，面積比東方青蒼在魔界的寢宮還大。洞穴中間，不知是誰用藍色的冰晶豎了一尊雕像，小蘭花走近一看，才發現這是一個女人的雕像，身著鎧甲、手執長劍，英姿颯爽。

她好似已經在這裡站了許久，面容都有些模糊不清了，但她的身姿卻依舊挺拔。而最引人注目的是她手中的寒芒長劍，劍雖被冰封，但小蘭花仍能感覺出長劍劍氣凜冽，似乎能斬日月、裂山河。

這是誰？

小蘭花不認識。還沒等她想出結果，四周寒氣一凝，一道白氣凝成的人影在空中幻化成形。

「來者何人？」

滄桑厚重的聲音壓得小蘭花有點難受，「我……我是司命星君手下的小花仙，被魔尊東方青蒼脅迫來此。我無意冒犯，只是，我和他之間的情況有點複雜，我現在在尋找東方青蒼的身體。」

白影低聲重複：「東方青蒼。」他呢喃著這個名字，而後問：「妳可是要找這具身體？」

隨著他話音落地，東方青蒼的身體被白氣從岩壁之中拉了出來。山石落地，發出沉悶的響聲。小蘭花忙不迭點頭，「對對對，就是他。」

白影沉默良久，方道：「到底是找來了，我如今攔不住他，可也不會讓他輕而易舉便壞了將軍安寧。」

小蘭花聽得一頭霧水，卻見下一瞬間，東方青蒼的身體被高高抛起。小蘭花嚇得一驚，待得那具身體落地，地面猛地一震，眨眼之間，無數東方青蒼拔地而起！

小蘭花駭得瞠目結舌，「這這這這是怎麼回事！」

怎怎怎……怎麼多了這麼多東方青蒼！

小蘭花轉頭看了看立在自己身邊的「東方青蒼」。他閉著眼睛，身體雖是山石所造，但皮膚五官與真的東方青蒼毫無分別。說不定就是真的？小蘭花搓了搓手，後退幾步，奮力往他身上撞去，卻逕直從他中間穿過，根本沒有進入他的體內。

山石所造，沒有生氣，自然是裝不住靈魂的。

小蘭花非常沮喪，她看了眼四周密密麻麻的「東方青蒼」，登時覺得一個頭兩個大，這可要怎麼選啊？她抬頭想尋找那股白氣好聲好氣地問個明白，但那股白氣在放出這麼多「東方青蒼」之後便不見了蹤影，這可如何是好……

小蘭花左右望望，看見立在中間的女子雕像時，眼眸一亮。乾脆站在高處看看好了，說不定一對比，真假立顯。

她連忙往中間跑去，剛往雕像的基臺上一摸，就覺得一股極寒之氣鑽入體內，根本不給她反應的機會就將她打翻在地。

小蘭花的手登時變得透明了些許。她後怕得心臟直跳，這還只是魂魄，如果是肉身碰上去，豈不是整個人就直接凍死了……

這裡到底……她抬頭一看，只見冰封的長劍像是在示威一樣微微閃爍，簡直就是在說：別碰我。

小蘭花自是不敢再碰，但轉頭看了看這成千上萬的東方青蒼，她心裡是無奈至極。便在此時，餘光之中一團火光向小蘭花怒砸而來，小蘭花抽了口冷氣，逕直往地上一趴。火焰打在她身後的雕像基臺上，只聽嗤的一聲，消失無蹤。

周遭氣息一動，方才那團白氣重新在空中凝聚成形。

「東方青蒼。」渾厚的聲音在洞穴內迴盪不休，挾帶著威嚴與怒氣，震得趴在地上的小蘭花心胸極悶。她不敢爬起來，只在心裡估算著火團砸來的方向，匍匐著往另一頭爬去。

她要盡快找到東方青蒼的身體才行啊！

她趴在地上，一路上拽拽這個的腳，摸摸那個的腿，爬了一會兒，忽然抓到一個與其他山石不一樣的——東方青蒼！小蘭花心頭的激動還沒散開，便在抬頭的那一瞬間化成了灰燼。

是真的東方青蒼沒錯，不過是他的魂魄……

死成渣。

這三個字在小蘭花腦海裡飄蕩不休。

她連掙扎和哭都忘了，只呆呆地看著東方青蒼扯出了一個她從沒在任何妖魔臉上看見過的惡毒微笑。比人類長許多的虎牙映著周圍的寒光，像冰刃一樣扎入小蘭花的內心。

她感覺自己是條任人宰割的死魚，連選擇好看一點的死法的權利都沒有。

「東方青蒼！」白影在空中怒吼。「你這大惡之徒來此為何？」

東方青蒼看也不看他一眼，只盯著趴在地上的小蘭花的後腦杓冷聲開口：「五行相剋，妳倒是挺懂。」

小蘭花幾乎要將腦袋埋在土裡面，「我不懂的大人……」

白影在空中揮舞著手臂示威，「你定是覬覦朔風長劍，意圖來此盜取。朔風千萬年來只忠於將軍一人，豈會為你這大惡之徒驅使！」

東方青蒼盯著小蘭花，收了笑，面色立時冰冷如霜。他手中氣息凝聚，一團烈焰在掌心熊熊燃燒，「惹得本座如此生氣，妳倒是千古以來第一人。」

小蘭花趴在地上瑟瑟發抖，「大人，那個……在和你說話呢……」

白影憤怒咆哮，「惡徒！竟敢無視我！」言罷，他氣勢洶洶地向東方青蒼衝來。東方青蒼一抬手，手中烈焰凝成一個盾牌，將白影擋住。他終是轉了目光，血瞳之中殺氣凜冽，「朔風劍靈，你也是想死極了。」

白影譏笑，「不過一個魂魄，還敢叫囂。東方青蒼，千萬年來，你始終不改狂妄。」

似是想起了什麼舊事，東方青蒼目光更冷，一揮手，烈焰如網一般將白影束縛住，但下一瞬白影便掙脫出火網，殺了出來。白氣凝劍，逕直向東方青蒼心房刺去。東方青蒼手中烈焰大作，幻化為一把烈焰長劍，將他格擋開來。雙劍相交，未聞兵器碰撞之聲，但卻使整個山洞之內氣息大亂，崖壁山石不斷坍塌。

小蘭花在這一片混亂之中從東方青蒼腳邊爬走，然後站起身來，一路狂奔，見著一個身體就往裡面撞，但卻一直沒有成功。可她不敢停下來，如果不趁他們爭鬥的時候找到東方青蒼的身體，那她就真的只有死路一條了！

小蘭花在坍塌的山石間像沒頭蒼蠅一樣亂撞，可一直尋而無果。她累得不行，回頭一望，東方青蒼還在與朔風劍靈纏鬥，但是東方青蒼的位置卻一直在變化。他且戰且退，一直向著一個方向走。

且戰且退？小蘭花直覺這不是東方青蒼的風格，她往他退的方向看去，那裡立了好幾個「東方青蒼」。

小蘭花在心裡一琢磨，隨即咬了咬牙，一頭朝那個方向扎了過去。

跑過東方青蒼身邊之時，東方青蒼從打鬥之中分出心神，拋出一記火焰，逕直砸在小蘭花身上。小蘭花躲避不及，登時渾身燃起了熊熊烈火。東方青蒼見狀便再不施捨她一眼。

他知道，這個小花妖死定了。

烈焰幾乎要撕碎她的魂魄，小蘭花知道自己撐不了多久，可現在面前一共立了三具身體，看上去一模一樣。來不及挨個兒試了，乾脆憑直覺上吧！

她一咬牙，拚著最後一股勁兒，逕直衝向離東方青蒼最近的那具身體。

東方青蒼眼角一瞥，但見包裹著火光的魂魄，含著眼淚一頭扎進了他背後的身軀之中。

不可能……區區一隻道行淺薄的小花妖的魂魄，竟能在他的烈焰之中堅持這麼久……

不等東方青蒼細思量，他背後那具身體陡然軟了下去。

血色的眼眸睜開，銀髮鋪散在地。小蘭花抬起左手看看，又抬起右手看看，咧嘴一笑，緊接著又撇下嘴哭出聲來：「活著真是太不容易了，太不容易了……」她也不管另一邊東方青蒼還在和朔風劍靈打鬥，就這樣蜷著膝蓋抱住腿，埋頭號啕大哭起來。

聞此雄渾哭聲，東方青蒼臉色鐵青。看著面前的朔風劍靈，心頭的怒火一節更比一節高，「本座饒不了你！」

烈焰長劍劈砍而下，竟然逕直將朔風劍靈以白氣凝成的劍砍斷。朔風一驚，尚未回過神來，那把烈焰劍便將他的身子狠狠劈開。

他痛呼一聲，散為白氣，急速縮回了冰封的劍身之中。

打鬥結束，洞穴內的氣息逐漸平穩，東方青蒼收起劍，站到自己身體面前。

東方青蒼冷眼看著她。

「你這個陰險歹毒薄情寡義又沒有良心的討厭鬼，我再也不想和你待在一起了！」小蘭花還沉浸在差點被燒死的憤怒中，心中對東方青蒼充滿了怨恨。

東方青蒼沉默地看了小蘭花許久，似乎終於認命了，破天荒地帶著幾分無奈地嘆了一口氣。

他像瞬間失去了鬥志一樣，踢了踢小蘭花的腿，聲音也失了幾分往日威風，「站起來，讓我進去。」

小蘭花不理他，拿屁股在地上磨蹭了一下，往後退了退。

東方青蒼覺得自己應該指責小蘭花這個動作，但是他心頭滿滿的都是無力感。最後只好彎下腰，準備俯身進入身體當中。

小蘭花抬起頭，正對上東方青蒼近在咫尺的臉。他面對面地向她壓過來，鼻尖觸碰鼻尖，然後透體而入。在一陣疼痛過後，身體裡面又變得擁擠起來。

小蘭花哼唧了兩聲：「這才是鬧劇到此為止！」

這才是，他們正常的樣子……

東方青蒼心裡的無力感更重了幾分。

方才東方青蒼與朔風劍靈的打鬥致使山洞之中山石震顫，掉落不斷。許多碎石落下來砸在女子冰雕上，待碎石從冰雕之上滾落下來時，竟被凍得堅硬異常，可見冰雕寒冷。

小蘭花望著那女子已經模糊了的五官，嘀咕道：「天界的女神仙一個個都羅帶輕飄、步履似煙，我不記得有她這樣英姿颯爽的啊。」

東方青蒼撐著右邊身子站了起來，聲音帶著些許諷刺：「天界沒有天地戰神雕像？」

小蘭花一愣，連著之前的事情一想，登時反應過來，「這竟然是赤地女子……」傳說中的天地戰神、打敗了東方青蒼的英雄。

東方青蒼不再搭理小蘭花，右手掌中火焰凝聚，繞成一根藤蔓形狀，如蛇一般攀爬到赤地女子身邊的長劍之上。火蛇纏繞著寒劍，極熱與極冷相互碰撞廝殺，白氣噴湧而出，將整個冰洞之內遮掩得朦朦朧朧。隨著爭鬥越發激烈，洞內空氣猶如利刃，斬裂數塊崖壁山石。

小蘭花驚悚地看著她面前的地面被氣流斬出了一道深不見底的裂痕，然而利刃在東方青蒼面前三步時，突然止住來勢，然後像被打散了一樣消失無蹤。

小蘭花這才注意到，在她的面前早就結下了一個透明的結界，阻擋了外界一切激蕩氣息。

東方青蒼在這樣劇烈的震盪之中巋然不動，與他面前的赤地女子相望而立。

小蘭花這才明白，原來當初主子所說的東方青蒼與赤地女子一戰，使天地顛倒，日月星辰亦受其干擾，絕不是誇張。

便在小蘭花感慨萬千的時候，忽聽一聲巨響，面前包裹著朔風長劍的堅冰終於被東方青蒼的烈焰灼燒乾淨，冰雕基臺破裂。

東方青蒼一抬手，火蛇纏繞著朔風長劍，將它拉了過來。劍柄被東方青蒼握在手裡，小蘭花明顯感覺到它在抗拒掙扎，但東方青蒼五指稍一使力，劍刃周身被紅光一灼，長劍便再無聲息。

小蘭花大驚，「你殺了朔風劍靈？」若是劍靈已死，那這把劍可就成了廢劍了。

東方青蒼將朔風劍收於腰間，「不過是讓他聽話。」

失去朔風劍，面前的赤地女子冰雕瞬間沒了光澤。頭頂山石塌下，壓碎了冰雕的腦袋，地面震顫，塵埃四起。這個地方禁不住方才的爭鬥，終於要塌了。

「我們得趕快找到出路。」

「出去還用找路？」東方青蒼開口譏諷，周身氣息一動，逕直衝上洞穴天頂，攪碎山石，生生從大山中間撕開一個通道。東方青蒼便輕輕鬆鬆地從頭頂的通道飛了出去。

離開山洞之後，小蘭花不由得回頭去看。在一聲聲轟鳴的巨響之中，一塊雪山山體轟然崩塌，將冰洞和冰雕一同徹底掩埋。

小蘭花回過頭，「你這樣搞破壞，天界會治你罪的。」

東方青蒼毫不在意地一笑，「本座本就是萬罪之身，何懼再多一條？如今天界，也無人能奈我何。」

小蘭花一噘嘴，「我也是天界的人啊。」

此話一出，回答她的是雪崩之後崑崙山上死一般的寂靜。

「還有啊。」小蘭花有恃無恐地說：「你這麼厲害，進冰洞的時候怎麼還會被拉扯得魂魄離體啊？咻咻咻地就不見了，堅持的時間還沒有我久呢。」

東方青蒼本不想理她，但小蘭花越說越來勁，得意個沒完，讓他心煩不已，唯有答：「天地之間本就有不少時空罅隙，妳主子告訴妳許多地方不能去倒也沒錯。此處於他人而言是必死之地，先有極寒為盾，後有罅隙將人靈魂與肉體剝離。赤地女子將她的長劍冰封於此，是不想他人打朔風長劍的主意。」

「那你還把這劍拿出來，一點也不尊重別人的遺願。」

東方青蒼冷笑，「要怪也只能怪赤地女子無能，將此劍藏得還不夠深。」

小蘭花撇嘴，「你魂魄都被人家拉出去了呢，還好意思笑話人家無能。」

「若不是妳搶占本座一半身軀……」東方青蒼咬了咬牙，將心頭怒氣忍住。「也罷，如今朔風劍已取得，給本座帶路，去崑崙山下妖市取一把劍鞘。」

小蘭花一愣，又回頭看了看塌掉的半面山，「闖了這麼大禍，去妖市要是被什麼奇奇怪怪的妖怪看出咱們兩個魂魄共用一具身體……天界回頭要是知道你闖禍時我在你旁邊，我會被連坐的……」

「那真是太好了。」聽得出，東方青蒼是真的很愉快。

小蘭花噘了噘嘴，心裡不滿，卻也並不覺得十分生氣或失望。她明白，她和東方青蒼現在是徹徹底底的仇人，都打心眼裡希望對方倒血霉。

東方青蒼與小蘭花各自算計著心裡的事情下了崑崙山。在他們離開之後，崩塌的白雪之中慢慢飛出了一隻紫色的蝴蝶，拖曳著一道靈動的光芒，翩翩飛舞，往天邊而去。

崑崙山下的妖市妖氣十足，熱鬧非凡，前來買賣的人更是魚龍混雜。除開各式各樣的妖怪，偶爾也可見幾個修仙的凡人前來購買法器。

小蘭花只聽她主子提過妖市熱鬧，卻不曾想，原來妖市比主子描述的更加奔放。

從踏入妖市的那一刻起，小蘭花的眼睛就一直滴溜溜地轉個不停。這邊路旁的花長著牙齒，那邊的房子修成了弓形，面前走過的這個女妖怪，袒露著胸膛，察覺到小蘭花的眼神，還向她拋了一個媚眼……

天界清淨，何曾這般燈紅酒綠過，小蘭花一路都嘖嘖稱奇。

東方青蒼對這些熱鬧顯得毫無興趣，直奔兵器鋪而去。只是小蘭花目光流連，使東方青蒼左腳時不時跟不上步伐，沒多久就有妖怪湊到東方青蒼旁邊介紹：「大哥，要拐嗎？」

東方青蒼目光冷冷一轉，那人一愣，然後便灰溜溜地退了回去。店鋪的老闆惡狠狠地打他頭，「好不容易看到一個瘸的，你不好好賣？」

「老闆……那是個身殘志堅的……哎唷別打！」

在妖市繞了一圈，愣是沒有找到兵器鋪子，小蘭花不走了，往路邊茶肆一坐，道：「我們得打聽一下，自己瞎找哪行啊。」

東方青蒼沒說話，默認了小蘭花的說法，因為轉了許久，他並沒有感覺到屬於武器的鬥氣。

茶肆中沒有幾個人，東方青蒼一坐下。老闆娘就翹著一人長的蛇尾巴走了過來。看她頭上鮮紅的冠子，小蘭花猜這應該是個上千年的蛇妖。

蛇妖走到近前，眼珠子在東方青蒼臉上一轉，然後笑了起來，「這位小哥面生啊，第一次來妖市？」她說著，給東方青蒼倒了杯茶。

東方青蒼一貫不愛理人，只好由小蘭花來應付。她抿了口茶，答：「是第一次來，跟老闆娘打聽一下，這妖市哪裡有賣劍的呀？」

「小哥要買劍哪。」蛇妖上上下下打量了東方青蒼一圈，目光在他腰間的長劍上略一停留，眼底閃過一絲驚詫，下一瞬，便覺周圍氣息陡然變重，一股殺氣扎進肉裡。她連忙挪開眼神，背後淌出冷汗，笑道：「小哥第一次來恐怕有所不知，咱們妖市以前東西都是混著賣的，但自打那位來了之後啊，這尋常東西和殺人武器就分開賣了。要買劍得穿過市場後面的那片小樹林，到冰湖下面去。」

「那位？」小蘭花眨著眼睛問：「哪位？」

「外面的人不清楚，只有咱們這些常年在這兒擺攤的才知曉，是妖市的主子，咱們叫他殿下。」

東方青蒼手指在桌上叩了兩下，站起來便要走。老闆娘連忙道：「小哥茶還沒喝完呢。」

小蘭花仰頭將杯中茶飲盡，又道了聲謝，然後便被右邊身子拖著走了。

蛇妖見東方青蒼走遠，連忙到了樓上，推開房門喊：「閨女閨女，這次娘親給妳看好了，是個極勾人且身體強健的小夥子。」

屋內床上的女子聞言立即坐起身來。

「娘親看不透他的修為，想來是有點本事的。」

床幃內傳出女子沙啞的聲音：「他修為高……如果藥，沒有起作用該如何是好？」

「無妨，娘親親手調製的夜夜笙歌，那可是連神仙喝了都擋不住的。」

床幃之內傳出蛇吐芯子的嘶嘶聲。

「妳記著稍微克制點，可別把這個再給弄死了。殿下這段時間可是都注意到為娘了。」

「女兒知道。」

「娘將他誆到妖市後面的樹林子裡去了，妳嗅著夜夜笙歌的味道去就是。」

刷的一聲，屋內再無響動。

蒼蘭訣

第六章

聽說堂堂魔尊在集市上買肚兜。

一路行至妖市外的樹林中，小蘭花腳步越來越拖沓。

東方青蒼忍了忍，但又一次左腳絆右腳後，他終是沒忍住，沉了臉色冷冷道：「又有何事？樹林子妳也瞅著新鮮？」

小蘭花有些不舒服地抓了抓衣領，「大魔頭，你不覺得有點熱嗎？」

東方青蒼冷笑，「些許藥物便能亂妳心神，妳這仙體可當真是自己修的？」

「藥物？」小蘭花一邊說一邊又要拽衣領。東方青蒼眉頭微皺，一把拍開左手，還沒指責小蘭花，小蘭花就先急了，「你讓我解開衣領喘喘氣啊，我都快熱死了。」

東方青蒼顯得無動於衷，「那妳就去死。」

小蘭花氣得咬牙，「扒個衣服而已，你一個大男人羞什麼羞？要看見什麼，虧的可是我！」頓了頓，小蘭花又補上一句，「再說了，你身上還有什麼地方是我沒看過的！」

聽見這句話從自己嘴裡說出來，東方青蒼已經連扶額的力氣都沒有了。

他不想再與小蘭花做無謂的口舌之爭，邁腿往前，但左腳死死釘在地上，半點也不挪地方。東方青蒼心底積攢的怒氣竄了起來，聲音冰冷，「妳當真以為本座拿妳沒有辦法？」

話音未落，小蘭花便用他的嘴喘了兩口氣，「不是……我是真的覺得好奇怪。」她咬著嘴唇，拿左手摸了摸小腹。「這裡……」手掌摸到小腹的瞬間，溫暖的觸感一下子湧上了大腦，一股從未有過的感覺在她靈魂裡叫囂：「大魔頭，你的身體……好奇怪……」

東方青蒼眉頭皺得更緊。

這小花妖的道行及定性真是比他想像中的還要差，不過一點藥物反應便能將她擾亂至此。東方青蒼對教養出這樣靈物的主子表示十分不滿，但這樣的狀況下，他若是再不管，任由藥物在體內肆虐，恐怕小蘭花真的會生出什麼他難以意料的禍端。

他沉了眉目緩緩開口：「定心神。身體五感不過是虛幻之物，且守元心，拋……」話沒說完，小蘭花扒掉了外袍。

「我們回崑崙雪山上去涼快涼快吧。」

東方青蒼沉默，然後不悅地開口：「本座肯開口指點心法，是多少人求不來的福分。妳好好聽本座的話，比妳上十座崑崙都頂用。」

小蘭花卻顯得越發焦躁，連話都不想和東方青蒼說了，只拿手在小腹上磨蹭。身體升騰起的愉悅以及空虛感讓東方青蒼也有幾分意外——這竟不是單純的妖界媚惑物。

他調動體內氣息，欲將藥物強行推擠出體內，便在此時，忽聞嘶的一聲自他身側傳來。左腿上有異物滑過，滑溜溜的感覺甚至讓小蘭花不自覺地呻吟出聲。

「公子，怎麼獨自一人在這孤寂林間，可是不知前路如何行走呀？」沙啞中帶著媚惑的聲音在東方青蒼耳邊響起，氣息噴在東方青蒼耳朵裡，吹出了一陣陣難耐的搔癢。小蘭花忍不住地左腿一抖。

東方青蒼卻冷冷站著，等蛇妖將臉伸到他面前，吐出芯子要去親吻他的嘴唇的時候，東方青蒼右邊嘴角一勾，表情邪佞又狂妄。他右手一抬，將纏在自己身體上的蛇身人頭女揪了下來，五指成爪，狠狠捏住了她的腦袋。

蛇妖哀哀叫痛，蛇身痛得在空中蜷了起來，蛇尾在地上掙扎著甩來甩去，「公子公子……哎唷公子……奴家好痛。」

「將主意打到本座的頭上，當真是勇氣可嘉。」

在東方青蒼的手指之間，蛇妖看見面前的男子左邊臉與右邊臉表現出了完全不同的反應。他左邊臉頰面色酡紅，目光迷離，是與尋常中了她娘親藥劑的男子一樣的表現；右邊則完全不同，他右眼清明，眸光犀利，暗含殺氣，嘴角的笑意更是猶如地獄催魂使者一般令人膽寒。

這一左一右截然不同的反應讓人首蛇身的女妖怪心驚不已，然而更讓她驚懼的是捏著她腦袋的這隻手。光憑她拚盡全力掙扎而未能掙脫一絲一毫這個事實，蛇妖就知道，自己與面前這人的實力天差地別，「大人，大人！奴家……小妖知錯了……」

東方青蒼點頭，涼涼道：「好，既然認錯，那便說說，妳該得什麼懲罰。」

「這……」

「妳不說……」東方青蒼臉色冷了下來。「那本座便直接罰了。」話音一落，東方青蒼五指之間微微燃出了紅色的煙火。只聽嗤嗤幾聲，蛇妖臉上立即被燒出了五根指印。她淒聲慘叫，聲音震得林中鳥兒四處亂飛。

東方青蒼將她甩開，蛇妖立即痛得在地上蜷成一團。她沒有手，只好用尾巴擋住自己的臉，渾身顫抖著，竟不敢抬頭看東方青蒼的臉。但是即便垂著頭，她也能看見東方青蒼拖著一條腿慢慢走到了她的面前。隨著東方青蒼的靠近，她周身的空氣又開始變得灼熱而沉重，幾乎要將她的皮肉擠破。她從未感受過如此駭人的氣勢，只得低著頭匍匐在地，連痛也不敢叫，一聲不吭地表示臣服。

東方青蒼伸出了手，「解藥。」

「大、大人，這是小妖母親調製的藥物……此藥沒、沒有解藥。」

東方青蒼聞言，挑了挑眉，「如此說來，留妳無用？」

「不不不！」蛇妖連忙求饒。「小妖現在便讓母親調製解藥，求大人饒命，求大人饒命！」她聲淚俱下，卻哭得東方青蒼連連皺眉，「本座近來最煩哭聲。」

東方青蒼手中烈焰驟起，就在此時，他的左手一動，忽然貼住了他的下腹之下，然後猛地一抓！

東方青蒼渾身一僵。便在這怔忡的一瞬間，他嘴裡吟哦出了一聲沙啞又婉轉的喘息。

手中火焰猛地熄滅，東方青蒼像是被自己嚇傻了。

趴在地上的蛇妖更是摸不清狀況。她眼珠子左右轉了轉，心裡實在是想不透，這個男人……到底是什麼情況？到底是……有沒有中那什麼藥啊……

場面靜默了好久，直到遠處傳來呼呼的風聲，一個女子大喊著奔來，「休要傷我女兒！」一道妖力衝著東方青蒼劈砍而去。

東方青蒼下意識地豎起結界。妖力撞散，將周遭的大樹盡數攔腰截斷。

青蛇妖站在東方青蒼面前，沉著目光又上下打量了東方青蒼一眼，「是我們有眼不識泰山，得罪了大人，還望大人恕罪。這夜夜笙歌有解藥，解藥便是奴家的血。奴家願滴血贖罪，只望大人別再追究。」

東方青蒼緊緊閉著嘴巴，竟是被剛才那一聲嚇得不敢輕易開口了。堂堂魔尊，竟然會有不敢開口說話的時候。東方青蒼覺得，自己這段時間真是把以前沒做過的事情，全都做完了。

將小蘭花放在下腹之下的手拿開，為防她掙脫，東方青蒼乾脆左右手十指相扣。小蘭花終於無法再做出出格的動作。

但是這樣並不能讓東方青蒼身體中的躁動消失。小蘭花焦躁難耐，左手手指在東方青蒼的右手手背上來回抓撓。

東方青蒼皺著眉頭，終於衝蛇妖開口：「拿來。」

蛇妖連忙將食指割破，轉手以術法變出一個瓷杯，將血擠入瓷杯之中，小心翼翼地端給東方青蒼。

東方青蒼接過，轉了轉杯中紅血。小蘭花嗅到蛇血的氣味，躁動平息些許。

「三千年青甲蝮蛇，倒是滋補。」東方青蒼將杯中蛇血一飲而盡，舔了舔染血的唇。再一抬眼，那盈滿殺氣的眼神駭得青蛇妖不由自主地連連後退，「在妖市地界最重承諾，不管什麼買賣皆是如此，方才大人答應放我母女走，而今反悔，可是會惹上不小的麻煩。」

「哦？」飲過蛇血，小蘭花的魂魄在東方青蒼的身體裡像是精疲力盡地睡過去了一樣，徹底安靜下來。這讓本來由小蘭花撐著的半邊身子幾乎癱瘓。東方青蒼心中不悅，再加之想到平時，連他都要費心思與這小花妖鬥智鬥勇，如今她卻如此輕鬆地被藥放倒，這豈不是顯得他很沒本事？

東方青蒼想了想，心中不悅更甚。

但這些不愉快都被他藏在了內心深處，他臉上只是勾著嘴笑了笑，不甚在意地對青蛇妖道：「可本座就是要惹這麻煩，如何？」

話音一落，青蛇妖忽覺周身壓力更重，空氣中好似有一隻無形的手，不管她如何拚命相抗，那隻手都緊緊地拽著她，堅定不移地把她拉到東方青蒼面前。

東方青蒼抬起右手，輕輕落在青蛇妖的頸項上。一股寒意扎進她的肉裡，讓她再也無力掙扎。方至此時，她才意識到自己到底惹到了一個完全不該招惹的人。

青蛇妖覺得委屈極了，在茶肆時這個人的言行舉止明明判若兩人啊！若是早知如此，再給她十個膽子她也不敢對他下手啊！

青蛇妖覺得自己受到了欺騙，但此時哪還顧得上委屈，她哀求道：「大人大人，饒了小妖吧。小妖苦修三千年，天劫也歷了十數次，大人您殺小妖容易，但恐損您陰德呀！」

東方青蒼冷笑，「待妳見了閻王，儘管讓他給本座扣陰德。只怕他卷宗積滿了冥府，也數不完本座罪孽。」言罷，他指尖在青蛇妖頸項間輕輕一劃。傷口極小，鮮血緩緩淌出，青蛇妖嚇得面色青白，東方青蒼對於青蛇妖的驚恐顯得無動於衷。

他將染滿蛇血的指尖放到脣邊，然而還沒等他伸舌品嘗，忽覺斜刺裡捲起一股細風，利刃一般劃開自己擒住青蛇妖的力量，讓青蛇妖掙脫了束縛。

東方青蒼眉目微冷，轉頭一看，樹林的另外一頭，傳來枯葉被緩緩碾過的聲響。

沒一會兒，來人的身形出現在小樹林通往冰湖的道路之上。

見到來人，東方青蒼微微瞇起眼睛。不只為此人竟腿腳殘廢、困坐輪椅，更為這人周身纏繞的神祕氣息。以他魔尊之體，竟然難以看破此人道行來歷。

而掙脫東方青蒼禁錮的青蛇妖則好似陷入了更深的恐懼中。來者救了她，她卻並不逃到那人身邊，只退到自己女兒身旁，跪在地上，將她女兒緊緊抱住，「殿下……」

妖市之主？

東方青蒼眉梢微微一動。

「近來妖市常有獨身前來的男子失蹤，果然是妳母女所為。」蛇妖之女瑟縮在青蛇妖懷裡，不敢抬頭看那人一眼。男子掩脣咳了兩聲：「去冰湖之下領罰。」

「殿下……」青蛇妖想要求情，但觸到妖市主的冰冷目光，連忙垂頭應是，捂著頸上的血，轉身欲走。

東方青蒼倏爾冷冷一哼，一道殺氣飛快地劃過，斬裂青蛇妖跟前的大地。

「本座的食物，豈是說走便能走的？」

青蛇妖不敢答話，悄悄瞥了妖市主一眼。

妖市主坐在輪椅上，身邊一個服侍的人都沒有，面對東方青蒼在氣息上刻意的壓制，卻只是微微一笑，「魔尊大駕光臨，有失遠迎，還望恕罪。」

青蛇妖聞言，眼珠子都要瞪出來了。

魔……魔尊？

她今天給傳說中的上古魔尊下了……那啥？

東方青蒼眼睛一瞇，「何以看出本座身分？」

「說來慚愧，在下與魔界尚有幾分交情，對魔界境況也算略知一二。如今三界之中能擁有如此強大魔力的人，除開前些日子撞毀昊天塔的魔尊，還會有誰？」妖市主笑道：「怪在下治下不嚴，使手下之人對魔尊行如此失禮之事。作為賠償，便請魔尊隨意在這妖市逛逛，看上何物，儘管取用便是。」

東方青蒼指了指青蛇妖，「先要她的命。」

「魔尊說笑了，生命如何能拿來買賣。」

「不給嗎？」東方青蒼一哂。「本座自己取。」

青蛇妖聽聞這幾句對話，駭得一動也不敢動。一前一後的兩人都沒有再說話，但周遭樹林之中的樹葉卻開始詭異地晃動。就在青蛇妖以為兩人即將動手之際，東方青蒼哼唧了一聲。

空氣中的劍拔弩張感瞬間消失。

青蛇妖拚著不要命地回頭看去，只見東方青蒼捂著嘴，黑沉著一張臉。

氣氛越發詭異。

「妖市中人，是錯是對、如何懲罰都由在下決定，不敢勞煩魔尊。」終於，妖市主打破沉默。「至於其他……冰湖之下水晶城中不日便有大量精緻法器寶物拍賣，魔尊自可隨意挑選。」

聽聞妖市主的提議，東方青蒼無動於衷。他放下捂住嘴的手，找回方才懾人的氣勢，「從沒有誰對本座不敬後，還能全身而……哼哼……」

聽到最後兩個音節又從嘴裡冒出來，東方青蒼太陽穴上青筋一跳，「還能全身而退……哼嗯！」

小蘭花的魂魄在東方青蒼的身體裡睡熟，因被他的說話聲驚擾，發出不滿的哼哼聲。

東方青蒼不得不再次捂住嘴。

他的行為舉止讓旁邊三人都看呆了。

東方青蒼額頭上青筋直跳，正強自忍耐，青蛇妖忽然動了念頭，抱著女兒想要趁機逃走。蛇尾一動，在地上磨出了微不可聞的一聲。

東方青蒼正是一腔邪火無處可洩，聞聲抬眼，四周殺氣陡增。妖市主連攔都未來得及攔，空中一道氣息唰地切下，逕直將青蛇妖的尾巴斬斷了手臂長的一截！

青蛇妖一聲慘叫，斷尾處鮮血淋漓，痛得她倒在地上翻了好幾圈。

妖市主目光微凝。

東方青蒼黑著臉，探手一抓，將蛇妖斷尾抓在手上，「本座給你一個情面，留她一命。妖市寶物本座沒有興趣，給本座尋造寶人一名。」他語速極快，像是生怕慢一點就控制不住自己了一樣。

青蛇妖淒聲慘叫，蛇妖女兒纏著她母親的身體，壓抑著驚恐的哭聲。妖市主靜靜看了東方青蒼一會兒，竟沒有生氣。他的目光在東方青蒼腰間的朔風劍上一轉，聲音平和道：「如此，魔尊便先入冰湖之下的水晶城吧。」他手輕輕一揮，一盞白色的燈浮在空中，飄飄蕩蕩地往冰湖而去。

東方青蒼緊閉著嘴，一聲不吭地隨白燈下了冰湖。

直到東方青蒼的氣息全然被湖水淹沒，妖市主幽深的眼眸方轉向還在地上哀哀呼痛的蛇妖，「妳們殺了不少人，行事越發熟練，膽子也越發大了，主意竟打到了魔尊身上。」

「小妖無知，小妖無知……」青蛇妖趴在地上瑟瑟發抖，她女兒更是一眼也不敢看妖市主。

「妳們知我素來寬宏，但規矩始終得立好。」

青蛇妖臉上冷汗涔涔，卻咬緊嘴脣，不敢發一言。

「三千年蝮蛇妖滋補……」妖市主的目光落在天邊、崑崙山的方向。「那便存下來吧。」他輕喚一聲：「蝶衣。」

紫色的蝴蝶倏爾自他輪椅之後飛出，落在他輪椅右後方。光華一轉，一個紫衣女子垂首而立。

「搾乾她的血，保存好。」他說得輕描淡寫，身旁的女子也應得乾淨俐落，面無表情地走到青蛇妖面前，伸出了手。

「殿下！殿下，小妖不為自己求饒，只求殿下放過小女……」妖市主的目光淡淡落在人首蛇身的女妖身上，「她呀，她，暫時死不了，我另有用處。」

小蘭花不知自己在黑暗中睡了多久，等她再次醒過來的時候，周遭環境已全變了樣。

水底，無光，只有前面一盞詭異的白燈搖搖晃晃地領著路。

「這是哪兒？」小蘭花開口，眼珠子左右一轉。不等東方青蒼回答，小蘭花的目光忽然落到他的右手上。他手中正捏著一條青色的斷蛇尾，蛇尾還在不停地蠕動，斷口處鮮血淋漓。小蘭花嚇了一大跳，拚命往後偏了偏腦袋，「這是什麼？好噁心！東方青蒼你不要胡亂撿東西行不行！」

東方青蒼努力把腦袋偏了回來，隱忍著怒氣開口：「給本座閉嘴。」

小蘭花還欲爭辯，前方的燈倏爾停了下來。只聽吱呀一聲，一絲光亮從黑暗中瀉出來，門扉打開，熱鬧的聲音登時湧進耳朵裡。與聲音一同撲面而來的還有一股奇怪的氣息，小蘭花自身修為不夠，從來沒有感受過這樣的氣息，但東方青蒼知道，這是鬥氣。

是染過血的武器特有的冰冷而雄渾的氣息。

東方青蒼渾身的血液幾乎是不由自主地加快了流動速度，「妖市主話倒不假，此處確有不少寶貝。」

小蘭花早就聽主子說過，魔尊東方青蒼生性好鬥，當年鬥遍了魔界又上天界，但凡有點名氣的武將，沒有誰沒被東方青蒼打疼過的。直到他自認三界之中再無敵手，獨孤求敗似地去了焱山，最後才敗於赤地女子之手。

小蘭花一直不明白為什麼東方青蒼要那樣做，直到現在感覺到他體內湧動的氣息，她方知，有一種東西，叫作天性。

冰湖底的水晶城說是一座城，其實更像是一座巨大的水底宮殿，牆壁以水晶砌成，又布施了結界，使宮殿之內沒有滲透進一點水珠。

在寬闊的大殿之中，是一個買賣市場。相比於地面上的妖市，這裡的交易要鄭重得多。付款時鮮有金銀，多為鮫珠或鎮魂玉等奇珍異寶。白色的燈依舊在東方青蒼面前飄著，將他帶往造寶人所在之地，但是小蘭花從進來以後，全部心神都被路邊寶物吸引，哪裡還邁得動腳步。

左手邊這個攤位上在賣亮晶晶的首飾，前面那家店做的暗器精緻玲瓏，特別適合女子隨身攜帶，還有那個！

小蘭花瞬間被一家賣肚兜的店鋪吸引了全部目光，幾乎是強迫地拖著東方青蒼右半邊身子一瘸一拐地挪到了店鋪旁邊。她摸了摸繡工精緻的紅色肚兜，露出了「想要」的目光。

店鋪老闆娘的原形是鯰魚精，兩根魚鬍子長長地垂下來。對上東方青蒼亮晶晶的眼神，她立即熱情地用鬍鬚將掛在高處的肚兜取下來，遞給東方青蒼，嘴裡還招呼道：「小哥，自己穿還是給媳婦啊？」

東方青蒼聽到這句問話臉色黑了一半，而另外一半卻越發精神奕奕起來，「自……」東方青蒼一把捂住自己的嘴，拍出的響聲將周遭路人都驚了一驚。

老闆娘滿含深意地笑了，「小哥，做了這麼多年的生意，我都懂的，我今日男男女女都賣了不少呢。我跟你說，這一年啊，也就今日能讓你在水晶城買到我織的這天香肚兜。不怪你被吸引，我這肚兜確實好啊，顏色鮮豔、質地舒服，最重要的是，這肚兜平時聞起來一點氣味也沒有，可是只要身體溫度稍稍一升高，這料子裡暗藏的香，哎唷！勾人心魂！這最最重要的是啊……」老闆娘在肚兜上揉了揉，登時，一股異香飄散開來。小蘭花一嗅，果然是勾人心魂，連東方青蒼也不由得被這香味熏得挑起眉頭。

老闆娘賊賊一笑，「將肚兜搓到這種熱度是勾人，可要是再使勁兒揉一下，那就能要人命了。咱們水晶城只賣武器，這肚兜，可是個防身利器。」

小蘭花眼睛不可抑制地亮起來，不管東方青蒼的右手將嘴捂得多死，她愣是從縫隙裡擠出了幾個字，「買！買買！」

東方青蒼徹底黑了臉。

他堂堂魔尊，在妖市買了一件女人的紅色肚兜，這傳出去像什麼話！他轉身往外走，小蘭花卻拚死要留在店裡，兩人魂魄撕扯，幾乎要將身體撕成兩半。

便在這時，一股更誘人的香氣傳到小蘭花的鼻子裡，那是食物的味道！

小蘭花腦袋往旁邊一偏，看見了一個正甩著鍋鏟的老闆，鍋裡是幾顆白色的藥丸。老闆大聲吆喝，「吃一顆渾身鮮血變毒血了啊！沒人敢碰你、沒人敢咬你的防身利器了啊！附帶豐胸美顏、滋補養生功能了啊！賣一顆少一顆嘍！」

豐胸美顏！

小蘭花眼睛又是一亮，愣是在這瞬間爆發出驚人的力氣，將東方青蒼的身體整個兒拉到了藥丸攤面前。她豪氣地一拍桌子，學著東方青蒼的腔調吼了一句，「給本座來一顆！」

看到周圍人驚駭的眼神，東方青蒼已經不知道第幾次生出這種羞憤欲死的心情了……

他最後到底沒有讓小蘭花吃下那顆藥丸。東方青蒼黑著臉，幾乎是單腳蹦跳著離開了水晶城內最熱鬧的區域。

跟上前面還沒走遠的白燈，東方青蒼開始氣急敗壞地訓斥小蘭花，「本座是對妳太過仁慈，以致妳越發不知分寸了？」

肚兜沒買到，藥丸也沒買到，小蘭花本還有點兒不高興，但聽到東方青蒼這句語氣森然的話，還是默默嚥了口口水。

「如此之事若再有下次，本座定重回鄴城，撕裂三界封印；待尋得機會，本座還要去天界，鬧得妳的主子與那些仙人欲死不能。」最後四個字他說得咬牙切齒，好似深有體會。「本座的話，妳可記住了？」

小蘭花自知理虧，悶不吭聲地挨完罵，乖乖地跟著東方青蒼的頻率邁腿。

直到前面領路的白燈停住，東方青蒼心頭邪火方才消了些許。

小蘭花一抬眼，就看見一個漆黑的屋子，門上掛著「匠房」二字。屋裡傳來敲敲打打的聲音，東方青蒼邁進屋裡，屋內面積不大，三三兩兩的匠人正在忙碌，後門開著，門外是個壯實的漢子，正在敲打燒得火紅的長劍。

東方青蒼一進屋，大家的目光都落在了他身上。東方青蒼用眼角輕蔑地在屋中一掃，而後將方才掛在腰間的蛇尾扯下，扔到其中一個正在磨木頭的老鼠精跟前。忽然看到這條還在蠕動的血淋淋的蛇尾，老鼠精嚇得嘰地叫了一聲，然後驚惶不安地抬頭看向東方青蒼。

東方青蒼卻看也沒看他一眼，又拔出腰間的朔風長劍，刷的一聲，將它插入地面之中。剎那間，以朔風為中心，地面喀喀地結了一層厚冰，直擴散了兩尺來遠方停住。

「以蛇鱗造此劍劍鞘，幾日能成？」

匠人們一時都被朔風劍吸引了目光，圍過來嘖嘖稱嘆。

小蘭花卻在感嘆東方青蒼法力實在高強。

此前朔風劍在東方青蒼身上的時候可是一點寒氣也沒散出來，可見是東方青蒼一直用法力壓制著它。這把劍有自己的劍靈，還是赤地女子用過的神劍，屬性更與東方青蒼相剋，可他壓制它的時候卻不見半點費力……

小蘭花覺得是時候深刻地反思一下自己近來的所作所為了。她還得好好想想，有沒有什麼辦法，讓他們在分開以後，自己不至於死在這隻自己用過的爪子上……

在小蘭花心思亂轉的時候，匠人們回答了東方青蒼的話，說劍鞘大概要七日做成。

東方青蒼倒也沒有吝嗇時間，只是恐嚇了匠人們一通，讓他們好好為他辦事，不要亂打朔風劍的主意，然後就出了匠房。

小蘭花還不放心地回頭看，「劍就留在那裡嗎，他們要是把劍據為己有了怎麼辦？」她道：「那可是咱們辛辛苦苦弄出來的。」

聽到「咱們」兩個字，東方青蒼很不愉悅地冷冷一哼，道：「憑他們，根本無法靠近朔風劍一尺。劍放在那兒，不過是為了讓他們看看尺寸。」

小蘭花對東方青蒼傲慢的回答撇了撇嘴。東方青蒼對於她這樣拉扯自己面部肌肉的動作已經習慣，連開口制止都沒有，直接換了話題，「本座離世已數萬年之久，於世間事所知甚少。」

東方青蒼說出這樣的話，其實是讓小蘭花有些吃驚的。在這段日子的相處裡，東方青蒼總是表現得無所不能，事實上他確實也是這樣，他什麼話都敢說，什麼事都敢做。但對於敗於赤地女子之手、「死」在上古的事，東方青蒼提都未曾提過，好像那件事對他復活後的人生根本就沒有半分影響。

但這句話卻讓小蘭花察覺出東方青蒼對當年那件事的在意。此刻，在她看來，他越是對這件事避而不談，其實便越是在意……

「先前妳說妳的主子博知天下事。他可曾與妳提過，這妖市主是什麼來歷？」

小蘭花眨巴了一下眼睛，「沒提過啊，我今日才知道這裡有妖市主。」

東方青蒼垂眸沉思。

水晶城裡的交易還在繼續。站在匠房門口，小蘭花閒得無聊，眼珠子又開始往熱鬧的地方轉。東方青蒼有所察覺，略一琢磨，道：「可以去看看，不過，妳要聽本座的話。」東方青蒼開口，一副對小孩說話的語氣。「不准亂走亂跳、胡亂開口叫喊。」

對於東方青蒼還准她去逛街這事，小蘭花感到無比驚訝。驚訝之後，她連連點頭，「好好好，都聽你的。」

然後東方青蒼邁開了腿，疾步向前。小蘭花的目光還來不及在任何攤位上停留，東方青蒼已經跨進了一個冰塊堆成的屋子之中。

小蘭花沉默……原來是東方青蒼……他自己想看啊。

這間店鋪給小蘭花的感覺極其凝重。角落裡有兩、三個衣冠華麗的妖怪在挑選長劍，店員正在給這兩人介紹，「此劍劍氣、邪氣、戾氣、怨氣皆有，唯缺殺氣，一旦到了人界戰場之上，便能收得許多……」

小蘭花轉頭打量起整個屋子，此間武器與外面看到的似乎相差無幾，只是別致許多。店鋪老闆是個白鬍子老頭兒，本坐在角落裡算帳，但東方青蒼一跨進門，他的目光就轉了過來，然後甩了甩手上的金算盤，迎了上來。

「公子要什麼？」僅從外表來看，小蘭花看不出老闆的原形是什麼，想來道行已深。

東方青蒼不搭理他，目光高傲地在屋內掃了一圈，最後落在牆壁正中的一束花上。

「本座要它。」東方青蒼甫一開口，老闆的眼中就泛起精光。

「公子，那只是本店牆上的假花，不賣的。」

東方青蒼冷笑，「本座可曾問過你賣不賣？」

老闆臉色微變，「公子，我這兒，是做買賣的地方。」

東方青蒼一哂，右手掌心一轉，一枚金色的小石頭被扔到了老闆面前。小蘭花認識，那是東方青蒼以他自身魔力凝聚出來的法力精石。這麼小小一顆對東方青蒼來說消耗不了多少法力，但對於這妖市乃至三界來說，都堪稱異寶。

持有魔尊的法力精石則可習上古魔族之術，煉化吸收後，還可以一夜之間法力暴漲。到時候不僅長生不老不是夢，連橫行人界都不再會是夢。

小蘭花有點兒想將那塊精石抓回來，畢竟那可是能擾亂人界秩序的東西。但在小蘭花動手之前，老闆已一把將精石搶了過去。他看看精石，又看看東方青蒼，臉色一會兒紅一會兒白，最後嘴唇顫抖著問：「魔尊？魔尊？」

東方青蒼瞥了一眼牆上的東西，「將它取下。」

老闆態度大變，點頭哈腰地將那花從牆上取下，遞到東方青蒼手裡。東方青蒼抓起自己的左手，將花置於左手手腕上。只聽窸窸窣窣的一陣響，花已不見了蹤影，只留下一根藤蔓纏在左手手腕上。

不再看老闆得到精石之後欣喜若狂的表情，東方青蒼轉身出了店鋪。

「等等……大魔頭……」

「這是骨蘭。」東方青蒼道：「骨蘭護主，將它戴好，危急關頭將左手抬起即可。本座不想讓身體的另一側處在毫無防備之中。」

「謝謝啊，不過大魔頭……」

「好好戴著，這個妖市不同尋常，妖市主或有陰謀，本座雖不死之軀，但眼下沒工夫在此處與人消耗。」

「哦，但大魔頭……」

東方青蒼皺起眉頭，「還有何事？」

小蘭花道：「你不是在找一個叫謝婉清的人嗎？剛才我聽見店裡那兩個買劍的人說，謝婉清，現在在戰場上呢……」

東方青蒼腳步一頓，猛地回頭去看那家店鋪，眼神比方才更亮了兩分。

小蘭花瞬間感覺到，身體裡那種熱血沸騰的感覺，又出現了……

第七章

悲劇來得太快就像龍捲風。

小蘭花萬萬沒想到，東方青蒼把那把辛辛苦苦取來的朔風長劍說扔下就扔下……

他把劍丟在妖市水晶城裡讓工匠幫他加工劍鞘，然後就駕雲到了鹿城。

鹿城是大晉國的軍事重鎮，已經在風雨中屹立了三百年，如今卻身處飄搖之中。原因無他，大晉國已有苛捐雜稅，又逢三年乾旱，百姓苦不堪言，帝王卻不思朝政、整日奢靡享樂，終是令百姓舉旗反了。

叛軍遇上腐敗的政府軍，一路勢如破竹，直至殺到鹿城。

鹿城到底是軍事重鎮，易守難攻。叛軍久攻不下，索性挖溝圍城，打算將鹿城內的守軍活活困死。但鹿城內糧食儲備充足，是以戰爭一時陷入膠著。算上今日，叛軍已在鹿城城前紮了八天營了，再耗下去，叛軍自己的糧草補給怕是也會出問題。

「他們後天一定會攻城。」小蘭花站在城牆之上，俯眺城外大軍。「主子一般寫的都是十天之後攻城。」

東方青蒼顯然對這種事情不感興趣，他轉過身在戒備森嚴的城牆上踱步，因為施了隱身術，是以即便大剌剌地從守城軍面前走過也絲毫沒被察覺。

東方青蒼的目光在守城軍的臉上逡巡了一圈，「謝婉清不在這兒。」說著，他一躍跳下城牆，往內城而去。

城內宵禁戒嚴，街上一個人也沒有，連犬吠聲都聽不到。這樣的環境讓小蘭花感到有些壓抑，她找了個話題緩解情緒，「大魔頭，你這麼急著找謝婉清，是不是喜歡她啊？」

東方青蒼不理她。

小蘭花嘬了嘬嘴，「我猜一定不是。就我這段時間的觀察來看，你吧，心眼小心腸壞，這麼惦記一個人一定不是因為喜歡人家。你就像是賊惦記人家的錢，狗惦記人家的包子……」

東方青蒼，「……」

小蘭花接著道：「我覺得你是來尋仇的。」

東方青蒼冷笑，「本座如何行事要妳過問？到時候本座殺了她，妳自取她身體來用便是。」

「你要殺她？」小蘭花打斷東方青蒼的話，瞪著眼睛道：「這怎麼行？她要是陽壽未盡，你將人家殺了可是犯天條的。這和等她陽壽盡了，我撿她身體用完全是兩個概念的事。」

東方青蒼對於小蘭花的論調嗤之以鼻，正要開口駁斥她，忽見旁邊有一隊士兵急匆匆走過，領頭之人正是一個穿著鎧甲、身材窈窕的女子。

她命人守在小巷口，只帶了一名醫生走進小巷，經過兩、三家院門後，她推門而入。

東方青蒼目光跟著女子的身影，而後毫不猶豫地邁步跟上她，隨她進了小院。

「這是謝婉清嗎？」小蘭花問：「你怎麼知道是她？」

東方青蒼不答，可是小蘭花能感覺到東方青蒼的情緒暗流湧動。

踏入小院，一股濃重的藥味撲面而來。東方青蒼也不走門，逕直穿牆而過，入了裡屋。屋內，面色蒼白的男人倚床而坐，身著鎧甲的女子站在他身邊，身姿是尋常女子少有的英挺幹練，但此時她的眉宇間卻染上了憂愁。

大夫給男子把完脈，摸著鬍子搖了搖頭。

女子沒再說話，擺了擺手讓大夫去外面開藥。她自己坐在男子的床邊輕輕握住了他的手。

男子睜開眼睛，靜靜地看著她，面色蒼白地笑了笑，然後轉過女子的手，在她掌心寫了幾個字。女子見了，沉默許久，而後也在他掌心寫了幾個字，但寫了一半，她就好像寫不下去了一樣，垂著頭，再沒動作，好似十分頹然。

男子抓著她的手，十指緊扣，像是在給她無言的鼓勵。

兩人之間氣氛雖沉凝，但款款深情卻讓小蘭花看得感動不已，「原來是個聾啞病弱男和女將軍的搭配，這兩人一定十分相愛……哎哎哎！東方青蒼！你要做什麼？」

只見東方青蒼右手成爪，指甲上泛著寒光，對準女將軍的後背便抓了過去。小蘭花嚇得連忙一把抓住東方青蒼的右手，將它緊緊扣在胸膛上，「這種時候你想殺她？」

東方青蒼顯得很不耐煩，「她遲早也是死，本座幫她解脫有何不好？」

「反正她遲早都是死，你再等幾天能怎樣？」小蘭花道：「如果她是謝婉清的話，那應該活不了幾天了，反正朔風劍劍鞘也還沒造好，你就留在這裡等等唄。」

東方青蒼面色不豫，「放開。」

「不放！」

東方青蒼周身殺氣澎湃而出。

「誰？」女子忽然站起身，拔劍出鞘，直直盯著東方青蒼所在的方向。

小蘭花一驚，在這一瞬間她幾乎以為這個女子真的看見東方青蒼了。但很快她就發現，那女子只是盯著東方青蒼所在的方向，並沒有真的看見他。

想來也是，一介凡人，怎麼可能看破魔尊的隱身術。不過她能感覺到殺氣也極不容易了，這個女子絕不普通……小蘭花皺了皺眉，在搖曳的燭火之中，小蘭花倏爾覺得她的身形有幾分熟悉，但卻想不起來在哪裡見過。

女子持劍而立，直到身後的病弱男子拉了拉她的手。她回過頭對他笑了笑，極慢地說道：「是我太緊張了。」男子握著她的手，無聲微笑。

女子收劍坐下，又陪了男子許久，就在小蘭花以為他們今天晚上都會這麼沉默地對視過去的時候，女子忽然垂著頭道：「這幾天，叛軍大概便要攻城了。他們欲一舉攻下鹿城，必定來勢洶洶，而我方已疲於守城……怕是抵擋不住。」她說得太多、說得太快，男子沒有看懂她的脣形，但他也不著急，只是淺笑望著女子，而女子也笑看著他，就像是在說情話，而不是訣別語。

「先皇於我謝家有恩，便是戰死，我也不能降了叛軍。今日走後，我可能回不來了。」她輕輕觸摸他的眉眼、鼻尖、臉頰與脣畔。「我知道，沒有我，你也會好好吃藥、好好生活，不會耽於過去，不會自暴自棄，對嗎？」
最後這兩個字，她說得緩慢又清晰，於是男子點了點頭。
她沉默了一會兒，突然抱住男子，在他頸窩間磨蹭了好一會兒，才放開了他，「軍中還有事，我先走了。」
她邁出房門，東方青蒼欲跟上，小蘭花卻扭頭看了屋內的男子一眼。在女子走後，他好似消耗完所有精力一樣，疲憊地閉上眼睛，呼吸微弱，是將死之相。
小蘭花有些不忍，但轉念一想，這是凡人的事情，她不能干涉的。
「妳同情他們？」東方青蒼開口。他目光看向旁邊櫃子上的梳妝鏡，鏡子裡面映出兩張臉，一張是他的，一張是小蘭花的。
鏡中的小蘭花垂著腦袋，難得地消沉，「主子說過，生老病死、天道輪迴，前世因後世果，世間事本就沒什麼同情不同情可說。」
東方青蒼涼涼道：「可妳同情他們。」已經是肯定的語氣了。
小蘭花不說話。
「妳若不攔著本座殺她，本座便讓他們死得開心一點。」
小蘭花眼眸一抬，眼珠子亮晶晶地看著鏡中神色倨傲的東方青蒼，假惺惺地擔憂他，「可那是犯天條的舉動……」
東方青蒼神色輕蔑，說出了小蘭花想聽的話，「本座犯了無數天條，不差這一則。」
於是小蘭花欣喜了，「我攔了你的，可是沒攔住，主子一定不會怪我的。」

東方青蒼嗤笑一聲。

小蘭花卻很開心。在鏡子裡面，她用臉蹭了蹭東方青蒼的臉頰，「大魔頭，你還是有良心的。」

其實被小蘭花蹭臉，東方青蒼只能看見這個畫面，而什麼都感覺不到，但看著鏡中小蘭花的笑容，東方青蒼卻有幾分愣怔。他扭開頭，不再看鏡子裡兩人的身影，「休要再礙著本座行事，否則待妳離開本座身體之後，本座定讓妳魂飛魄散。」

提到這事，小蘭花瞬間變得憂心忡忡，但仔細將東方青蒼的話一回味，她眨巴著左眼問：「這麼說，如果我不礙著你行事，回頭我離開你身體之後，你就不會殺我了是不是？」

東方青蒼哼了一聲，沒有說話。

魔界，漆黑的臥榻中，觴闕站在床榻旁邊，道：「探子傳信來，說前日在崑崙妖市中看見了魔尊。」

床榻上正在喝藥的人動作微微一頓，「魔尊去了崑崙妖市？」說話之人雖是男子，但語調之中卻帶著詭異的妖媚。「他去做什麼？」

「去了水晶城，應當是去選購武器的，但有一點有些奇怪。」觴闕皺眉道：「探子說，他在去水晶城之前，身上便已配了劍，而且到水晶城後，魔尊言行舉止……略有可疑。」

「哦？如何可疑？」

「他……好像對女人的肚兜和豐胸的藥丸很感興趣……」

「……」

鶺鷊揉了揉眉心，「孔雀，這當真是上古魔尊？你未醒那幾日，他在魔界的舉動也極為怪異，整日自言自語、神神道道，還……好男色……」

「上古魔尊，難免有點邪行，這些都無妨大事，只是……」孔雀放下藥碗，目光微涼。「昊天塔、崑崙山，他還要你去尋一名人類女子……」

「可有不妥？」

「鶺鷊，為了復活魔尊，我們翻閱了那麼多典籍，你還想不到嗎？」孔雀下了床，行至銅鏡前看著鏡中的自己，揉了揉自己蒼白的嘴脣。「有一個上古神，在消失之前，可是毫無緣由地去過這兩個地方啊。」

鶺鷊一愣，「赤地女子……」

「赤地女子在何地消失，上古典籍未有一本有所記載，但我猜測她那樣的人與魔尊是一樣的，生而不死，死而不滅。魔尊死後，更無人殺得了她，三界五行之中，她除非去幽冥地府一次次輪迴，否則不會消失得那麼乾乾淨淨。」孔雀用手指將他的脣瓣揉得嫣紅，令他臉色變得好看了些許。「魔尊，是去找赤地女子去了。」

鶺鷊驚愣，「他……他已辭世如此之久，怎麼會知道赤地女子生前去過的兩個地方？」

「魔尊最是好鬥，自上古時，只要是他盯上的獵物，沒有不被找出來的。更何況，那可是打敗他的赤地女子。」孔雀頓了頓。「魔尊可能是想像咱們復活他一樣，去復活赤地女子呢。」

鶡鶡大驚，「赤地女子復活，定會對我魔界不利。」

孔雀面容沉凝，「或許根本等不到她對魔界不利，咱們便沒什麼好果子吃了。」他轉頭看鶡鶡，「東方青蒼與赤地女子上古一戰，使星辰顛倒、時空混亂，可不是誇張的說法。天界禁不起他們再鬥一次，咱們也一樣。」

鶡鶡嘁了口唾沫，「那如今，是要勸阻魔尊嗎……」

「那般倨傲之人，豈是他人勸得住的。」孔雀嘆息。「要是魔尊別那麼在意上古舊事、少點好勝之心就好了。」他伸出手，放在銅鏡之上。看似普通的銅鏡忽然蕩出了詭異的水波，而孔雀的手竟慢慢地伸了進去，像是觸碰到了什麼，他的神情霎時變得有些痛苦。

他飛快地將手抽了出來，一股黑氣隨著他的指尖逸出。不過是一點點流竄出來的氣息，便讓立在一旁的鶡鶡渾身一僵，心底不由自主地湧起一股詭異的憤恨情緒，他忙壓住心神，「這是什麼？」

「是可以讓東方青蒼聽我們話的東西。」

此時千里之外的東方青蒼倏爾頓下了腳步。小蘭花左腳邁出去、不見右腳跟上來，便也站定，奇怪地問：「怎麼了？」

東方青蒼往天邊望了一會兒，沒有理會小蘭花，繼續向前走。

小蘭花實在是忍不住好奇，問：「你到底有什麼辦法讓他們開心啊？」

東方青蒼冷淡而簡單地答：「解決他們的煩心事。」

「哎？」

東方青蒼一躍而起，飛至城牆上。此時，鹿城城門緊閉，百米之外便是安營紮寨的叛軍。八萬兵馬盡數集結於此，他們好似打算開始攻城了，戰馬拉出、佇列站好，戰場上的殺氣滾滾而來，讓小蘭花覺得有幾分壓抑。

但東方青蒼卻目光輕蔑。他緩緩抬起了右手。

小蘭花心裡忽然閃過一絲不祥的預感，「大魔頭，你說的解決煩心事，不會是……」

話音未落，宛如一聲平地驚雷響，一道法力凝成的屏障罩在鹿城城門前十丈距離。屏障深深地切入地裡，將大地壓出了一道寬約一丈的壕溝！

小蘭花看得目瞪口呆。

大地震顫，不僅驚了叛軍的戰馬，戰士們也都是腳下不穩；而鹿城之上守城的士兵同樣感覺到了震顫，他們皆好奇地往城下張望，不明白發生了什麼事。

耳朵裡傳來謝婉清還算鎮定的聲音：「怎麼回事？」

隨著她話音一落，東方青蒼又一揮手，平地風起，在鹿城的法力屏障之外，風慢慢變大、加快，變成了狂風，颳走了叛軍的帳篷、捲跑了他們的糧草。在所有人都處在驚愕之中時，暴風忽而如龍一般直沖雲霄，戰馬和叛軍終究難以支撐，紛紛被捲到半空中，亂舞成一團。

這一場突如其來的狂風，不過眨眼之間便將八萬叛軍吹得沒了蹤影。

小蘭花已經驚愕得說不出話來了，目光呆滯地看著鹿城城門前的那片連草都被拔光了的空地。

東方青蒼一抬手，法力的屏障消失，只餘地上深深的壕溝證明他動過手的痕跡。「解決了。」他道：「明日午時，便是謝婉清註定喪命的時辰，本座就等到那時，取她性命。」

小蘭花整個人都要瘋了，她左手在空中亂抓了幾下，最後一把揪住自己的衣領，「你在逗我玩嗎？你在逗我玩嗎？你當我年紀小不懂事就可以隨便糊弄嗎？你這算什麼事啊！」

東方青蒼拉掉左手，「這算本座難得做了一次好事。」

「好事！你這叫好事？」

「妳不是要他們開心嗎？」東方青蒼淡淡道：「沒了敵情，他們可以開開心心活到我取走她性命的那一刻。當然，我也可以讓他們像那些凡人所求的那樣，同年同月同日死。」

他說得很是嫌棄，因為東方青蒼一直不明白，凡人追求一起死到底有什麼意義。反正這群凡人最後都是要去投胎的，冥府又不可能因為他們是手牽手一起下去的，就把他們下輩子安排成親兄妹。等喝了孟婆湯，橋歸橋路歸路，下一輩子投胎出來可能連品種都不一樣。

小蘭花幾乎要咆哮，「你有沒有考慮過我的感受？讓他們開心明明有更簡單的做法，只用改變他們命格中很小的一部分就行了，但你！你！你把人家八萬士兵都颳去哪兒了？那些將軍呢，叛軍首領呢？要是人家命定是要做皇帝的怎麼辦？那是國運啊！國運天命啊！你亂了天命是要遭天打雷劈的！」

東方青蒼勾脣一笑，一如既往地狂妄，「劈便是，本座還受不了區區幾記天雷？」

他就是這麼強大，他就是這麼任性。

小蘭花早就該猜到的，她明明已經這麼熟知他的秉性了。一陣巨大的疲憊感襲上心頭，她鬆了衣領，像死了一樣將東方青蒼左邊身子整個兒軟了下來，「我完了，我都做了什麼呀，主子知道了不拿我去餵豬簡直都對不起明天升起來的太陽，我完了……」

看見活生生的八萬人馬消失在自己面前，城牆上的凡人只比小蘭花更驚愕。連謝婉清也是一副怔愣的模樣，她扶牆眺望遠方，不敢置信地眨了眨眼睛。

「老天爺顯靈了？」

忽然有士兵喊：「是老天爺顯靈了！」

老天爺東方青蒼面對士兵們的歡呼顯得很淡定，只在拖著自己半邊身子路過謝婉清身邊的時候停了停。

「快了。」東方青蒼倏爾喃喃自語道：「就快了。」

「你在說什麼？」小蘭花強自找回鎮定問他：「你又想做什麼？」

東方青蒼沒有回答她。因為沒有鏡子，所以小蘭花只感覺到東方青蒼扯了扯脣角，並沒有看見他暗紅的眼睛深處泛出的嗜殺血光。

第八章

善惡終有報！天道好輪迴！不信抬頭看！我主子饒過誰！

自從東方青蒼將叛軍八萬人馬攪沒了影開始，鹿城上空便烏雲密布，是天雷在積蓄著力量。

小蘭花是被她主子點化成仙的，這輩子連劫雷都沒見過，更別說這看起來就夠唬人的天雷了。她非常憂心，「大魔頭，我們要不要乾脆先離開鹿城啊，你本領強大我知道，但是，鹿城的百姓可沒你那麼強大啊，要是劈到他們該如何是好……」

東方青蒼淡淡道：「那與本座何干？」

小蘭花心頭一怒，「主子說，為人處世的第一原則就是不要給別人添亂。你是怎麼做到成天成夜給別人添亂還添得這麼理所當然的！」

聞言，東方青蒼眼睛微微一瞇，「小花妖，妳是怎麼好意思說出這句話的？」

小蘭花被噎住了。

爭論間，旁邊議事殿的大門打開，裡面的官員魚貫而出。謝婉清走在最後，慢慢停住了腳步。她閉上眼睛，仰起頭，深深呼吸，好似心情很是愉悅。

小蘭花看見她脣角輕輕勾出了一抹笑，甜甜的酒渦在她臉上浮現。

如果她換下軍裝，穿上羅裳，應該也會是個美麗可人的女子吧。只可惜……

小蘭花看了看時辰，現在離午時已經很近了，她的命數也就只能到這裡了。如果沒有東方青蒼的話，她現在應該是在千軍萬馬中絕望地廝殺……然後死於戰場。

看著她臉上的笑容，小蘭花有幾分感慨，「大魔頭，你為什麼非要殺她呢？」

東方青蒼像沒有聽到小蘭花這句問話一樣。謝婉清提步離去，他也立刻沉默地跟了上去。看方向，她是要去找那個病弱的男人。

「你去地府翻命簿，又讓魔界的人去尋找，在聽到她的消息之後立刻馬不停蹄地趕來了……你到底和她有什麼仇？你……」小蘭花看著前面謝婉清的背影，陡然停下了腳步。東方青蒼早已習慣自己時不時癱瘓一下的左邊身子，面不改色地繼續往前走。

「她是……她是赤地女子嗎？」小蘭花震驚地開口。

東方青蒼不應。

「等等，東方青蒼，等等！」小蘭花想拉住東方青蒼卻無從下手，左邊的廢腿也不能阻止東方青蒼幾乎是跳著前進的步伐。小蘭花只好喊：「你怎麼這麼幼稚！她都已經下界投胎成凡人了，上古的事情都不記得了，你殺她有什麼意義啊？太幼稚了！」

「誰說本座要報復？」東方青蒼忍無可忍道：「妳若想在得到那具身體之後不至於馬上魂飛魄散，現在最好乖一點。」

小蘭花嘴唇動了動，再沒說出話來。

午時已近，鹿城上空卻籠罩著濃厚的黑雲，不見天日。

謝婉清腳步輕快地走進小巷。東方青蒼手中法力凝聚，小蘭花幾乎有點不忍心再看下去。

「阿然，你怎麼起來了？」謝婉清推開門扉，就見那病弱男子歪歪斜斜地站在院中。他看看天色，又看看謝婉清，神色是莫名的陰鬱。

「阿然，叛軍不見了。」謝婉清目光清亮地看著男子，一字一句道：「他們不見了，鹿城保住了，我大晉保住了。遠在西北的謝家軍，也有機會回來了。」

男子看懂了謝婉清的唇語，但神色卻更加凝重。

謝婉清摸摸他的臉，然後抱住他的腰，將臉貼在他的心房上，「阿然……」

她的話止於利刃劃破喉間的那一刻。

鮮血噴湧。

卻不是東方青蒼動的手。

小蘭花愣愣地看著那個名喚阿然的男子，手持短匕首，在謝婉清脖子上割出一條深深的傷口。

謝婉清臉上的神情僵住。連一旁作為看客的東方青蒼也不由得皺起眉頭。

鮮血瞬間浸紅了謝婉清大半邊身子。她的手臂無力地垂下，然後整個人癱軟在地。她的臉貼在地上，嘴裡嗆咳出泡沫一樣的血，「然……」

男子在她身邊跪下，臉色死白地看著謝婉清，然後握住她的手，在她掌心寫下，「晉必亡，謝家軍必死。」

謝婉清忽然反手抓住男子的手腕。她用盡了最後的力量，死死地抓住他的手，直到指甲將男子的皮膚摳破。她盯著他，血與淚打溼了地上的泥土。

男子只靜靜地看著她，直到謝婉清脖間的血慢慢流盡，手上的力氣也小了。但自始至終，她都未曾閉上眼睛。

東方青蒼道：「她魂魄要離體了。妳要進去，只有一瞬的時間。」

小蘭花此時滿心驚愕，聽得東方青蒼這句話，才呆呆地回過神來。謝婉清的手從男子手上滑落，白色的氣息自她身上升騰而起。東方青蒼右手一轉，氣息便緩緩飄到了他的掌心，「妳不走？」

他話音未落，忽覺心臟一陣絞痛，好似被一隻手給死死捏住了一樣，幾欲炸裂。

小蘭花顯然也感覺到了這股疼痛，痛吟出聲：「大魔頭，你……你在幹麼？」他什麼都沒幹……

根本未給人反應的機會，東方青蒼心口又是緊緊一縮，疼痛讓他都不由得微微弓起身子。

小蘭花更是忍受不了地大喊：「我走走走！我不是和你一起待久了有點難分離嗎！就耽擱你一點時間，你至於這麼趕人嗎！」

話音一落，身體中倏爾一鬆，是小蘭花的魂魄一頭扎進了謝婉清的身體裡面。但是在小蘭花離開之後，東方青蒼身體之中的疼痛卻並未消失，反而愈演愈烈。他咬牙，以法力強制壓住疼痛，手中將謝婉清白色的靈魂凝成球狀，放進袖中早已備好的瓷瓶之中。

心底疼痛猛地擴散至五臟六腑，好似有一股力量在他身體裡肆意撕扯。東方青蒼將法力蠻橫地灌入體內，任由兩股力量在他體內拚撞爭鬥。

而那邊的小蘭花入了謝婉清的身體，察覺到掌心癢癢的，是那個叫阿然的男子正一臉慘白地在她手中寫著，「我會陪妳。」

小蘭花登時怒了，唰地坐了起來，一巴掌推開他，「你有什麼資格陪她呀，你都在這兒劃一刀了！」小蘭花指著脖子上鮮血淋漓的傷口給男子看。

男子驚呆了。

「你看你弄得這一身黏糊糊的！」小蘭花不滿地抹了一把脖子上的血，而本來已凝固的傷口因為小蘭花的動作又開始淌血。

小蘭花抹了半天抹不乾淨，她知道這一刀是直接割斷了謝婉清的頸中血脈。她想起從議事殿走出來時，謝婉清嘴角勾起的微笑，還有她走進巷子時輕快的步伐……小蘭花心頭湧起同情，同情完了又橫生一股怒氣。

真是殺千刀的薄情人！

她一把撕下被血染紅的衣襟，劈頭蓋臉地甩在男子臉上，「你嘗嘗！這是你背的血債！我告訴你，天道好輪迴，你這麼心狠手辣，我主子不會放過你的！你小心天打雷劈！」

小蘭花這話剛落，滾滾黑雲之中忽然白光閃動，如山倒的雷鳴之聲傳來。

小蘭花寒毛一豎，這才想起東方青蒼招來的天雷就要落下來了！

她抬頭一望，黑雲之中的閃電以摧枯拉朽之勢劈砍而下。小蘭花以為這記天雷就要落在院子裡了，但奇怪的是，電光像是在鹿城上空撞上了什麼屏障一樣，向四周散開，消失不見。

是東方青蒼布下的結界？

他想保護鹿城的百姓？幾乎是毫不遲疑地，小蘭花就推翻了這個猜測。以東方青蒼的性格，布下這麼大的結界，應該只是單純地蔑視天雷，為了方便索性撐開一把大傘，讓天雷不對他的行動產生一絲半點的影響……

真是任性又猖狂。

不過，說起來……

東方青蒼呢？

小蘭花不再管趺坐在地上、已經駭得失去了神志的男子，往四周張望。她現在凡人之身，是看不到施了隱身術的東方青蒼的，但看這劫雷的位置，東方青蒼應該還在這院裡沒錯。

他取了謝婉清的魂魄但是還沒走嗎？小蘭花揣測，難道是想留下來殺她？不過如果他要殺她，為什麼會耽擱了這麼久都還沒動手？

想想離開東方青蒼身體之前的疼痛，小蘭花忽然生出了點不安。和東方青蒼待在一起這麼多天，雖然他們大部分時間都處得不好，但她對他還是有那麼一點點難友情的。

「大魔頭？」她在院子裡轉著。「大魔頭？」

天上劫雷翻滾，又是一個驚雷劈下。這次天雷雖然仍舊被擋住了，但與此同時，結界發出了喀的一聲。

小蘭花瞪大了眼，只見又是一記天雷落下，逕直劈在結界裂口處。一聲巨響之後，結界分崩離析。

小蘭花便眼睜睜地看著接二連三的天雷像報復似的，如雨落下。

完了……

這是小蘭花僅有的想法。

她下意識地抱住頭蹲在地上，但當雷聲在耳邊炸響之時，她卻感覺不到身體有任何痛感。她悄悄地睜開眼睛，小院還在，草木無損，一切都還好好的。

她轉了轉腦袋，看見了立在她身後的東方青蒼。他手中結印，支撐出了一個比之前小了許多的結界，而此時方圓兩丈外房屋的屋頂已經被劈沒了，外面的小巷也已燒成一片焦土。

小蘭花本以為是東方青蒼及時趕到救了她，正感動得說不出話，但再仔細一看，發現東方青蒼根本就沒有挪過位置，他站立的地方還是她離開他身體時的那個地方。

他不是為了保護她，而是為了保護自己才撐出了結界。他只是順便護下了她和旁邊那個已經呆怔了半天的男子。

小蘭花爬起身來，拍了拍屁股，看了一眼東方青蒼。見他額間竟出了些許虛汗，小蘭花道：「大魔頭你的心臟不會還在痛吧？痛得都影響到你的發揮了嗎？」

如果以傳說中東方青蒼做過的事來推斷的話，他應付天雷的次數大概和小蘭花吃飯的次數一樣多。所以照常理來說，東方青蒼無論如何都不會被幾記天雷給劈成這樣。

但現實卻是——

他的大結界沒了，隱身術也沒了，勉勉強強撐了個小結界，還一副看起來很吃力的模樣。

他站在這裡不像是不想動，更像是動不了。

小蘭花覺得，除了她離開他身體時感覺到的那股難以忍受的絞痛，大概沒有別的什麼事會忽然讓大魔頭的力量變得這麼虛弱。

天雷一記記落下，眼看著東方青蒼的臉色越來越難看，小蘭花急得在院子裡轉圈，「你到底是怎麼了呀？我才拿到這個身體，都還沒焐熱乎呢，可不想馬上被雷劈到再死一次……」

「有人在對本座下咒。」東方青蒼咬牙隱忍道：「帶本座去山裡。」

「下咒？」小蘭花愕然。「誰對你下咒？誰能對你下咒？」

東方青蒼聲音陰冷，「我自知曉是誰，妳不用問這麼多，帶本座去山裡便是。那處方位陰邪，利於本座擺陣。」

「山裡？」小蘭花極目遠望，在鹿城東邊，隱隱看見了一座青山的影子。只是……影子……

小蘭花搖頭，「太遠了，太遠了，那山離這裡少說也得有二十里地，我現在一介凡人，不能駕雲不能遁地的，這雷又這麼一道道地劈，你讓我怎麼帶你去山裡！」

東方青蒼不說話，只牢牢盯著小蘭花。

小蘭花用了很久東方青蒼的身體，除了第一次見面時，東方青蒼躺在地上，她在一旁打量過他的五官外，其餘時候，小蘭花從來沒有仔細地看過東方青蒼的臉。

畢竟……當時那種情況，誰有心思照鏡子研究長相。

是以，而今小蘭花被東方青蒼這麼陰惻惻地一盯，心裡忽而像被秋風颳過的大地，寒涼頹廢了一片。小蘭花覺得，如果先前他們是各自用各自的身體與對方吵架拌嘴的話，自己大概兩句話就會敗下陣來。

因為東方青蒼的眼神……太嚇人了。

血紅的眼珠子天生帶著煞氣，只是淡淡一瞥，便讓人感覺好似被利劍砍在骨頭上。

小蘭花有些沒出息地腿抖。

東方青蒼看在眼裡，心道，他們終於是回到正常的對話方式上來了。所有人都怕他，這個小花妖自然也該怕。先前，不過是他人生中的一點小插曲罷了。

東方青蒼冷冷一勾唇，笑得萬分陰森，「妳不幫本座，那便留在此處吧。本座乃不死之身，便是結界消散，亦能歷萬劫而不死。至於妳……」東方青蒼神色輕蔑。「一記天雷，便足以令妳魂飛魄散。」

小蘭花嚇得呆住，隨即咬牙，「你！你又這樣理所當然地給別人添麻煩！」

東方青蒼只是冷笑。

小蘭花不再看他，氣呼呼地左右一望，就看見院裡有一口尚在結界範圍內的水井。她咬了咬唇，然後擼起袖子，「我偏不信了，就你這樣的狀態還能威脅我。」她一邊搖起井中的水桶，一邊將繩子綁在腰上，一隻腿正要跨進井裡，回頭一看，院子裡還有一個活人。於是她又掙扎著走到那人面前，將他的腰上也綁了繩子。

「我不是想救你，只是我主子說救人一命勝造七級浮屠，我現在救了你，是做了大善事，天雷劈下來的時候一定會顧及著我一點的。」小蘭花碎碎唸個不停，也不知是說給男子聽還是說給她自己聽。

給男子也綁好了繩子，小蘭花一巴掌把人推到了井裡，然後對東方青蒼做了一個鬼臉，也毫不猶豫地跳到了井裡面。

東方青蒼黑著臉看她做完這一切，半晌，森冷道：「妳自會來求本座……」

這邊小蘭花跳到了井裡，和男子面對面地浮在井水中。看男子還在發愣，小蘭花不由伸手在他面前晃了晃，「你還活著嗎？」

看見小蘭花晃動的手指，男子眼珠子終於動了動。他一抬手將她的手抓住。

他因為病弱，一直臉色慘白，在光線昏暗的井中，看起來幾乎像個孤魂野鬼。小蘭花嚥了口唾沫，用力掙扎起來，想甩脫男子的手，「別對我動手動腳啊，上面那個我打不過，對付你我現在可是綽綽有餘的。」

男子此時力氣卻大得出奇，他嗆咳兩聲，嘴角都流出了血絲，卻還是死命地抓著小蘭花的手。他死死盯著她，在她手上寫字。但因為小蘭花掙扎得太厲害，男子一個字都沒有寫成。他心緒翻湧，終於鬆開小蘭花，撕心裂肺地咳嗽起來。

小蘭花小心翼翼地盯著他，「你不會是要病死了吧？」

男子聽不見聲音，待得咳嗽稍緩，他轉過頭來看著小蘭花，伸手比劃了一下，示意小蘭花把手給他。

小蘭花猶豫了一陣，終是把手伸了出去。

「妳不是婉清。」他寫得很快。「妳是誰？」

「我當然不是她。」小蘭花說話的時候發現男子專注地盯著她的嘴，於是她稍稍放慢了一點語速，「事情很複雜，我也不知道怎麼說，但謝婉清死了是事實，你殺了她。然後我撿了她的身體來用。」

男子怔了一會兒，放下了手，臉色比剛才更加灰白。

小蘭花問：「你為什麼要殺她？她對你那麼好。」

男子的手指在小蘭花掌心停頓了許久，最終只寫了四個字，「我是內線。」

小蘭花一驚，「叛軍的內線？」她嘀咕道：「原來是這麼個安排……」

接下來便是一通沉默無言。

雷還在不斷落下。小蘭花在井裡一直等一直等，老是等不到雷聲停止，在數到第三百六十二記雷聲後，她腦袋一偏，在井裡面呼呼睡著了。

等再醒過來，小蘭花往上面一望，天都黑了，天雷還在不停不休地劈。

小蘭花不由罵道：「混帳大魔頭，作那麼多孽！」

她往旁邊一看，沒了大魔頭的天眼，黑乎乎的井裡面，小蘭花是兩眼一抹黑，連近在咫尺的男子也看不見了。想到對面是個病弱的凡人，在這溼氣寒重的井裡待了一天，她有點擔憂地伸手去摸，「你還好吧？」

小蘭花摸了許久，卻只摸到一根繩子。她疑惑地順著繩子一直摸到末端……人……不見了……

小蘭花頭皮發麻，往身下看去。黑乎乎的井水裡好像什麼都沒有，但又好像有一張被水泡得發脹的臉盯著她……

「嘤……」她忍不住心頭驚懼，登時身手矯健地爬了上去。是時東方青蒼還在挨雷劈，沒有挪地方。他的結界又縮小了一點，但好在還將水井包含在內。小蘭花從井裡掙扎著爬出來，披頭散髮連滾帶爬地向東方青蒼跑去，「大魔頭！大魔頭！有鬼！」她一把將東方青蒼的腰抱住。

東方青蒼竟被她撞了一個踉蹌，天雷穿過結界，啪的一聲打進了那個水井裡。

小蘭花嚇得大叫：「鬼鬼鬼！」腦袋還一個勁兒地往東方青蒼的懷裡蹭。

東方青蒼大怒，「妳在說妳自己嗎？放開本座！」

「走走！快走！我帶你去山裡！」她說著便拉起東方青蒼往外走，但拉了半天，東方青蒼半點沒動。她回頭看他，「你不是要去山裡嗎？倒是走啊！」

東方青蒼咬牙瞪了小蘭花一會兒，「本座若是自己能動，何須使喚妳這累贅？」

小蘭花呆了好半晌，「大魔頭，你現在……竟如此沒用了嗎？」她不看東方青蒼森冷的面色，只在他面前站直，然後伸手比了比兩人的身高，「你比我高一個頭呢，我怎麼背你啊？」

他沉著臉道：「過來，背我。」

「妳就不知道動動腦子？」東方青蒼極其嫌棄。

小蘭花勃然大怒，「這腦子又不是我的！」

東方青蒼吸了口氣，愣是被她嗆得一時無言。

小蘭花看了看遠處的山，又看了看東方青蒼額頭的虛汗，終於一咬牙，「不管了，拚了。」她抱住東方青蒼的腰，使出吃奶的勁兒將東方青蒼往門外拖。可猙獰著表情拖了半天，也不過才將他從院裡挪到了院門口。

「這樣走得走到明年啊！」

東方青蒼只顧閉著眼睛專心應付天雷，顯然不想對小蘭花做出任何評價。

小蘭花很是氣餒地轉過頭去，忽而瞥見門外停了一輛好似是平時用來拉貨的獨輪車。這車貼牆放著，正好被東方青蒼的結界保護在內。

小蘭花二話沒說，直接將東方青蒼按倒在木板上。

「你把結界撐住啊。」小蘭花說著，一咬牙，拉著獨輪車便開始走。

這車下面就一個輪子，上面就是塊木板，也沒有什麼防護欄之類的東西，小蘭花一開始掌握不了平衡，走得東倒西歪，將車上的東方青蒼翻到地上去好幾次。直到東方青蒼被弄得灰頭土臉，她才勉勉強強掌握了訣竅，然後像個苦力一樣，拖著東方青蒼往山那邊奔去。

小蘭花覺得，她上輩子一定是欠了東方青蒼不少，不然這輩子怎麼會淪落到給他做牛做馬的地步……

到了鹿城城門前，守城的士兵早就被劈個沒完的天雷嚇得沒了蹤影。此時城門緊閉，小蘭花發了愁，「咱們要怎麼出去啊？」

東方青蒼道：「繼續往前走。」

小蘭花沒有其他主意，只好聽了東方青蒼的話，直直地往緊閉的城門奔去。

就在她離城門還有四、五步距離時，一道天雷劈下。只聽一陣轟鳴亂響，城牆之上的城樓登時分崩離析，緊接著又是一道天雷，城牆垮塌，城門被擠壓變形。小蘭花便在這一片塵土翻飛的混亂當中，仗著東方青蒼的結界，衝出了鹿城。

待得跑遠了，小蘭花回頭一看，鹿城城門已經塌成了一片廢墟。

小蘭花迎著電閃雷鳴，幾乎要淚流滿面，「我下界後都亂七八糟地幹了些什麼呀……」

這一天，小蘭花像馬一樣拖著東方青蒼趕了一天的路，終於跑到了鹿鳴山下。然而自打走上了山路，獨輪車便不大好使了。山路極窄，很多地方根本沒辦法拉車過去。

思量再三，小蘭花決定將車扔掉。

「小花妖，好好記下本座的話。」東方青蒼忽而開口，聲音是小蘭花從沒聽過的虛弱。「方才我已用神識將此山搜了一遍，妳順著這條山路走，西行三里有一深潭。到了深潭之後，妳便刺破我的胸膛，然後將我放入潭水之中，妳再去潭水的東南西北四角，各放一截我的指甲。」

「哎？」

「我會撤掉結界，陷入昏迷。」東方青蒼盯著小蘭花。「妳最好動作快點。」

話音一落，在小蘭花還沒反應過來的時候，東方青蒼已經閉上了眼睛。周圍的結界陡然消失，小蘭花心頭一涼，便見天雷毫不留情地劈了下來。

小蘭花抱頭驚呼，卻沒有感覺到疼痛。

她睜眼一看，自己身上正散發著微光，一如方才東方青蒼在空中撐出的結界。

而旁邊……小蘭花一轉頭，東方青蒼昏迷在地，周身土地焦灼。

他用僅剩的力量為她撐了個結界，卻把自己放在外面了嗎？

小蘭花驚呆了，「大魔頭竟然保護……」

不對！小蘭花拍了拍自己的臉，他保護她是因為要她給他做事呢！

又是一道天雷劈下，狠狠地打在東方青蒼的身上，小蘭花嚇得捂住耳朵。地上的東方青蒼像是死了一樣毫無反應。

小蘭花轉頭四顧，心裡陡然生出一個想法：她現在身上有結界，東方青蒼自己則陷入了昏迷，也就是說，她現在是既不必擔心被雷劈到，也不用擔心東方青蒼再捉住她了。

那她果斷是可以跑路的啊！

反正她現在有了新身體，和東方青蒼也沒有什麼別的瓜葛了，她為什麼還要救他啊？這樣的大魔頭就是被天雷劈死了，才能還世間一個安寧呢！

但……

又是一道天雷落下，東方青蒼雙眼緊閉，面色竟比她第一次見到身受重傷的他時還要難看。

小蘭花咬了咬牙，腳尖一轉，到底是走到了東方青蒼身邊，將他扛到了背上。

但小蘭花高估了這個人類身體的承受力，她一將東方青蒼拉到背上，就被壓得逕直跪了下去。

從地上爬起來，她抹了一把汗。看了看身後雙眼緊閉的東方青蒼，小蘭花又默默地將他拉回自己背上，然後就這樣一路跪行，將東方青蒼馱往寒潭的方向。

就當是報答他給她找到身體之後的不殺之恩吧。

三里路，說遠也不遠，但還是將小蘭花的膝蓋磨破了皮。看見那汪深潭的時候，小蘭花高興得幾乎跳起來。她將東方青蒼掀翻在地，然後一屁股坐到他的肚皮上，細細回憶他昏迷之前跟自己說過的話。

先是怎麼來著，要劃破他的胸膛……

劃破……胸膛？

她這輩子還沒殺過人啊。她看了東方青蒼好一會兒，終於狠下心，劃就劃吧，反正是他讓劃破的。她左右看了看，卻沒有看見可以拿來當刀用的東西。

難道要用東方青蒼自己的爪子劃開他自己的胸膛嗎？

小蘭花抓起他的左手，卻在此時，東方青蒼手上自動脫落了四枚指甲。

對了，待會兒還要把這四枚指甲擺在東南西北四個方位的。

小蘭花撿起指甲，拿出其中一個看了一會兒，然後扒開東方青蒼的衣裳。

對著他結實的胸膛，小蘭花不合時宜地吞了口口水。

那次醉酒的記憶浮現在腦海裡，小蘭花清晰地記得，東方青蒼的胸膛摸起來真的挺舒服的……

她甩了甩頭，用東方青蒼的指甲在他胸膛上劃拉出了一條口子。

鮮血溢出，自胸膛上滴落，有一股詭異的美感。小蘭花又吞了口口水，然後將東方青蒼推進了深潭之中。

他胸口的血液在清水裡漂蕩開來，始終未停的天雷啪地打進潭水之中。雷電觸到水面，像是點亮了裡面東方青蒼的血液一樣，漂散在水中的鮮血變成了一絲一縷的細微光線，潭水泛出美妙的白光。水中的東方青蒼銀髮鋪散，宛如幽靈，在層層藍光的照耀下慢慢往深潭之下沉去。

直到再看不見東方青蒼的身影，小蘭花才恍然回神，忙辨別了四周方位，將東方青蒼的指甲擺了上去。

小蘭花做好了東方青蒼交代的事，可天雷還在響。但漸漸地，四周起了風，小蘭花看見深潭周圍的青草忽然以肉眼可見的速度枯萎，接著是旁邊的樹木開始掉落樹葉，沒一會兒便只剩下了光禿禿的樹幹。

小蘭花看呆了。

這……難道大魔頭吸走了山中靈氣？

小蘭花明顯感覺到四周空氣開始躁動，潭水變得渾濁，冒出氣泡。小蘭花驚疑不定地看過去，只見一陣細波蕩開，東方青蒼的銀髮漂到水面上，然後他慢慢從水中踏了出來。

銀髮貼著他的臉頰，水珠順著他的下頷滴滴答答地淌下來，有的滑過他的脖子，有的滑過他赤裸的胸膛……

他面色不豫地看著小蘭花，「小花妖，妳動作還能再慢點嗎？」

小蘭花把視線從他的胸膛調回他的臉上，卻驚訝地發現，「大魔頭……你的眼睛，怎麼變黑了？」

不僅眼睛變黑了，那一身肆意張揚的殺氣也收斂了許多，簡直就像……

「大魔頭，你被天雷劈得從良了嗎？」小蘭花愣愣地發問，換來了東方青蒼寒意凜冽的眼神。

可不等東方青蒼開口說一句話，又是一道霹靂從天而降，劈在東方青蒼身上。雷電隱沒，東方青蒼身上的水珠還在來回傳遞藍色的電光，好一會兒才逐漸消失。

小蘭花抬頭望天，「這天雷怎麼還在，大魔頭你不是擺陣了嗎？」

東方青蒼冷冷一哼，「本座擺陣又非為了對付區區天雷。它要劈，便讓它劈。」

話音未落，又是一道天雷落在東方青蒼身上，他卻毫髮無損。

小蘭花呆呆地看著他，「那你剛才那麼努力地布結界對付天雷是為什麼？我還那麼辛苦地把你從山下背了上來！你看我的膝蓋！」

東方青蒼目光在小蘭花破皮的膝蓋上輕輕掃過，竟沒有開口嫌棄她沒用，反而是沉默了一瞬後，難得地開口解釋：「本座先前說了，有人在下咒。天雷不是大事，但若與那咒術結合，還是頗為麻煩。」

小蘭花眨巴了一下眼睛，立即便被轉移了注意力，「那咒術還在嗎？」

「在。」東方青蒼回頭看了一眼那汪本來清澈，現在卻已變得渾濁的潭水。「不過並不在本座身上。」

是他把對方給他施加的咒術轉到了深潭中吧……

難怪水也渾了，草木也枯了。能使山間生靈瞬間凋敝，定是極為邪門的咒術。

想到離開東方青蒼身體前的那股撕心裂肺的疼痛，小蘭花心有餘悸。她歪著腦袋盯著東方青蒼，「你那麼厲害，是怎麼被人使的絆子呢？打從你復活開始，我基本上都和你在一起，沒見誰有機會對你下手啊。」

東方青蒼瞥了小蘭花一眼，「若是連妳都能察覺，本座容得了他下手？此咒唯一有可能落在本座身上的機會，便是在本座復活的那一瞬間。」

小蘭花恍然了悟，「是魔界的人！可……他們為什麼要對付你？你們不是一夥的壞人嗎……啊，對了，打上古開始你就不喜歡與人為伍的。」

傳說中的東方青蒼本就是一個獨來獨往、性格冷漠而極其好鬥的魔頭，小蘭花點了點頭，「也難怪他們要對你下咒留個後手，換我，我也這樣幹。」

東方青蒼一聲哂笑，「換妳？施咒的那一刻便會爆體而亡。」他說著，嘴角勾起一抹陰森的笑容，「膽子夠肥才敢對本座施咒。這樣的禁術，再用上一陣，他們也沒什麼好下場。」

天上雷雲翻滾，又是幾道天雷接二連三地落在東方青蒼身上，他皺了皺眉頭，「吵得心煩，往下走有個深山溶洞，且隨本座去歇歇。」說著，他自然而然地向小蘭花伸出了手。

小蘭花不由愣了愣。看著東方青蒼禍國殃民的側臉，竟心頭一跳、臉頰泛紅。她哦了一聲，乖乖上前握住東方青蒼微帶涼意的手掌。

東方青蒼不動。

小蘭花一抬頭，發現東方青蒼正瞇著眼睛看她。

小蘭花愣愣的，「怎麼了？」

「是讓妳扶著本座。」

「……」小蘭花惱羞成怒，甩開他的手。「你都能自己從水裡爬出來，為什麼還要我扶！」

「因為累。」

「……」

小蘭花黑著臉，將東方青蒼扶到了他所說的深山溶洞。

藉著東方青蒼留在她身上的結界微光，聽著東方青蒼「往左，往右，往上一點」的使喚，她終於將東方青蒼扶到了他想要待的位置。

小蘭花撒了手，氣鼓鼓地道：「我就幫你到這兒了，現在我要去過新的生活，咱們江湖再見。不，還是別再見了。」

小蘭花身上的結界散發出的微光，照亮了倚石而坐的東方青蒼的臉。此時他脣邊有笑，難得不摻雜一絲半點的奸惡，他道：「走吧。」

略帶沙啞的聲音停在小蘭花耳朵裡，竟有幾分讓人臉紅心跳的溫柔。

小蘭花按捺住心頭情緒，不再看他，背過身子，摸著牆，順著來時的路慢慢往洞外走。

她身上的微光在轉了幾個彎之後徹底消失不見。東方青蒼腦袋靠在石頭上，深深呼了一口氣，閉上眼睛。不過安靜了片刻時間，然後不出所料地，那道光芒又以比離開的時候快三倍的速度狂奔回來，還挾帶著驚呼與斥罵，「東方青蒼你個混蛋！」

東方青蒼好整以暇地看著面前喘著粗氣、對他怒目而視的小蘭花。他笑，「不走了？」言語間，那股邪惡氣質又隱隱流露出來。

小蘭花大聲斥問：「為什麼我走到洞外，結界就消失了？我差點兒被天雷劈焦了！」

東方青蒼淡淡道：「大概是因為，妳我之間的距離一旦超過五丈，結界就會消失吧。」

此話比剛才的天雷還要響，深深地炸進她的心底。小蘭花呆呆地看著東方青蒼，難怪啊……難怪這傢伙當時願意把結界放到她身上，而自己毫無防備地昏迷過去啊……

虧得她還天真地以為是他相信她呢，原來是這樣。

小蘭花把牙咬得咯吱咯吱地響，「東方青蒼……你真是……」

東方青蒼神色淡淡地接過話頭，「本座自是機智。」

小蘭花怒道：「我現在和你兩不相欠，你還困著我做什麼？」

「自是做牛做馬，以備不時之需。」

「你就是在報復！」小蘭花斥道：「你就是覺得前段時間我讓你丟人現眼了，心理不平衡，所以現在找著機會了就死命地報復我！」

「難得。」東方青蒼悠然道：「妳總算活明白了一次。」

小蘭花被東方青蒼的態度徹底激怒了，「我跟你拚了！」她往前一撲，雙手直直地掐向東方青蒼的脖子。

東方青蒼一偏頭，輕而易舉地躲過小蘭花的招數。他出手如電，像捏鴨子一樣捏住了自己撲過來的小蘭花的脖子，然後身形一動。

小蘭花只覺一陣天旋地轉，然後便被狠狠地壓在了地上。後背是粗礪的岩石地，好在謝婉清穿著鎧甲。鎧甲撞在地上，發出刺耳的摩擦聲。

待得一切聲音消失，小蘭花發現身上是沉甸甸的東方青蒼。

他壓著她，捏著她的脖子，呼吸在她耳邊輕拂，銀色的頭髮自他耳畔兩側滑下，像是兩道水晶簾，將他們隔出一個狹小的空間。

「小花妖……」東方青蒼聲音很輕。「妳且記著，不要妄圖以妳微末的武力來攻擊我。」他的手指在小蘭花的脖子上摩挲，在那處，導致這具身體死亡的傷口沒有癒合，甚至在這兩天的折騰下開始有點潰爛。

東方青蒼的目光在她傷口處一轉，有幾分分神。便是這一瞬間，小蘭花忽然雙手抱住他的脖子，往上一抬頭，報復似地狠狠咬在東方青蒼的脖子上。

感覺得到，她是使了渾身的勁兒，拚命地咬他。

但東方青蒼的身體被天雷劈了也不見有個窟窿，更何況小蘭花現在這凡人肉體。她拚盡全力地咬下去，也不見東方青蒼頸間留下半點齒痕。

東方青蒼沒有動。

他對敵不下萬次，遇到的敵手有強有弱，其中也不乏女子，但卻從沒有哪個……會用這種招數來對付他……

還是咬脖子……

東方青蒼愣然得忘了將小蘭花從自己脖子上推開。

直到小蘭花咬得嘴都瘦了，才稍稍鬆開牙關，但手卻還環抱著東方青蒼的頸項，腦袋則下意識地抵在東方青蒼的下巴上。

一時靜默，東方青蒼竟生出一種在被人撒嬌的感覺。

他一眨眼，找回神志，正要冷漠地推開小蘭花，卻聽一聲抽泣，小蘭花主動鬆開了手。

她躺倒在地上，拿手臂掩著臉，哭得好不傷心，「我哪裡對不起你了，你要這麼欺負我？」

東方青蒼盯著她，黑色的眼眸像鏡子一樣，映出被發光的結界勾勒出身形的小蘭花。

「一開始是你不經過我同意就跟我換了身體，我後來賴在你身體裡也是迫不得已，還差點被你殺死。現在我好不容易有了新身體，打算想辦法回去找主子了，你為什麼又要欺負我？早知道你昏迷的時候，我就不該背你上山。我就該直接跑路，就算被雷劈死，也不要便宜你。就讓你躺在那兒，繼續與天雷和那個什麼咒術做鬥爭算了……嗚嗚嗚……」

東方青蒼沉默，眼波微動。

他是知道的。

即便是在昏迷之時，他神識仍在。他能看見小蘭花是怎樣把他背到山上去的。

小蘭花的抽泣聲越來越大，眼瞅著要變成號啕大哭。東方青蒼皺了皺眉頭，道：「若非妳乖乖把本座背上山，妳現在早已魂飛魄散了。」他翻身坐到一邊。「起來吧。本座方才從潭水之中出來時沒有殺妳，以後也懶得殺妳。」

小蘭花哭聲驟止，她眨巴著水汪汪的眼睛盯著東方青蒼，「你以後都不殺我了？」

「天雷停後，妳自可離去。」

小蘭花眼睛大亮，然後又露出期期艾艾的模樣，「你既然都打算放我走了，為什麼不乾脆現在就放我走？給我弄個結實點的結界不就好了嗎……」

東方青蒼瞥了她一眼，閉上眼睛，並不回答她的問題，只道：「本座要靜坐調息，別吵。」

小蘭花撇了撇嘴，走到洞穴的另一邊，抱膝坐下。

蒼蘭訣

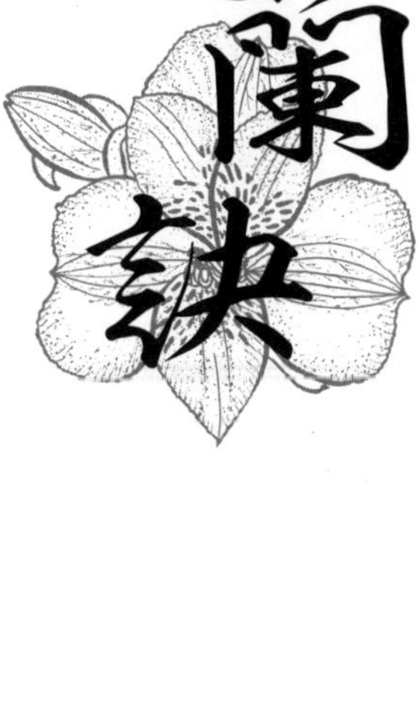

第九章

妳與本座的關係深如瓊淵之水、熱如旱地之沙？

小蘭花睡了一覺，再醒來時眼前漆黑一片。

她伸出手，看不見自己的五指。她愣了愣才反應過來，先前洞中尚有微光，是因為東方青蒼留在她身上的結界。而現在，結界已經消失了。

「大魔頭。」小蘭花的聲音在黑暗的洞穴裡，來來回回迴盪了好多次才停下來。

「你死了嗎？」

沒人回答她。

小蘭花嚥了口唾沫，「大……大魔頭？」

「別吵。」

冷冰冰的聲音，卻讓小蘭花鬆了一口氣。

「你給我的結界沒了。」她道：「我還以為你又死了呢……」

「結界是護著妳不被天雷劈的。天雷沒了，結界自然也沒了。」

小蘭花眼睛一亮，「天雷停了？那我可以走咯？」

「嗯。」東方青蒼淡淡地應了一聲，讓人聽不出情緒。

小蘭花欣喜地扶著牆壁站了起來，往前走了三步，忽聽東方青蒼出聲提醒，「方向反了。」小蘭花應了一聲，轉過身往反方向走。待走過了第一個彎，她像是想起了什麼一樣，忽然停下腳步。

猶豫了一會兒，小蘭花道：「大魔頭，這些天雖然咱倆誰都沒讓誰好過，但我還是要謝謝你。你讓我看到了以前從沒有看到過的東西、經歷了從沒有經歷過的事。我主子以前對我說，我要感謝所有在我生命裡留下痕跡的人，不管他留的是鮮花還是唾沫。以前我不懂，遇到你之後，我好像有點明白這個道理了。」

東方青蒼睜開眼睛，洞穴裡的黑暗根本妨礙不到他的視線，他輕而易舉地看清扶著石頭說話的小蘭花。

她臉上難得帶了幾分像其他姑娘一樣的嬌羞，向著石頭的方向鞠了個躬，「謝謝你啦。」

東方青蒼也難得地沒有戳穿她的笨拙。

她鞠完躬後直起身，接著道：「不過謝歸謝，要認真算一算，如果別人是在我人生裡吐口水的話，你這樣的程度大概算是在我的人生裡隨地大小便了吧……你好像在任何人的人生裡都是在隨地大小便……」

東方青蒼，「……」

「好心勸你一句，你還是少作些孽。我主子說過，出來混遲早都要還的，老天爺都安排得好好的呢。言盡於此，聽不聽全在於你，我走啦，大魔頭。」小蘭花總算是邁開了腳步，一步一踉蹌地往山洞外面走去。

東方青蒼活過很長的時間，見過很多的女人，小蘭花這樣性格的人也不是沒遇到過，但是能與他的命運糾葛至此的，一個也沒有。

這或許真的是她說的所謂老天爺的安排吧。

不過也到此為止了。

東方青蒼閉上眼，本打算繼續調理內息，但奇怪的是，他的神識卻不由自主地跟著小蘭花的背影，往洞外探去。

小蘭花走出山洞，洞外被雷劈得慘不忍睹，草木荒蕪、山石裸露，沒一塊地方是完好的。但即便是這樣，見到外面大白的日光，小蘭花仍舊是暢快地吸了一口氣。沒有時時刻刻束縛住她的另一半身體，沒有大魔頭時不時的鄙夷嫌棄，沒有雷雲壓頭的死亡威脅，小蘭花覺得，即便是獨自艱難地爬行在凌亂的山石上，她的生命也是一片燦爛美好啊！

翻下這座山頭，小蘭花回頭望去。身後的樹木已經變成了光禿禿的一片，但好在並沒有繼續擴大範圍，想來是施咒的人停止了咒術。

東方青蒼應該暫時不會有危險……

小蘭花甩了甩頭，她現在已經不需要去想東方青蒼的事情了，她是天界的人，說不定哪天她還會和東方青蒼兵戎相見呢……雖然她註定打不過就是了。

當務之急是想個辦法回天界，讓主子給她想想辦法，看能不能再給她弄個身體。畢竟老是用著別人的殘軀也不像樣子。

小蘭花這邊正盤算著，忽聽樹林那頭傳來幾句罵罵咧咧，「格老子的！這天雷劈了這麼多天，我還道是哪個大仙到老子山頭來歷劫呢！結果呢？媽的，這麼大動靜，放屁一樣說完就完了。完了也不給個結果，那大仙倒是成沒成啊？成了倒是給咱山頭灑個福雨、留點兒祥雲啊；沒成倒是把屍首給擺出來呀，老子也好撿來吃不是！」

小蘭花聽得這話，嚇得抽了一口冷氣，悄悄躲到了樹後。

她小心翼翼地探出腦袋去看。

林子東邊走出來一個縮肩駝背的小妖怪，一邊走一邊神情諂媚地望向身後。而緊跟著他走出來的妖怪，身形足有兩個成年男子般魁梧，豬耳朵豬鼻子，兩隻長長的獠牙向上彎起。他手裡拿著一條人腿，一邊罵罵咧咧，一邊咬了一口，鮮血染紅了他的下巴與胸膛。

小蘭花看得幾欲嘔吐，她捂住嘴，不敢發出一點聲響。

這個豬妖還沒完全化成人形，看來是道行不高。但是道行再不高，他也是妖怪啊！而她現在凡人一個，連最簡單的遁地術或者隱身術都不會，若被這妖怪發現，一定會被吃得乾乾淨淨！

「大王大王，大王別急。」走在前方的小嘍囉道：「這雷劈完了，不見祥雲飛升，自然是仙人沒有歷劫成功。咱們再到那個山頭上去找找，指不定就能找到仙人的屍身了。仙人肉滋補，這次一定能讓大王吃得開心。」

野豬妖哼哼了兩聲，將手中的人腿扔掉，又走了兩步，忽然停了下來，豬鼻子動了動，「有屍體的氣味。」

小蘭花死死地捂住嘴，連氣都不敢喘了。

但是野豬的腳步還是越來越近。

不能坐以待斃，小蘭花心道，現在不跑的話一會兒就更沒機會了。她一咬牙，離弦之箭一般飛快地衝了出去。

身後傳來那小嘍囉咋咋呼呼的驚叫：「大、大、大王！她在那兒！那兒！」

小蘭花悶頭往前衝，忽然腦後一疼，被人狠狠抓住了頭髮。野豬妖大力一拉，小蘭花痛呼一聲，脖子差點兒被扯斷。

野豬妖毫不留情地拎著小蘭花的頭髮將她提了起來。小蘭花疼得直哼哼，野豬妖哪裡會可憐她，只將豬鼻子湊在小蘭花的臉上嗅，黏糊糊的液體沾了小蘭花一臉。惡臭撲鼻，小蘭花無法控制地乾嘔出來。

「凡人？」野豬妖嗅了一會兒，隨手將她扔在地上。「明明是具屍體，妳為什麼還能動？」

小蘭花只顧捂著胸口乾嘔，掙扎著往後挪，就算是逃不了也要盡量離這隻豬妖遠一點……

實在太臭了……

可她挪了半天，那豬妖一步就跨了過來。他捏住小蘭花的下巴，左邊看看、右邊瞅瞅，「長得還不錯。」

「不……」小蘭花捏住鼻子道：「這不是我的臉……」

豬妖的鼻子又在小蘭花臉上蹭了蹭，「雖然是屍體，但是肉還是很嫩。」

「不嫩不嫩不嫩！」小蘭花連忙擺手。「我是死了的！我是死了的！我一點也不好吃！」

她話音還沒落，野豬妖便在她腰上狠狠掐了一把。小蘭花疼得大叫，野豬妖哈哈大笑，「腰細，叫聲也好聽，今天老子要再娶一房夫人！」

小蘭花直接嚇哭了，「不不不，你不不不能娶我！」

野豬妖手往下移，掐了一把小蘭花的屁股，「老子要娶誰還沒有不能的，跟老子走！」

「你不能娶我！你不能娶！」小蘭花眼珠子一轉。「我嫁人了！我嫁過人了！」

野豬妖將小蘭花扛上肩頭，狠狠地在她屁股上打了一巴掌，「老子上過那麼多女人，經沒經過事，老子一眼就能看出來，妳以為騙得了老子？妳再亂動，老子現在就上了妳！」

小蘭花頓時嚇得渾身僵硬，眼淚不要錢一樣地流個沒完，「大魔頭……大魔頭……」她大哭。「嗚嗚嗚，救救我嗚嗚……」

小蘭花現在腦子裡亂成一團，只是下意識地哭喊求救，哪承想剛喊了沒兩聲，那野豬妖忽然停下了腳步，抽出腰間的匕首便回頭向一棵大樹扔去，「誰在那裡？」短小的匕首插在樹上，那三人合抱的樹幹竟從中裂斷。喀喀幾聲過後，大樹轟然倒塌，男子的身影出現在了後方。

他一身黑袍靜靜佇立，銀色長髮幾乎拖曳至地。他不說話，就靜靜地看著野豬妖。

野豬妖莫名覺得四周空氣有些壓抑，旁邊的小嘍囉甚至開始渾身發抖，抓住野豬妖的腿毛，「大、大王……這人看起來不好惹……」

小蘭花淚眼朦朧之中看見了那邊的人影，愣了一會兒，害怕的感覺突然消失了。與此同時，一股委屈洶湧澎湃地衝上心頭，她掙扎著向東方青蒼伸出了手，「大魔頭！大魔頭！嗚嗚嗚！他欺負我！」

樹林裡，只有小蘭花的哭喊聲。

野豬妖看著東方青蒼的眼睛，嚥了口口水。他感覺不到這人有半點妖力，但只是被他盯著，心頭就冰涼涼的一片。

小嘍囉又在下面拽了拽他的腿毛，「大、大王，要不咱們先走吧……」

野豬妖摸著自己肩頭上這個女人細細的腰、圓圓的屁股。美色壯膽，他將小蘭花甩在小嘍囉身上，「你看著她！」說罷，他在掌心吐了兩口唾沫，搓了搓手，然後拔出身後的寬背大刀，虎虎生風地一揮動，擺好了架勢吼道：「不管你是哪個山頭來的，今天這女人我要定了！」

小蘭花離開了豬妖也不哭了，把淚一抹，氣勢洶洶地對東方青蒼喊：「收拾他！大魔頭收拾他！」

野豬妖全神貫注地盯著東方青蒼的一舉一動。忽然之間！那黑袍男子動了！野豬妖握緊刀柄，等待著他發來的第一招！

然後……

東方青蒼身子一側，繞過他們走了……

野豬妖有些懵，小蘭花更是摸不著頭腦，她眨著眼睛，腦袋跟著東方青蒼的身影轉動，卻見他面無表情地往樹林深處走去，簡直就像是……根本沒看到這裡發生的事情一樣。

小嘍囉顫顫巍巍的聲音打破了沉默，「他好像……不想管咱們的事啊？」

對呀，他好像……不想管啊。

場面靜默了一會兒。

小嘍囉看了一眼呆怔的小蘭花，問：「你們真的認識嗎？」

認識呀！

「大魔頭！」小蘭花對著東方青蒼喊：「我在這裡！救我啊！」

野豬妖看了小蘭花一眼，又在手裡吐了口唾沫，指著東方青蒼道：「不要想耍陰謀詭計，過來與我堂堂正正地決鬥吧！」

「她與本座無關。」那邊傳來東方青蒼淡淡的聲音。

野豬妖轉過頭來怒氣沖沖地罵小蘭花，「妳這個女人還敢騙老子？這他媽的叫認識？想唬妳爺爺我呢？」

小蘭花也怒了，東方青蒼竟然翻臉不認人了！虧她之前還對他那麼好，他放她走的時候，她都快以為他是好人了！

結果！

小蘭花看著東方青蒼漸行漸遠的背影，心道，既然你不仁，也不要怪我玩心機！

她氣勢洶洶地踹了小嘍囉一腳，本還想撞開野豬妖去抓東方青蒼，卻被野豬妖扣住了手腕。小蘭花回過頭，瞪了野豬妖一眼，然後指著東方青蒼的背脊道：「我跟你說，我嫁過的人就是他！」

野豬妖愣住了。

小蘭花又衝著東方青蒼的背影喊：「我摸過你的胸膛、親過你的頸項！前兩天還時時刻刻跟你待在一起，不久前還日日夜夜與你共睡一榻！就在剛才，你還將我壓在身下，為所欲為！」

東方青蒼的腳步一頓。

小蘭花再接再厲，「東方青蒼你居然好意思說我跟你沒有關係！我跟你的關係明明就那什麼，深過瓊淵之水，熱過那個……旱地之沙！你這輩子都別想甩開我！」頓了頓，她聲嘶力竭地喊出最後一句，「你這個薄情郎、負心漢！」

這一通話劈里啪啦地說下來，四周一時鴉雀無聲。

小蘭花回過身，拍了一下野豬妖的胸膛，「豬大哥！你比他高大威猛多了，以後我就跟著你。今日你將他殺了，我就歡歡喜喜地和你回去成親。」

說出最後一句話時，東方青蒼回過頭冷冷地看了她一眼。

小蘭花衝他扮了個鬼臉。

野豬妖哈哈大笑，「好，老子今天就砍了他回去燉湯給兄弟們喝！」他大吼一聲，提著大刀向東方青蒼衝去。

兩人距離越來越近，野豬妖忽然從袖中抖出一把土，向東方青蒼撒去。

東方青蒼眉頭一皺，側身躲開，但身上還是沾到了一點。令人驚奇的是，這土沾到東方青蒼的身體之後非但沒有掉落，反而牢牢地黏在他身上並蠕動起來。沙土面積由小變大，瞬間布滿東方青蒼的腰腹，而落在地上的那些土也如同活物一般爬上了東方青蒼的腳踝，將他牢牢固定在地上。

小蘭花大驚，「那是什麼？」

小嘍囉在旁邊桀桀笑道：「那是咱們大王的法寶。被魔土纏住，縱是天王老子也跑不掉的。」

小蘭花張大了嘴，眼見著野豬妖的大刀一下砍在東方青蒼的肩頭上。她下意識地閉了一下眼，但想到東方青蒼那具刀槍不入的身體，又忙睜開眼去看。果不其然，野豬妖的大刀只是停留在東方青蒼的肩頭。

而此時的東方青蒼卻還有閒情逸致拈起一塊落在他腰上、還在不停擴大的土，拿在手裡揉了揉，目光微微一亮，「此物自何處得來？」

野豬妖一刀砍在東方青蒼肩上，不見他受傷，不由驚了一瞬，不過很快舉起了刀要重新砍下，「這話你就問閻王去吧！」

東方青蒼冷冷一勾唇，「不說嗎？」他抬起了手。

一枝藤蔓自東方青蒼手腕間飛快長出，擋住了再次落下的刀。在野豬妖反應過來之前，藤蔓之上分出枝椏，逕直向野豬妖的心房插去。

藤條瞬間沒入豬妖的胸腔。豬妖眼睛猛地睜大，面色極度驚恐，他張著嘴，卻從喉嚨裡冒出血來。

東方青蒼眉目冷淡，像是真的在殺一頭豬，「你不說，本座便讓這些枝椏在你心上開朵花。」

森冷的語調，聽得隔了老遠的小蘭花也心頭悚然。

這大概是……她第一次見東方青蒼這樣殺人。

那個小嘍囉見勢不對，一股煙地跑沒了影。

野豬妖咳出的血順著他肥膩的下巴往下流，他掙扎著動了動嘴唇，「千、千隱山……千隱郎君。」

「千隱郎君？」東方青蒼呢喃，然後勾脣一笑。「也算有點用，便留你一個全屍吧。」言罷，穿進野豬妖胸膛之中的藤蔓窸窸窣窣地收了回來。野豬妖的屍體像廢品一樣被甩在一邊。

與此同時，失去宿主的「魔土」全都掉在了地上。除了顏色稍深一些，這土看起來與尋常的土並無區別。東方青蒼抓起一把在手中捏了捏，剛才幾乎包住他全身的土，到了他手裡卻只有一個拳頭大小。東方青蒼研究了一會兒，便將土隨手扔掉，再一抬頭，正好對上小蘭花的眼睛。

小蘭花下意識地退了一步，有些恐懼地盯著纏繞在他左手腕上的藤蔓。

她記得，這是在妖市水晶城的時候，東方青蒼用他法力凝珠換來的手鍊……

她還記得當時東方青蒼說過此物防身，但她並沒有將這話放在心上。沒想到，這東西竟然如此厲害。

小蘭花呆呆地看著東方青蒼，忽然發現一件蹊蹺至極的事情——

東方青蒼為何不用法力殺人，而要藉助防身之物？

「大魔頭……你的法力……」

小蘭花話沒說完，便見東方青蒼勾著脣向她走來。「大魔頭？」他道：「方才東方青蒼四個字，叫得不是挺溜？」他的語氣讓小蘭花不由自主地吞了口唾沫，東方青蒼笑道：「仔細想想，本座已有許多年未從他人口中聽到自己的名字了，當真是懷念。」

小蘭花忍不住又往後退了兩步，「方才危急關頭，迫不得已，情急之下……總之，現在既已無事，咱們青山不改綠水長……喝！」小蘭花倒抽一口冷氣，因為她的後背已經抵在了一棵樹上，而東方青蒼已經站到了她的面前。

「妳摸過本座的胸膛、親過本座的頸項，與本座夜夜同眠，甚至方才本座還將妳壓在身下，為所欲為？」

小蘭花閉著眼睛搖頭，「沒有沒有……」

「妳與本座的關係深如瓊淵之水、熱如旱地之沙，本座這輩子都別想甩開妳？」

小蘭花要哭了，「不是的，不是的……」

東方青蒼俯身下來，伸手勾起一綹小蘭花的頭髮，「本座本想放妳走，但既然妳與本座的關係如此緊密……」

「不緊密！」小蘭花連忙道：「一點也不緊密！我那不是為了活命嗎！你不知道那個豬妖有多噁心……」小蘭花說著委屈地擦了擦自己的臉。「誰讓你一開始不願意主動幫我的……」

東方青蒼居高臨下地看著她，「妳不是說本座在妳的生命裡隨地大小便嗎？本座受了妳的指責，現在連腳印也不想留下一個。」

小蘭花腹誹，連這點言語上的小仇也要記著……真是小氣。

東方青蒼退開一步，「妳方才在算計豬妖，讓他來砍本座時，便沒有想過本座將他殺了後，妳這使心眼的小花妖會有什麼下場嗎？」

小蘭花垂頭嘀咕：「只顧著去想豬妖的下場了……」

東方青蒼冷冷哼了一聲，突然伸出手指，在她腦門上重重一彈，「最後饒妳一次。」

言罷，他竟是一轉身，走了。

小蘭花愣神。

這個大魔頭……就這樣仁慈地放過她了？這……這不像東方青蒼啊！

看著東方青蒼的背影，小蘭花揉了揉額頭。她知道自己現在應該讓大魔頭走，走得越遠越好，一句話都不要再和他說，但是不知道為什麼，她還是鬼使神差地開口問：「大魔頭，你為什麼會在這裡啊？」

東方青蒼停下腳步，微微側過頭。

小蘭花攪了攪手指，「你是知道我有麻煩了，專程下來救我的嗎？」

東方青蒼沉默了一會兒，小蘭花聽見他用鼻子很不屑地哼笑了一聲：「恰好走到這裡罷了。」

第十章

他的呼吸近在耳邊，
脣幾乎擦過她的臉頰。

與東方青蒼分別之後，小蘭花獨自踏上了屬於自己的征程。

可她的征程還沒有開始幾步，便覺得有點不對勁了。

先前那個野豬妖糊了她一臉的不明液體，她實在受不了自己渾身惡臭，便去了山腳小河邊，在河裡好好洗了洗。待她上了岸，躺在石頭地上晒了一會兒，又嗅到了一股奇怪的味道。

小蘭花左邊嗅嗅右邊嗅嗅，始終不知道這股氣味是從哪裡來的。她趴在河邊往河水裡一照，便驚見這具身體頸項上的傷口竟然已經潰爛了一大片。

小蘭花嚇得抽了口冷氣，捂著脖子摔坐在地上。

為什麼會這樣？

有魂魄進入這具身體，應該會延緩她的腐壞速度才是的呀，怎麼會這麼快……

小蘭花忍著害怕，又趴到河邊，仔細地審視起自己這具「新」的身體。河裡的女人面色烏青、脣色黑紫，是一張徹頭徹尾的死人相。

小蘭花怒了，東方青蒼到底給她找了具什麼身體啊！劣質！退貨！

照這個速度發展下去，不用多久這身體的腦袋就該掉了。彼時她頂著一具無頭屍，在人間豈不是寸步難行！到時候別說回天界找主子了，她恐怕會直接被人界的這些修仙人士收了煉藥，連地府都去不了。

她得去找東方青蒼要具新的身體才行！

小蘭花撕下一塊衣襬，在脖子上繞了兩圈，將傷口捂住。她拍了拍自己的臉，強迫自己打起精神，仔細琢磨東方青蒼現在會在哪裡。按照常理推論，魔界的人給他下了咒，他應該是回魔界去找那些人算帳了。但是他現在好像沒了法力，回去魔界估計也討不了好，他應該不會那麼莽撞才是。

小蘭花細細回憶著一些先前的細節。他好像對那野豬妖的什麼魔土很感興趣，還問他在什麼地方得到的……難道他是想去那個千隱山找魔土？

千隱山，小蘭花皺了皺眉頭，她好似聽主子提過這個地方。它是海上一個虛無飄渺的福地，時隱時現，沒有機緣的人即便在海上漂一輩子也見不到一回。

這樣的地方，她現在凡體肉胎的，要怎麼去找啊？

不過小蘭花轉念一想，東方青蒼現在沒有法力，不能騰雲駕霧，本質上和她沒什麼區別。他既然要出海，那就必定會用到船。

小蘭花拿定了主意，穿上鎧甲，拄了木棍，起身上路。

這是她這輩子，第一次孤身遠行。

半個月後，臨海城。

臨海城臨海而築，本是大晉國極為繁華重要的港口城市，但因為而今世道大亂，臨海城中魚龍混雜，白日裡偷盜、夜晚裡搶劫之事層出不窮。

正是一個陰鬱的雨天，街上行人行色匆匆。一個戴著斗笠、穿著蓑衣的人拐進了一條無人的小巷，忽然間，迎面跑來一個男子，似不經意地撞上了蓑衣人的肩膀。

不承想那蓑衣人竟如此不經撞，一下就摔在了地上。斗笠蓋在那人臉上，讓人看不到他的模樣。

男子掂了掂到手的錢袋，看了一眼躺在地上的蓑衣人，嘲諷道：「就你這破身板還敢來臨海城，找死呢？今天給你長個記性，哪兒來的趕快滾回哪兒去。」

他說完這話，卻見地上的蓑衣人對他伸出了手。

男子皺眉，不明所以。

「拉……拉一把……謝謝……」

向偷了自己的賊伸出求助之手，這人不是有毛病吧？男子上前踹了蓑衣人一腳，「找死啊！」他用了很大的力氣，將蓑衣人踢得身子偏了偏，於是蓋在蓑衣人臉上的斗笠滑了開去。

男子便看見了這蓑衣人的臉，是一個女人的臉，但是長著這張臉的腦袋卻正以一個不可思議的角度歪在地上……

脖子幾乎全斷，只剩一層皮與頸項相連。可就是這樣，那人還鼓著眼睛瞪他，氣鼓鼓道：「你不拉便算了，踹我幹什麼？我的脊椎骨又歪了兩節！我很難弄的，壞蛋！」

男子嚇得瞠目結舌，嘴唇抖了半天，愣是沒說出一個字來。

小蘭花吃力地抬起手，將自己腦袋推回脖子上，摸了摸，神色大驚，「啊！全斷了！這下怎麼辦！」她瞪著旁邊已經看傻了的男子，罵道：「快拉我起來，不然我跟你沒完！」

「妖……妖怪……」男子兩眼一翻白，徹底暈了過去。

小蘭花一見，急了，「你倒是先將我拉起來啊，我脊椎歪了自己起不來的！」她歪歪斜斜地躺在地上，急得沒有辦法，就在此時，忽聽旁邊傳來一聲低笑。

小蘭花眼珠子轉了轉，卻因為姿勢的緣故，始終看不見來人的模樣，「還有人在嗎？幫幫我呀，我會非常非常感謝你的。」

伴隨著小蘭花的懇求，沉穩的腳步慢慢走到她的身邊，站在了她腦袋旁。然後來人蹲下了身子，歪著腦袋看她，「小姑娘，妳是怎麼變成這副模樣的？」

小蘭花終於看清了這人的長相。只見他一襲白衣，衣領處簇擁著白色的狐狸毛，許是天氣的原因，他的臉色有些蒼白得過分，但眉宇間的氣度卻是明顯不同於一般人的。

看見她現在這副模樣還能淡定微笑而不逃跑的人，想來也不是什麼好招惹的傢伙，但是小蘭花也沒有辦法了，只得可憐巴巴地向他求助，「說來話長，你能先將我扶起來嗎？我坐起來了才能把自己的脊椎骨接好，然後才能把腦袋接回去。」

白衣人看了一眼小蘭花的姿勢，「我幫妳正骨吧。」說著，他也不嫌小蘭花一身的泥濘，將她的身子翻了過去，然後扒下她的蓑衣，用拇指與食指順著她的脊椎骨往下捋。到了產生偏差的地方，他的手就停了下來。

小蘭花的腦袋此時已經完全和身體分家了，看著白衣男子嫻熟的動作，那顆腦袋驚嘆道：「你比我看起來專業多了。」

男子輕笑搖頭，「妳的身體腐壞得太厲害了，正了骨也沒用，回頭稍稍一碰，又得歪了。而且……」男子笑著捧起了小蘭花的臉。「妳腦袋都這樣了，要這身體還有什麼用？」

小蘭花很沮喪，「可是沒這身體……沒這身體我怎麼活啊？我還要去千隱山找人呢……」

男子眨巴了一下眼睛，「妳要去千隱山找誰？」

小蘭花露出氣憤的神情，「找負心人、薄情郎！」

小蘭花在這段趕路的時間裡，算是將東方青蒼想明白了。

打從一開始，東方青蒼就沒打算給她找新身體。他只是想殺掉赤地女子進行自己幼稚的報復，然後順便把她從自己身體裡推出去。

但是！赤地女子乃是天地戰神，她下界轉世為凡人，雖然天界上沒有關於此事的記載，但猜也能猜得出來，不是為了歷劫就是受到天道責罰才會這樣。

她轉世為人之後，命格不是司命星君所定，而是全憑天命做主。她每一世死後，她在人間的身體自然也是天命做主。所以這具身體，不管裡面住進了什麼樣的靈魂，都會照著正常的速度腐爛，然後消失。

東方青蒼怎麼會不知道這個道理！

難怪他當時願意放她走，難怪說什麼最後饒她一次，原來是不管他放不放她、饒不饒她，她都活不久！這具身體遲早分崩離析，到時沒了宿體，她遲早都是死！

他不過是懶得動手罷了！

想到這些，小蘭花難免情緒激動，「我要找到他，然後咬他一塊肉下來！」

男子被逗得笑了起來，「那我帶妳去吧。」

「郎君！」旁邊倏爾傳來另一道低沉的聲音。小蘭花轉了轉眼睛，就看見旁邊牆壁上投射出來的一道人影。

「這小仙靈合我眼緣，又性子單純，帶回去也沒什麼不好。而且……」男子神祕地笑了笑，隨即對旁邊的人道：「將納魂壺拿來。」

旁邊那人好似有點不甘願，拖拖拉拉了許久，才將一個黑色的壺遞給男子。

小蘭花有點怔然地看著男子溫和的笑臉，「你看得出我的身分？」

「自然看得出，蘭花仙靈。」男子將黑色的壺遞給小蘭花。「妳這個身體不能用了，我先將妳裝進我的壺裡，當作妳的暫居地。等回頭到了千隱山，我再另外給妳一個身體。」

「哦……哎，不對，你到底是……」

男子瞇眼笑道：「千隱山千隱閣千隱郎君。妳要去千隱山找人，連那裡的主子是誰都沒打聽過嗎？」

小蘭花認為，這個千隱郎君看起來不像壞人。

至少比東方青蒼像好人！

等到了千隱山，她對自己的判斷就更加堅信了。

這個千隱山之主模樣溫文儒雅，待人有禮有節，舉手投足間更是風度翩翩。更重要的是，他還給她找了個新的身體！

小蘭花照著鏡子，摸了摸自己鮮活柔軟的臉，不敢置信地問身後的人，「這真的是陶土捏的身體嗎？」

千隱郎君坐在小蘭花身後的桌子旁邊，慢慢地飲了口茶，道：「是呀，如何？與妳給我描述的妳原來的容貌有幾分相像？」

「像！」小蘭花捏了捏自己的臉。「太像了！肉是軟的、骨頭是硬的，拍一拍關節也不會錯位，摸久了皮膚還會有溫度，簡直和活人的身體一模一樣。」

小蘭花心裡感動得都要哭了。天知道她從鹿鳴山到臨海城的這些日子是怎麼過的。

「不過……」小蘭花看了一會兒鏡中的自己，心中困惑。她轉過身盯著千隱郎君道：「我主子和我說，這世上除了天地大道，沒有誰能賦予別人生的權利。用陶土捏造的肉身乃是死物，沒有生氣，就算有靈魂進去，應該也是活動不了的。你的工匠是怎麼做到的？」

千隱郎君點了點頭，「妳主子說的自是不錯，不過我這千隱山有另外一種東西。」千隱郎君自腰間抽出了一個小荷包攤開，露出裡面棕色的泥土。泥土在桌上慢慢變平，然後又堆積成小山的形狀，它就像一個活物一樣，在不停地變化。

小蘭花眨著眼看著那土，她認識，當時那野豬妖和東方青蒼打架的時候，就撒了一把這個土。豬妖的小嘍囉還叫這東西魔土。

「這是息壤。」千隱郎君道：「乃是天地間一奇物。與普通土壤不同，它有生生不息之力。」千隱郎君將息壤遞給小蘭花，「在陶土中加入息壤之後，它便可承載靈魂，使之活動，與活人無異。」

看著小蘭花驚嘆的神情，千隱郎君忍不住笑開，「可是神奇？」

小蘭花點頭。

「不過還是妳主子的話對。這世間，除了天地大道，沒有誰能造出一具活人一樣的肉身。」千隱郎君道：「即便加了息壤，妳這具身體也只能用三天。三天之後，息壤生氣消失，陶土之身不可活動，妳還得換另外一具身體。而且因為妳現在是土做的，千萬記得，不管什麼時候，都不可以碰水。不然，哪兒碰哪兒壞，那可是會比妳先前那具身體爛得還要快的。」

小蘭花聞言，伸出去給自己倒茶的手默默地縮了回來，「喝水也不行？」

千隱郎君笑得很溫和，「妳現在是不需要喝水的，甚至不需要食物。妳可以吃東西，而且還能嘗到食物的味道，只是它們都只會囤在妳的肚子裡。」

「吃了不長肉？」

千隱君失笑，「當然不長。」他起身，引著小蘭花往門外走，「我這島上，最不缺的就是廚子。妳想吃哪個菜系的？」

小蘭花沒有答話，只是呆呆地看了千隱郎君一會兒，然後突然道：「我主子以前說過，無事獻殷勤，非奸即盜。這個息壤應該十分珍貴吧，我這身體要三天一換，一定得用很多息壤。咱們平生素不相識，你這樣全心全意地幫我，到底圖我什麼呢？」

他對她好得讓小蘭花自己都覺得有點離譜了。可她現在，身體都是這個人給的，他又能圖她什麼呢？

難道……想要她的靈魂，拿去煉丹？

「呵……」千隱郎君垂頭一笑。「阿蘭姑娘，妳都與我到了我千隱山上，現在才問這話，是不是也太遲了一些？」

「問出口了就不算遲。」

千隱郎君臉上掛著溫和的笑，對小蘭花的話沒有半點氣惱，只是繼續領著小蘭花往外走。他指了指道路兩旁種著奇奇怪怪花朵的花圃道：「我有一個收藏的癖好，這世上獨一無二的祕寶，我都想將它圈在自己的地盤裡。」

小蘭花眨著眼睛問：「我是什麼獨一無二的祕寶嗎？」

「是啊，相當珍貴。」

小蘭花一句「我是什麼祕寶」還沒有問出口，忽見另一頭急匆匆地走來一個女子。她行至千隱郎君身邊，對他行了一禮，然後附在千隱郎君耳邊說了幾句話。千隱郎君聞言，目光微微一深，點了點頭，然後擺手讓女子離去。

小蘭花好奇，「怎麼了？」

「有幾個妖怪想闖入千隱山。」

小蘭花一愣，「妖怪？」

「嗯，不過不用擔心，他們已經被攔在千隱山外的迷陣之中了。」

「千隱山外……有迷陣？」

「阿蘭妳與我一同入山，自然是不知道這迷陣的。」千隱郎君道：「我千隱山本就處在天地間一處詭譎方位之中，山體於海上時隱時現，凡人大多無緣，千覓而不得。每一次有人入山，我皆會傾力相待有此善緣之人。但十來年前，我千隱山入了一奸人……」千隱郎君一邊說著一邊引小蘭花走到庭院深處的花亭之中。他讓小蘭花坐下，推了桌上的糕點給她，「先解解饞，我讓他們去做其他菜。」

小蘭花老實不客氣地拿起一塊花糕吃掉，入口即化的口感讓她睜大了眼。這東西比之前天帝向她主子求親時送來的糕點還要好吃！她又咬了兩口才含混不清地問：「千隱山入了一奸人，然後呢？」

千隱郎君望著小蘭花鼓鼓囊囊的臉，有點想捏她，又覺得不合禮節，於是只好用手指在桌上敲了敲，道：「那是一隻厲害的妖怪，他偶得機緣入我千隱山後，竟將來路記住了。待出去之後，他集結了一群心懷不軌的妖怪，欲搶我千隱山祕寶。」

「真是過分。」

「是啊，祕寶終究被他們搶走了一些，聽說他們將那些東西拿去賣了換錢。」千隱郎君說著，像是很可惜地搖了搖頭，「要錢與我說便是，我給他們就好了。」

「你別難過，他們搶了東西，也不會有好下場的。」小蘭花嘴裡包著花糕道：「所以你就布下迷陣了嗎？」

「本來被搶之後，也沒打算布的，畢竟迷陣也會阻礙我千隱山之人出入，但是這世間最可怕的便是人心貪婪。」千隱郎君道：「那次過後，他們卻並不滿足，還欲接二連三地來。於是，我便借寶物之力，合此處方位，成大迷陣於海底山中。那以後，非請而入者，皆被困其中，喪命於此。」

最後四字，千隱郎君的聲音中帶了殺氣，聽得小蘭花心頭一寒。她抬頭看他，千隱郎君卻還是溫和淺笑，神色不改。

是……錯覺？

「只可惜我那些被盜走的寶物，不管我這些年來如何去世間尋找，卻總是尋不完全了。」

小蘭花嚥下花糕，環顧四周，「可你這兒已經有很多寶物了呀。」她指了指桌上的香爐，「這個是可報時的十二時爐，那邊院中還有可測天氣的陰陽石，方才來的路上，我還見到一池子上池水……但那東西最好少弄一點，抹到眼睛上，會看見不乾淨的東西……」

千隱郎君聽得小蘭花的話，臉上的笑慢慢隱沒下去，神色間似有些怔然，「妳……都認識？」

小蘭花點頭，「嗯，識得一些。但你這裡稀奇古怪的東西太多了，我也認不全，不過……」

千隱郎君倏爾抓住小蘭花的手，目光灼灼，「妳隨我來。」語氣裡的興奮，真如撿到了寶一樣。他拉起小蘭花走出花亭，可是還沒有走兩步，一道黑影就攔在了千隱郎君面前。

「郎君，不可。」

小蘭花認出了這個聲音，當初在臨海城的時候千隱郎君要帶她回千隱山，這個聲音便在旁邊阻止。當時她只看到了一個黑影，現在……還是一個黑影。

這人全身上下都裹在黑布之中，讓人連五官都看不見。

千隱郎君繞過他，拉著小蘭花繼續走，「無妨無妨，這小仙靈性子單純。」

「郎……」那人還要再說什麼，小蘭花已經被拉著走遠了。

千隱郎君將小蘭花帶到一個房間，在書架的某個地方一按。書架轉開，一個暗門出現在面前。

小蘭花連忙捂住眼，「我不看我不看，我主子說了，看見祕密的人死得快。」

千隱郎君失笑，「我護著妳，保證不讓妳死。」他重新握住小蘭花的手，「來，我帶著妳走。」

暗門後的密室中一片黑暗，只有千隱郎君手中的燈籠是唯一的光亮。下面的通道有許多分岔，小蘭花開始還記得路，到了後來就全暈了，只有任由千隱郎君在前面領路。

千隱郎君心思細，走了一會兒便轉過頭來問小蘭花，「妳怕不怕？怕黑可以抱住我的胳膊。」

小蘭花沒有抱，但很感動於千隱郎君的細心體貼。

走到路的盡頭，千隱郎君打開一扇門，裡面登時珠光寶氣四散，亮成一片。小蘭花張著嘴看了許久，只吐出了一個，「哇……」

房間裡是堆成小山的寶物，比天宮還要氣派。有的東西小蘭花認識，但連主子都告訴過她，這世間沒有這樣的東西了。小蘭花震驚地看著千隱郎君，「你……這些東西你是怎麼得來的？」

千隱郎君淺笑，「所以說，我很喜歡收藏啊。」他走進去，「這裡面的東西，我有多半都不認識，但出於直覺，我在人界遊歷時看見這些東西，還是收回來了。」他回頭看小蘭花，「如果有認識的，妳幫我識別一下可好？我讓人天天給妳做好吃的。」

小蘭花眼睛發亮。

於是這一天千隱郎君給了小蘭花一支筆和一個本子，讓她將認識的寶物全都記錄下來，名字、作用、來歷。一開始千隱郎君的目光還興奮地跟著寶物轉，但到了後面，他也不看寶物了，就只盯著小蘭花，然後抿著嘴笑。

是時，小蘭花拿起一顆珠子在手裡看了半天，腦袋裡拚命地回想，「這顆珠子看起來好眼熟，叫什麼來著……」

千隱郎君輕笑，「妳先想著，我去給妳拿點好吃的。」小蘭花咬著筆頭點頭，也不知有沒有把他的話聽進去。千隱郎君只寵溺地笑了笑，便提了燈籠出去，留小蘭花一個人在這堆寶物裡面苦思冥想。

石門合上，黑影人又出現在千隱郎君面前，「郎君，你怎能將她一人留在那裡？」

千隱郎君被燈籠的光照出一臉溫暖的笑，「寶物自然應該跟寶物放在一起，沒什麼不對。」他道：「這個姑娘，落在別人手裡可就可惜了。」說罷邁步離去。

黑影看了石門一會兒，隨即身影也消失在了黑暗之中。

小蘭花還在寶物堆裡搖頭晃腦地想，她握著筆站起來，一邊走一邊嘀咕：「叫什麼來著……」她走到牆邊，腦袋往牆上一靠，「哎，看了這麼多東西都看迷糊了……」

忽然間，小蘭花感覺腦袋後面的磚石往後移動了一下。

她一時間反應不過來，待得腳下喀的一聲脆響，小蘭花叼在嘴裡的筆頭掉了下來，「完蛋……」話音未落，一陣失重感猛地傳來。

小蘭花只覺一陣天旋地轉，然後便是屁股一痛。她終於想起來手裡這顆珠子叫什麼了——夜光珠。只是正常的夜光珠都只有拇指大小，這一顆竟有拳頭那麼大，難怪她看了半天都想不起來……

小蘭花摸著屁股站了起來，拿著夜光珠往四周一照，發現這是一個黑乎乎的洞穴，頭頂上是岩壁。她東摸西摸了半天都沒有找到回去的機關，不死心地順著岩壁邊摸邊走，結果不僅半個機關沒找到，還迷失在岔路中，竟然連掉下來的洞穴也找不回去了。

黑暗中，只有小蘭花遲疑的腳步聲。夜光珠的光亮範圍外似乎隨時會撲出來什麼妖魔鬼怪……小蘭花被自己豐富的想像力嚇得幾乎挪不動腳步，夜光珠一晃，幽幽的藍綠色光芒之中忽然現出一張人臉。

小蘭花愣了一瞬，然後驚恐地抽了一口冷氣，將夜光珠一扔，連連倒退，「鬼鬼鬼！」

她捂著臉抖了許久，沒見有動靜，便分開手指，往那方一看。

在夜光珠幽幽的光輝中，那處靜靜立著一個人，正上上下下地打量她。還是那身黑袍，還是那頭長髮，面上是不變的嫌棄表情。

「大、大魔頭！」小蘭花驚呼出聲。

東方青蒼咧嘴一笑，陰險又可惡，「是妳啊，小花妖。」

小蘭花指著他，「你你你……你怎麼在這裡？」

「這話應該我問妳吧？」東方青蒼道：「妳怎麼還活著？」

他果然知道那具身體有問題！小蘭花將牙咬得咯吱咯吱地響，「你才是陰魂不散呢！」

落在地上的夜光珠散發著冷色的光，將兩人的面容都照得略帶靈異。

東方青蒼瞇著眼打量著小蘭花。

她和千隱郎君詳細描述過自己以前的容貌，是以這具身體的模樣與小蘭花本身雖說不上一模一樣，但也像了個十之八九。東方青蒼見過小蘭花的本體，當然記得她的模樣，「妳這身體是從哪兒得來的？」

小蘭花戒備地抱胸後退一步，臉上神情還是氣呼呼的，「你還好意思問我這具身體哪兒來的，你給我找了一具那樣的身體，我還沒找你算帳呢！」

東方青蒼冷笑一聲，上前一步，「好啊，且讓本座看看，妳要如何算這帳。」

小蘭花嚥了一口口水，再退一步，心裡對東方青蒼是一陣咬牙切齒的恨。

東方青蒼笑了笑，「十多天前的教訓，妳好像還沒記住。」

十多天前，小蘭花設計野豬妖去砍東方青蒼，之後東方青蒼教訓她，不知道想想野豬妖死後，她自己的下場。現在小蘭花一路玩命地撲騰著追到臨海城找東方青蒼算帳，卻沒想想和他算帳，自己的下場。

不用東方青蒼奚落她，她也知道自己腦子好像是直的，做事都不想想後果……

找東方青蒼算帳，說笑嗎？

看著小蘭花略帶沮喪的神情，東方青蒼又近一步，「說，妳這身體是怎麼來的？」

小蘭花在他迫人的目光下連連後退，最後貼在了岩壁上，「我……我鴻運當頭自有奇遇！這世上總歸是好人比你這樣的壞人多。」

東方青蒼眉梢微微一動，「遇到那千隱郎君了嗎？陶土成體輔以息壤，倒是個不錯的辦法。只可惜終歸不過是一個能動的納魂容器，撐不了幾日。」

「你怎麼……」

他怎麼什麼都知道！

便在小蘭花愣神的這一瞬，東方青蒼已走到了她面前。兩人貼得很近，讓小蘭花感到了極強的壓迫感，她不由得伸出手去推東方青蒼的胸膛，「你、你再靠近我可就不客氣啦。」

「哦？那妳不客氣一個給本座瞧瞧。」說著他一把拉扯住小蘭花的臉頰，又戳了兩下，「質感倒還不錯，與人體別無兩樣。」

東方青蒼捏著小蘭花的臉，翻來覆去地看，像是在審視一件精細的工藝品。

小蘭花的神情徹底呆滯了。

東方青蒼離她那麼近，近得她都能感覺到他呼吸的溫度，看得清他睫毛的長度。當東方青蒼轉過她的腦袋去研究她耳鬢的細髮時，他的唇幾乎擦過她的臉頰。

小蘭花毫無預兆地臉紅了。

然後回過神，她猛地推了東方青蒼一把，「流氓！」

但小蘭花那點力氣哪裡推得動東方青蒼，反而提醒了他：這個身體的主人，現在很不配合他的審視。

於是東方青蒼眼睛一瞇，毫不猶豫地採取了強制鎮壓的手段。

他用一隻手擒住小蘭花的兩隻手腕，像手銬一樣將她緊緊鎖住，然後往牆上一推，將小蘭花貼著牆提了起來，讓她只能用腳尖著地。如此一來，小蘭花全身的力氣都用在腳尖，去支撐自己身體的重量，哪還有力氣反抗。

小蘭花驚叫：「東方青蒼，你做什麼？放我下去！你混蛋！」

似乎是嫌棄小蘭花的聲音在他耳邊吵得太厲害，東方青蒼暫時停下了審視的目光，轉而直勾勾地盯著小蘭花，「妳若再吵鬧，本座便卸了妳的胳膊。」

小蘭花咬住唇，心裡的委屈一波波湧上來，眼眶紅了一圈又一圈。但她現在是陶土做的，一滴眼淚都流不出來，她只好低聲控訴，「大壞蛋、採花賊。」

她將嘴唇咬出了一個牙印，東方青蒼不客氣地拉下她的唇瓣，看著她咬出的印記從深至淺，然後慢慢消失。他心裡盤算完自己的事，一抬頭正好對上了小蘭花帶著控訴、泫然欲泣的眼神，他心頭忽然跑馬一樣閃過四個字——

挺可憐的。

他幾乎是下意識地將小蘭花放矮了一點，讓她能用前腳掌著地，不用踮腳尖踮得那麼辛苦。

「腦袋轉過來。」他神色依舊冷淡。

小蘭花心裡百般不甘願，但到底是人在屋簷下，不得不轉頭，只好依言轉過腦袋。東方青蒼偏著頭研究起小蘭花後腦杓的頭髮，忽然動手拔了一根下來。

小蘭花吃痛，轉過腦袋怒道：「看就看，不准動手！」

話音一落，便見東方青蒼手裡那根髮絲化成陶土，散落於地。

小蘭花眨著眼，心頭驚訝。這個身體竟然連頭髮也是用陶土做的。如此細緻的活，竟然只用了一天時間就完成了？

「妳的身體，做了多長時間？」東方青蒼果然與她想到一起去了。

小蘭花怔怔答：「一天……」

東方青蒼垂著眼眸，將手指上的陶土灰撚落在地。他思索了一會兒，倏爾一笑，目光幽深，「千隱郎君的本事真是讓本座越發好奇了。」

言罷，他鬆了手。小蘭花終於踩實了地，長舒一口氣。她揉了揉手腕，抬眼一看，東方青蒼竟然自顧自地轉身走了。

小蘭花一呆，這……這就走了？她往四周一望，黑漆漆的一片，眼瞅著東方青蒼就要走出夜光珠照亮的範圍了，小蘭花來不及多想，連忙撿起地上的夜光珠，小跑著跟上了前面東方青蒼的步伐。

但等到要追上時，她又心有餘悸地落後一段距離。她怕東方青蒼又突發奇想地研究她，又怕離得太遠跟丟他，於是只好這樣不遠不近地跟在東方青蒼身後。

走了一會兒，小蘭花意識到東方青蒼應該是沒有要傷她的心思，不然剛才就已經對她動手了。於是小蘭花又悄悄地跟得近了些。再走了一會兒，小蘭花回頭看了看身後的黑暗，又拉近了幾步和東方青蒼的距離。

漸漸地，同身後那片漆黑的岩洞相比，東方青蒼變得越來越不可怕。小蘭花終於大著膽子跟東方青蒼走到了一起，肩膀時不時還會碰到他。

東方青蒼斜眼掃了小蘭花一眼，倒也沒惡聲惡氣地趕她走。

對於小蘭花現在還能活著這回事，不得不說，他感到很驚訝。

這個小花妖，明明屁大的本事沒有、生命時時刻刻受著威脅，但偏偏像是真的得了福報一樣，每次危急關頭都能逢凶化吉。

「如何遇上千隱郎君的？」東方青蒼將這句話問出口後，自己倒先愣了愣。想了想，他又補了一句，「他為何要救妳？」

「他是好人。」小蘭花側過頭，瞪了東方青蒼一眼。「不像某些壞蛋，背信棄義，說過的話從來不作數。」

東方青蒼聞言一笑，「本座說的話，幾時不作數？」

「你說給我找身體！」

「找了。」

小蘭花一噎，「是找了，但那個身體明明有問題！」

「我什麼時候說過給妳找沒問題的身體？」

小蘭花直接被噎死了。

見小蘭花氣得又開始咯吱咯吱地咬牙，東方青蒼脣角彎了彎，「小花妖，本座乃是魔尊。妳以為與本座打交道，能討得了幾分好處？」

「與我打交道，也沒見著你討到多少好處。」小蘭花哼了一聲：「咱們彼此彼此、承讓承讓。」

回首他們打交道的這一路，東方青蒼實在是不得不承認小蘭花這句話。

兩人沉默下來，又在黑暗裡走了一會兒，小蘭花才重新開口：「大魔頭，你是怎麼到這裡來的？先前我聽千隱郎君說有人闖入千隱山迷陣，就是你嗎？你現在是破了千隱山迷陣？」

東方青蒼轉頭看向小蘭花，淡然道：「此處便在迷陣之中。」

小蘭花一呆，「哎？」

東方青蒼道：「本座也奇怪，既然那千隱郎君救了妳，為何又讓妳掉入這迷陣之中？」他脣邊的笑帶著譏諷的意味。「還是說，是妳自己太過蠢笨，誤入迷陣尚不自知？」

小蘭花望著東方青蒼沒有說話，心裡卻是一陣又一陣的驚濤駭浪。

她不過就是在那個藏寶的房間裡隨便靠了一下牆壁啊！為什麼就掉到迷陣裡來了？有這麼危險的機關，為什麼千隱郎君離開的時候都沒有告訴她一聲！千隱郎君說這個陣法無人能破，可她的身體還要三天一換呢！這下完了，她要變成孤魂野鬼了！

或者……

她求東方青蒼行個好，等到這具身體不能用的時候，讓東方青蒼在他身體裡面挪挪位置，讓她再進去暫住一下？

他們好歹也在一具身體裡住過那麼多天了，再住一下也沒有關係吧！

她抬頭望著東方青蒼，目光閃亮。

東方青蒼看著她的眼神，似乎已經讀透了她的心理活動，只咧了咧嘴，露出尖尖的虎牙，惡劣地笑，「妳覺得呢？」

第十一章

烈火焚燒若等閒……

哎？我衣服怎麼燒光了？

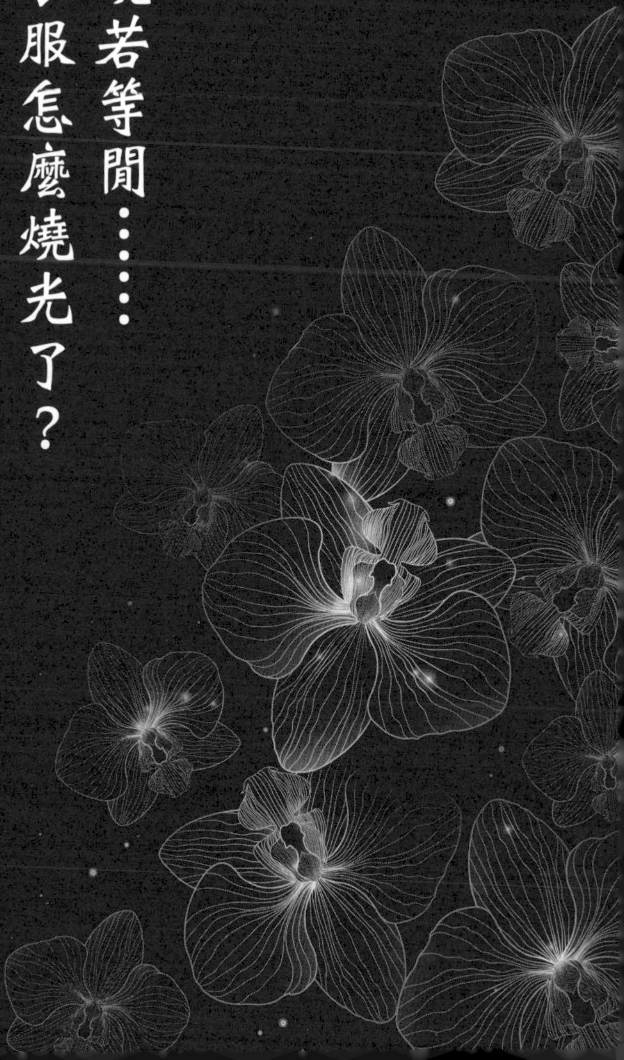

她覺得，大魔頭現在是一副準備看好戲的模樣。簡直幸災樂禍！

但她不敢和東方青蒼生氣，小蘭花沉默地跟著東方青蒼走了一會兒，然後拽了一下東方青蒼的衣袖。

東方青蒼轉頭看她。小蘭花目光閃亮地盯著他，「大魔頭，和你待在一起以來，我知道，其實你比其他人更加堅定純粹，你並不像傳說中那麼壞，你心裡藏著別人看不見的溫柔……」

「妳瘋了嗎，是從哪裡幻想出這種東西來的？」東方青蒼毫不留情地戳穿小蘭花的謊言。「省省妳的力氣吧，好好珍惜這為數不多的日子。」

小蘭花，「……」

東方青蒼繼續走，小蘭花幾乎要去抱他的大腿，「大魔頭，你不能見死不救啊！好歹我們也同生共死了那麼多次，也是有患難與共的情誼的！」

「情誼？」東方青蒼的語調極盡諷刺。

小蘭花咬了咬牙，隨即眼珠子一轉，道：「好，你不幫我，我也不幫你。你別想從這個迷陣裡走出去！」

東方青蒼像是聽到了什麼笑話一樣，嗤笑出聲：「小花妖，妳是怕死怕得開始說胡話了？」

小蘭花道：「我聽我主子講過你的故事。傳說中你天生一雙魔眼，號稱這世上沒有你看不透的東西。照理說，你掉到這個迷陣裡，應該很快就能看穿陣眼，破陣而出。但是，過了這麼久，你還沒找到陣眼，大魔頭……」小蘭花頓了頓，一臉豁出去了的表情道：「你的法力還沒有恢復吧？」

東方青蒼慢慢轉過頭，深深地看了小蘭花一眼。其中暗藏的殺氣讓小蘭花往後縮了縮。但等了半天，東方青蒼既沒有對她動手，也不反駁，竟是默認了。

小蘭花心頭一喜，肅容道：「所以，你得救我！」

東方青蒼挑了挑眉。

「我知道陣眼在哪裡。」

東方青蒼笑了，「小花妖，妳當本座是三歲孩童？在本座告知妳此處乃迷陣之前，妳蠢得甚至不知道自己掉進迷陣了吧？本座豈會信妳的胡說八道？」

「我是不是胡說八道你聽聽就知道了。」小蘭花道：「我主子以前是天上的司命星君，撰寫過無數人的命格，對於世間事和稀奇的寶物都有研究。我在耳濡目染之下，也識得不少寶物。千隱郎君對我這個本事，咳，非常佩服，於是將我帶入了一個書房密室之中。」

這些都是真事，小蘭花說得坦然，東方青蒼也並無異議。

「從書房暗道進入密室之前，他提著燈籠帶我走過了很長一段黑暗的道路。」小蘭花往前面一指。「就和現在一樣。」

東方青蒼抱起了手，目光微凝。

「到了密室後，他說去給我拿吃的，於是便離開了。我在屋中研究寶物，一時不慎，中了機關，然後便掉到了此處。」

小蘭花看見東方青蒼微微一亮的目光，道：「你已經猜到了吧？那個密室在島中一個極隱蔽的位置，裡面還藏有寶物，根本不可能是島外的迷陣。唯一的可能，就是那處乃是迷陣陣眼！」小蘭花擲地有聲地下了結論後，偷偷瞥了東方青蒼一眼，見他若有所思，便鼓起勇氣繼續道：「只是我掉下來後，太過慌張，四處亂走以至於迷失了道路。不過……大魔頭，你一定還記得踏入迷陣時的入口吧？」

東方青蒼挑眉，「所以？」

小蘭花模仿著自己主子寫命格時偶爾露出的高深莫測的神情道：「這裡的洞穴，與先前千隱郎君帶我走過的暗道的感覺幾乎一模一樣的，簡直就像是鏡子中的另外一個暗道。所以，大魔頭，你帶我去入口處，我便能順著路，找到陣眼。」

東方青蒼神色微妙，「妳記得路？」

小蘭花答得萬分肯定，「我記得路。」

「小花妖，從來沒人敢騙本座。」

這不是為了活命嗎？誰想騙你！

小蘭花心中苦澀，面上還要十分淡定地微笑，「大魔頭，天界的仙子都是心地善良而且最誠實的。」

黑暗中兩人沉默地僵持，忽然之間，卻聽前面傳來呼呼的聲音。

小蘭花下意識地往東方青蒼背後躲，「這是什麼聲音？」

東方青蒼眉頭微蹙，「陣中殺氣已動。」

這陣裡還有殺氣啊！小蘭花心中大悲，想不到千隱郎君也挺心狠手辣的，這不僅僅是個迷陣，還是個殺陣啊！難怪沒一個人能走得出去……

轟的一聲，前方拐彎之處，火光一閃。一團烈焰燒過前方轉角，向東方青蒼與小蘭花撲來。

東方青蒼五行為火，這世間沒有哪道火焰能比他自己的厲害，他自然是半點也不驚懼；小蘭花則嚇了個半死，火焰燒來的速度極快，甚至沒有給小蘭花去抓住東方青蒼的機會就已經點燃了她的衣裙。

小蘭花以為自己就要活生生地被燒死在火焰之中了，但是閉著眼睛慘叫了半天，卻沒感覺到灼痛感。

她這才猛然反應過來，對哦，她現在是陶土捏造的身體，製作過程中都不知道被火燒過多少遍了，根本也不用怕這火焰。當時千隱郎君也只交代她，防水就行了。

小蘭花知道自己不會死，稍稍安下心來，但她垂眸一看，剛安下的心，瞬間又提了一百八十個臺階。

衣服！衣服！

她的衣服不是陶土做的！也不是大魔頭那樣魔界供奉的珍貴材料！它只是件普通的衣服啊！這下全部都燒起來了！

衣裙、羅襪、褻衣、褻褲，連肚兜都沒有放過。

大魔頭還在呢！

雖然這個身體是土做的！但要她赤身裸體地和大魔頭面對面那也是相當有羞恥

感的好不好！她還沒有心理準備讓一個男人把她看！光！光！啊！

赤焰呼嘯著一燒而過，小蘭花身上幾乎已經不著寸縷了。

她驚恐地嚶了一聲，抱住自己的胸。

站在她身前的東方青蒼聽到動靜，正要回頭，小蘭花卻毫不猶豫地在他後腦杓上招呼了一巴掌，「不准回頭！」這巴掌用力地將東方青蒼腦袋打得偏了偏。

東方青蒼額上青筋一跳。

烈焰已過，洞內恢復死寂。東方青蒼面色森冷地轉過了頭，「小花妖，妳是越發得寸進……」

聲音戛然而止。

小蘭花蜷著身子蹲在地上，雙手緊緊環抱著自己。但東方青蒼還是看見了她光潔的背部肌膚、若隱若現的蝴蝶骨，還有脊椎之下的線條……

不知是因為冷還是緊張，她的身體在微微發抖。

小蘭花死死咬著嘴唇，隔了許久才帶著哭腔道：「說了不准回頭……」

東方青蒼看著她，面色冷淡，「本座對妳沒興趣。」

是啊，別說這具陶土捏的身體，就是她本來的身體東方青蒼都親自「用」過，他能有什麼興趣？而且魔界風氣開放，袒胸露乳的女妖魔隨處可見。聽說上古之時，女妖魔們更加肆無忌憚，東方青蒼怕是早就看慣這些了。

但是……

還是很有羞恥感啊！

小蘭花乾脆把臉埋了起來，「大魔頭，你把衣服脫了……」

東方青蒼挑了挑眉梢，「妳這是，想勾引本座？」

「我只是想穿你的大黑袍子！」小蘭花縮成一團，然後向東方青蒼伸出了一隻手。「袍子……」

東方青蒼淡淡道：「本座若是不給妳，妳待如何？」

小蘭花的手在空中一僵，然後默默地縮了回去，好半天也沒再吭聲，但是身體顫抖的弧度越來越大、身體越縮越緊。就像一隻被人逗弄的刺蝟，只知道團成一團抱住自己可憐巴巴的心肝，兀自驚惶不安。

他扭過頭，不再看小蘭花。

小蘭花覺得東方青蒼一定是在看她的笑話，心裡的不安委屈和羞恥感開始無休止地擴大。

忽然間，一塊尚帶餘溫的布料搭在了她頭上。就像是一道淨神咒一樣，將她心裡那些負面情緒登時壓蓋了下去。

她下意識地抓住滑落到肩頭的衣服。

是東方青蒼的黑袍。

小蘭花幾乎不敢相信這個大壞蛋竟然也有這麼好心的時候。她睜大著眼睛抬頭看了東方青蒼一眼，四目相接，黑暗迷陣裡只有夜光珠在地上發著幽幽的光，而東方青蒼漆黑的眼眸裡有她被幽光勾勒出的身影。

「不要？」他說。

小蘭花連忙將黑袍子死死抓住，「要！」生怕對方反悔，她將袍子囫圇往身上一裹，也不管袖子穿沒穿上，總之先把胸和屁股擋住了再說。

等她好不容易手忙腳亂地將袍子裹緊了，再抬頭一看，東方青蒼背著身子，根本就沒有看她一眼。

小蘭花竟生出一種以小人之心度君子之腹的羞辱感，她連忙將袍子穿好，咳嗽了一聲：「大魔頭……」東方青蒼沒有應她，小蘭花繼續道：「謝謝……」

「走吧。」

「我還要你的腰帶……」

東方青蒼腳步一頓，回頭看向小蘭花。那一身對他來說合身的衣服穿在小蘭花身上，猶如給她罩了一塊大黑布。衣襬拖在地上不說，就連寬大的衣袖幾乎都要拖地了。

東方青蒼毫不客氣地鄙夷道：「小矮子。」

小蘭花額上青筋一跳，終究是咬牙忍住了。她抓著腰上多出了一大截的衣服，「我總不能一直抓著這衣服走啊……你腰帶……」小蘭花看了一眼東方青蒼，他穿著一身黑色中衣，那根腰帶是用來繫褲子的。她如果把腰帶抽了……

那場面小蘭花想一想就沉默了下來。

「要不我還是提著……」

她話音未落，前方竟又傳來轟鳴聲。小蘭花臉色一白，這是……洶湧的水聲啊！

吸取了上次被火燒的教訓，小蘭花這次逕直撲到東方青蒼身邊，緊緊抓住他的手，「怎麼辦，大魔頭？」她慌亂地說：「千隱郎君說我這個身體就是個泥菩薩，不能被水沖的，一沖就散了！」

東方青蒼聞言十分淡定，「是嗎？且讓本座看看，會如何散開。」

小蘭花大驚，「你心思怎麼這般歹毒！」

爭吵之間，轟隆的水聲漸近。小蘭花嚇得一張臉慘無人色，一把抱住東方青蒼的脖子，爬到了他的背上。為防東方青蒼將她甩下來，兩條腿還緊緊夾住了東方青蒼的腰。

東方青蒼臉色一黑，「給我下來！」

小蘭花哪肯理會，生死關頭，她也顧不上去抓衣服了，寬大的黑袍披在她背上，她整個人光溜溜地貼在東方青蒼背上，如同八爪魚一樣將他死死抱住，大聲道：「你要麼讓我進你的身體，要麼想想別的辦法！」

要是換另一個人趴在東方青蒼背上對他說這樣的話，那人只怕早就死得不見影子了。但小蘭花說完後，東方青蒼心裡的無奈感竟好似勝過憤怒，他只鐵青了臉伸手去抓抱住他脖子的手臂，「下來！」

可手還沒碰到小蘭花，就聽見她驚呼出聲：「斷了斷了！」

小蘭花的腦袋貼著他的臉，埋在他的頸間，前方洶湧的水已轉過彎，如狼似虎地向他們撲來。

這水裡有法力。

東方青蒼目光一凜，手腕翻轉，藤蔓飛速長出、壯大，在他與小蘭花周圍結出結界一般的圓，幾乎將他們完全隔絕其中；與此同時，一部分骨蘭藤枝深深插入旁邊的岩壁之中，將藤球牢牢地固定在岩壁之上。

轟的一聲，水與藤球撞在了一起。小蘭花動了動手腳，還好，都在。她這才敢抬起腦袋看周遭的環境，一看就愣住了，「大魔頭，那個手鍊竟如此厲害……」

東方青蒼沒有理她，只道：「此處乃是五行殺陣。借五行之力殺陣中人，在陣中待得越久，五行殺氣越強。方才的火只是凡火，而今的水卻摻雜了法力，接下來的攻擊只會更難應付。」

小蘭花聽得愣神。

「小花妖，妳最好祈禱妳是真的記得找到陣眼的路。」

「……」

大水過後，藤枝慢慢撤回，又變成了他左手上服服貼貼的一條手鍊，半點也看不出它方才瞬間爆發出的強悍力量。東方青蒼腳一落地，便聽小蘭花驚呼一聲，抱住他的胳膊跳了起來，又一腳踩在他的腳背上，然後像是怕被他甩開似的，連忙抱住了他的腰。

方才是在他後背上竄下跳，現在竟敢直接撲到他面前來了。這猴子一樣的小花妖當真以為他不會拿她怎麼樣？東方青蒼一隻手捏住了小蘭花的臉，將小蘭花的嘴都擠變了形。她嚶了一聲，睜著一雙水汪汪的眼睛望著他。

東方青蒼睇眼道：「妳對本座真是越來越放肆了。」

「嘟魔豆……水……」

東方青蒼瞥了一眼地面，在方才的大水過後，坑坑窪窪的地上積攢了不少積水。小蘭花掰開東方青蒼的手，無辜道：「地上有水，我才這樣的。你就先這樣帶我走過這一段路，過了之後我就自己下來走。」

東方青蒼冷冷瞥了小蘭花一眼，然後伸手一把攬住她的腰，在小蘭花尚未來得及反應的時候，他手臂一用力，便將小蘭花抱了起來，然後……扛在肩頭上。

「大魔頭！」小蘭花驚呼掙扎。「這樣很不舒服啊！」

「是嗎，妳是覺得躺在地上比較舒服？」

小蘭花看了一眼地上的水，默了一瞬，然後妥協道：「夜光珠，把那顆夜光珠帶上……」

最後，是東方青蒼扛著小蘭花，小蘭花抱著夜光珠走過了那條積水的小道。拐過了幾個轉彎處，小蘭花拿夜光珠一照，地上乾燥了。她正要從東方青蒼身上下去，忽聽喀的一聲驚雷，洞穴裡白光大作，小蘭花嚇得渾身一抖。

她登時回想起剛才東方青蒼說過的話。

這是個五行殺陣，陣法會越來越強。方才水火已過，現在應該是金了……

身子往下一落，是東方青蒼毫不客氣地將她甩到了地上。小蘭花的後背被凸出來的石頭重重一剮，疼得她想罵人。正想指責東方青蒼的粗魯，卻見他微微彎下身子，擋在她面前。

他盯著她，沒有說話。

一道霹靂撕裂洞中空氣，猛地擊打在東方青蒼的背上。雷聲大得幾乎震裂小蘭花的耳膜，光芒刺眼得快要灼傷她的眼睛。但不知為什麼，在這樣刺目的光芒下，小蘭花竟失神地看著東方青蒼，甚至忘了眨眼。

白光隱沒在東方青蒼的身體之中，他若無其事地直起身子，毫髮無損。

想來也是，東方青蒼這具身體連天雷都不懼，又豈會害怕區區幾道陣法之雷。這對他來說，或許就如微風拂面，根本不值一提。

可這是第一次，在沒有她的乞求、哭訴、抱大腿，各種死皮賴臉的情況下，他主動救了她。

「大魔頭……」

小蘭花話沒說完，便有一陣詭異的香氣撲鼻而來。她下意識地深吸了兩口，然後就見東方青蒼皺著眉頭說：「屏氣。」

小蘭花：「……」

這香味初初聞在鼻子裡，除了香氣濃郁，並無特殊。但漸漸地，小蘭花就覺得，這股香味好像是許久以前，主子身上的味道。

那個時候她還是司命星君養在窗臺上的一盆蘭花，不會說話、凝不出人形，卻早早地生了靈識。司命探得了她的靈識，素日裡待她極好，還總是喜歡與她說話。

她教會了小蘭花許多東西。在那段不能動不能跑的時間裡，司命是小蘭花生命中唯一的陪伴。她真是喜歡極了自己的主子。

香味像是慢慢入了骨，小蘭花好像又看見在天界陽光的照耀下，司命伏案寫命格的模樣。她神情專注，而小蘭花則老老實實地待在盆裡，靜靜地陪著她。

忽然之間，司命猛地一抬頭，神色冰冷地盯著小蘭花，「聽說妳跟著魔界的魔尊跑了？」

小蘭花臉上的笑容一僵，「主子……」

「妳和他在人間為非作歹，不顧天理，亂了天地輪迴秩序，是不是！」

小蘭花從沒見過司命如此聲色俱厲的斥責，當即嚇得腿軟。她從窗臺上跌了下去，摔在地上。四周場景陡然一變，天界的陽光不再，微風不再，只有讓人驚恐的黑暗。

在這黑暗之中，司命提劍走到她面前，「我養妳，不是為了讓妳到處去打亂那些我辛辛苦苦寫好的命格的。」

「我沒有，我沒有。」小蘭花手撐在地上拚命往後挪。「主子妳聽我解釋，那都是東方青蒼做的！」

司命冷哼一聲：「他做的，妳與他在一起，妳也是幫凶。今日，我非斬了妳拿去餵豬不可！」她話音一落，旁邊立即出現了那隻先前死在東方青蒼手裡的野豬妖。

小蘭花驚駭得連連抽氣，只見那隻野豬妖趴在地上，臉上又是血又是口水。他死死地看著她，嘴裡好像還在說著一些下流又讓人驚恐的話。

小蘭花幾乎是跪著爬到司命腳下的。她抱住司命的大腿，苦苦哀求，「主子不要拿我去餵豬，嗚嗚嗚，主子別殺我。我那是形勢所迫，不得不和他待在一起啊！我跟妳保證，等出了那黑乎乎的地方，我立即踹了東方青蒼，轉身就走，他求我我也不看他一眼！」

「哦，是嗎？」東方青蒼的身影忽然出現在了小蘭花的身邊，他蹲下身子，戳了戳小蘭花的眉心，一雙美得過分的眼睛冷冷地盯著她，「本座救了妳這麼多次，妳這小花妖不想著回報本座，還想跑？」

「你沒有救我，你一直想要殺我來著，是我自己聰明才從你手上逃出來的。」

「本座若狠心要殺妳，妳以為憑妳那點小聰明，當真能夠逃脫？」

小蘭花愣住。

便在此時，司命突然又開了口：「好啊，妳果然和這個罪惡滔天的魔頭有姦情！」

小蘭花大驚，又是搖頭又是擺手，「不不不，不是妳想的那樣！」

司命卻再不聽她說一句話，手中長劍一舞，「看我不殺了妳！」話音一落，長劍上寒芒一閃，瞬間穿過毫無戒備的東方青蒼的心口。

小蘭花睜大了雙目。

東方青蒼臉色一白，口中湧出鮮血。他嗆咳一聲，倒在地上。司命毫不留情地抽出長劍，東方青蒼胸膛的鮮血流得更快了。

小蘭花倏爾心頭一空，幾乎不受控制地大呼出聲：「大魔頭！」她想也沒想就爬到東方青蒼身邊，看著他胸口淌出的熱血，連忙伸手將他的傷口捂住。但她哪裡捂得住，東方青蒼的血登時染了小蘭花滿手。

司命目光冰冷，「妳還敢說，自己與他什麼都沒有？」

小蘭花連忙解釋：「沒有沒有，什麼都沒有，只是他救了我很多次，也幫過我很多次，我……我……」

「妳不想他死？」司命長劍之上鮮血滴答落下。「可他是魔尊，他不該重回三界，他必須死。」司命劍指小蘭花的心房，「妳向著他，便是與天界為敵，妳也必須死！」

小蘭花臉色慘白地望著司命，看著她的劍飛快刺來，眼瞅著要扎進她的心房，便在此時，一隻手忽然從旁邊伸了過來！

那隻手將司命的長劍握住，長劍霎時變成了木枝，只聽喀的一聲脆響，那木枝被折斷成了兩截。

隨著這聲脆響，小蘭花眼前場景一花，她猛地回神。

野豬妖不見了，死掉的東方青蒼不見了，而面前的司命則化成了幾道樹藤編製而成的假人，慢慢分崩離析，化為枯藤，散落於地。

黑暗褪去，夜光珠的幽光再次亮起。

小蘭花愣愣地抬眼看面前的東方青蒼。他神色冷漠地將方才折斷的樹藤扔在地上，然後轉過頭來嫌棄地看著她，「妳連屏息凝神都不會？如此拙劣的幻術也能將妳誆騙進去？」

「大魔頭……」小蘭花愣愣道：「你還活著……」

東方青蒼眉梢微微一挑。

小蘭花又摸了摸自己的臉，「我也還活著，不是主子要殺我……」她這才反應過來似地鬆了一口氣，「不是主子要殺我……」

東方青蒼看著腿軟得幾乎站不直的小蘭花，將地上的夜光珠撿起來扔到她懷裡。

亮光驅趕了黑暗，讓小蘭花少了些許驚懼。她呆呆地望著東方青蒼，東方青蒼卻轉過了頭，「起來。」他頭也不回地向前走去，「走了。」

黑暗好像永遠沒有盡頭，小蘭花都不知自己在裡面走了多久，可她現在卻沒有心思抱怨累，也沒有心思去琢磨五行殺陣裡面還有什麼攻擊會襲來。她只是望著前面東方青蒼的背影沉默不語。

許是她的眼神過於專注，讓東方青蒼無法繼續忽視下去，他瞥了小蘭花一眼。小蘭花也不迴避他的目光，就睜著亮晶晶的眼睛，將他盯著。

東方青蒼轉過眼不看她。

小蘭花還是專注地將他盯著。

東方青蒼忍了忍，沒忍住，「妳又待如何？」

「大魔頭。」小蘭花嚴肅地開口。「我問你一個問題啊。你說咱們一路走來那麼長時間，如果你當真狠下心要殺我，那我大概是跑不掉的，可你為什麼沒有狠心殺我呢？」

東方青蒼腳步微頓，轉過頭來看著小蘭花，目光幽深。「原來，妳是想死了？」他道：「本座成全妳。」他緩緩抬起手。

小蘭花看得眼睛一凸，連忙擺手，「不不不，你誤會了，你冷靜一下……」她退了一步，卻覺得方才還十分堅硬的地面竟有了幾分綿軟的感覺。小蘭花一愣，低頭一看，竟發現剛走過的路竟然都變得如同泥沼一樣。就這麼一會兒工夫，她的腳踝已經陷在其中。

是土，五行殺陣裡面的土！

小蘭花第一個反應就是拽住東方青蒼的胳膊，「大魔頭，拉我出來。」

東方青蒼面無表情道：「妳方才不是還嫌本座殺妳不夠狠心嗎？」

「現在是計較這種雞毛蒜皮的時候嗎！」小蘭花都要瘋了。「你怎麼這麼斤斤計較！」她目光往東方青蒼腳下一轉，驚駭道：「你再不拉我，自己也要陷進去了！」

東方青蒼不語，手腕上骨蘭一動，如同蜘蛛結網一樣，生出數條藤枝，深深插入四周的岩壁。隨後，他抓住小蘭花的手臂，將她往上一拉，卻沒拉動。

此時泥沼已經沒過了小蘭花的小腿，而且溼潤的泥沼讓小蘭花陶土做的腿慢慢變軟，幾乎要與地融為一體。

小蘭花連連驚呼，「用力用力！」

東方青蒼果然手上一用力，卻聽得啵的一聲，他將小蘭花的整個手臂直接拔了下來。

場面有一瞬間的僵滯。

連素來見慣大風大浪的東方青蒼也有點發愣，他眼看著手上這截斷臂的顏色從玉白變成了泥土的顏色，然後慢慢化灰，散落在泥地中。

小蘭花愣然地看了一會兒，然後才反應過來似的，用另外一隻手捂住自己的斷臂處，大聲呼痛。

然而不過是這一瞬間的耽擱，小蘭花的半個身子便已融進了泥地裡。她自知是無論如何也爬不出來了，就算爬出來，這斷胳膊斷腿的身體也沒法要啊！

小蘭花連忙向東方青蒼伸出了僅剩的一隻手，驚懼不安地道：「大魔頭，快快快，讓我進你的身體裡面……」

如果有眼淚，她現在肯定已經涕泗橫流了。

「你不能見死不救啊！不是說好了找到迷陣的入口我再帶你去找陣眼嗎？我真的找得到路！你就讓我進你的身體裡去吧！我就待一會兒，回頭咱們出去了，那個千隱郎君還會給我另外捏個身體的……」

泥沼已經沒過了她的胸。

「大魔頭……」小蘭花覺得東方青蒼這次大概是真的要見死不救了。

也是，他是上古魔尊，怎會允許一個莫名其妙的小花靈和他共用一個身體。之前丟的那些臉，他一定不想再嘗試第二次了吧……

泥土淹沒了小蘭花的口鼻，她絕望地閉上了眼。

所以她沒來得及看見東方青蒼的手微微一抬……

此時，東方青蒼忽覺骨蘭上傳來一陣詭異的震動。

他抬頭往上一看，整個洞穴的岩壁都化成了泥土，如同雪崩一樣將他兜頭罩下。

骨蘭還來不及形成防禦之勢，就和東方青蒼一起被掩埋其中了。

泥土慢慢變回堅硬的地面，彷彿什麼都沒有發生過。

蒼蘭訣

第十二章

你騙我。

小蘭花耳邊響起了嘈雜的聲音，像是山崩地裂，像是大河奔騰，又像是萬物生靈在痛苦地號叫。她皺著眉頭睜開了眼睛，眼前的一切讓小蘭花驚駭不已。

她像是被什麼力量固定在半空中。大地在她的腳下，但卻與她平日所見完全是兩回事。山河破碎、生靈塗炭，大地上是一道道幾乎深入地底的裂縫，奔騰的岩漿清晰可見，像是土地流出的血，讓人怵目驚心。

小蘭花還來不及回過神，便見遠處忽然颳來一陣大風。風中似有刀刃，撕裂空氣、斬破烏雲，消失於天際。而大風颳來的方向是兩個爭鬥不休的身影，其中一個小蘭花認識，正是東方青蒼。

但這個東方青蒼卻與她印象中的有些不同。

他眸色似血，眉心有一道劍似的猩紅印記。他正與一個女子激鬥，周身殺氣四溢，臉上是睥睨天下的猖狂笑容。比起小蘭花認識的東方青蒼，這個東方青蒼看起來更加殘忍與邪惡。

那方，東方青蒼手中烈焰長劍挾著雷霆萬鈞之勢向面前的女子砍去。女子舉劍格擋，手中正是那把朔風長劍。

兩劍相交，巨大的氣浪橫掃四周生靈，小蘭花恍然意識到，這個女子便是傳說中的天地戰神，而此時她看到的場景應該是上古之時，東方青蒼與赤地女子的曠古一戰。

可……為什麼她會看到這些？她不是應該在千隱山下的五行殺陣之中嗎？她不是在東方青蒼的注視下被泥土掩埋了嗎？為什麼……

「過來。」

小蘭花還沒想出個所以然，忽覺後背一緊，她被人拽到了一邊。與此同時，一記殺氣貼著她的腳尖劃過。

小蘭花愕然轉頭，卻見又一個東方青蒼站在她身後。

「大、大魔頭？」

小蘭花徹底摸不清狀況了，她看看那邊正與赤地女子激戰的東方青蒼，又看看身後這個只穿了黑色中衣、黑眸白髮的東方青蒼，「到底怎麼回事？」

「陣中陣。」東方青蒼道：「五行殺陣之中的土，是個陣中陣。」

小蘭花呆住了，「陣中陣……可為什麼會看見上古之時你和赤地女子打架的場景？這是個什麼陣？應該怎麼破？」

東方青蒼沉下眉目，直接略過小蘭花前面兩個問題。「天下之陣，皆有陣眼。找到陣眼，此陣自然不攻自破。」

「那陣眼在哪兒？」

東方青蒼目光落在爭鬥不休的兩人身上。小蘭花也順著他的目光看去，然後蒼白了臉色，「你是說，他們……打得這麼不可開交的兩人是陣眼？」

東方青蒼默認。

小蘭花往四周看了一圈，「打成這樣，咱們要怎麼靠近他們？剛才你將我拉開，是因為這陣裡面的殺氣是真的能傷人的對吧？」

東方青蒼點頭，「此殺氣看似為他們爭鬥所產生，其實不然，乃是此陣中自生的殺氣。」他語氣傲慢，「本座與她上古一戰，豈會只有這點威力。」

聽起來他還……挺驕傲……

「不過此陣殺氣傷不了我，至於妳，牢牢抓住這具軀殼，本座自是不會讓妳死得太快。」

軀殼？

小蘭花奇怪，然後垂頭一看，這才恍然驚覺，難怪她剛才一直覺得四肢無力，原來竟是她的四肢全都沒了！只剩下了一個胸腔和腦袋，掛著一塊破布，被東方青蒼拎在手裡。

「天哪，太慘不忍睹了！」小蘭花驚呼。「都怪你！方才你若肯將身體挪一點位置給我，我哪會像現在這樣！」

東方青蒼瞇眼看她，「若不是本座在泥沼之中拉住了妳這殘破的身軀，妳現在已經在殺陣之中魂飛魄散了。」

小蘭花氣急，「你若真要救我，為什麼不乾脆把你的身體借我用用？」

「本座為何真要救妳？」

一句話將小蘭花噎住。

「本座保得妳不魂飛魄散已是極大的仁慈，至於妳別的請求，且看本座心情。」

小蘭花咬牙，卻也不敢真的與東方青蒼鬧翻。他說得沒錯，在這裡與東方青蒼分開，她或許連自己的魂魄都保不住。

但她心裡委屈啊，仔細想想，她和東方青蒼待在一起這才多長時間，她都前前後後玩壞了多少身體了！要不是她腦袋夠聰明、魂魄夠生猛，怕是早就化成煙消失在這世間了。

「咱們倆肯定是命裡相剋。」小蘭花嘀咕。

東方青蒼聞言冷冷哼了一聲，突然身形一動。

小蘭花扭過頭一看，發現原來是骨蘭在他背後結出了一雙巨大的翅膀，呼扇著帶著他們往前飛。

小蘭花一愣，「你不是說，這個只是起防禦作用的嗎？」

「骨蘭食殺氣而生，此地處處是殺氣，自是本座想如何用便如何用。」東方青蒼的聲音一如既往地冷漠，但小蘭花卻敏銳地察覺到他語調有點緊繃。

「大魔頭，你和赤地女子……」小蘭花的話還沒有問完，那方忽然有紫色的光芒一閃。

骨蘭結成的翅膀猛地一振，好似在表達主人的情緒波動。

小蘭花往那邊兩人爭鬥的地方一看，卻見不知什麼時候那方出現了一道紫色的身影。他趁東方青蒼與赤地女子打鬥之際，在東方青蒼背上狠狠砍了一刀。東方青蒼大怒，一回首，長劍逕直扎入那偷襲者的心房，烈焰在偷襲者身上瞬間燃燒起來。

然而讓人吃驚的是，偷襲者卻沒有立即死亡，他像是拚盡了全部的力量一樣將東方青蒼的手臂拽住，不讓東方青蒼將劍從他身體裡拔出去。

便在這時，赤地女子手中朔風長劍光芒暴漲，從東方青蒼身後，將他狠狠穿透。

正中心臟。

朔風長劍的寒氣讓東方青蒼心口處瞬間結上了粒粒冰晶，一如小蘭花先前在崑崙山冰洞之中看見的藍色冰晶一樣，帶著極寒的溫度，如藤蔓一般，遍布東方青蒼全身。

東方青蒼手中烈焰長劍一鬆，由他法力凝化而成的劍瞬間消失。那個紫衣偷襲者從空中掉落下去，不見了身影。赤地女子似要拔劍去追，但東方青蒼卻伸手將穿透他胸口的朔風長劍緊緊握住，也不管劍上的寒氣讓他的手結出了多少冰晶。

小蘭花驚訝得張大了嘴，「大魔頭……這……這都是真的？」

原來……

上古一戰，並不是赤地女子獨自打敗東方青蒼的，當時還有另外一人存在……可為什麼，所有關於這一戰的古籍裡，從來沒有記載過這個人的存在？甚至連她的主子司命星君都不知道這件事……

小蘭花想抬頭看東方青蒼，卻見東方青蒼目光忽明忽暗，背後的骨蘭翅膀呼扇出的風越發狂暴，讓人不安。

「大魔頭？」

小蘭花知道這陣中出現這些場景一定是有原因的。幻境殺陣無非是藉由人心之中的陰暗罅隙鋪墊埋伏，而後伺機而動，在人心迷失之時，趁機將人斬殺。之前的幻境如此，這個幻境更是如此。

東方青蒼此生唯有那一戰敗於人手，他心裡定是極為不甘，而現在小蘭花看見了，他竟然還是因為被人偷襲才落入之後被諸天神佛斬殺的境地。以東方青蒼的性格，他心中對此事必定極為怨懟不滿。

若東方青蒼被此情此景迷惑了心志，陷入憤恨之中，那靠她一個人怎麼破陣？

小蘭花當即拿腦袋撞了下東方青蒼的腰，「大魔頭，你可不能被這幻境迷惑啊，你被困在這裡沒關係，可我還要出去呢！」

東方青蒼不理她。

小蘭花只能拿腦袋不停地撞東方青蒼的腰，「大魔頭大魔頭，你倒是清醒一下啊！」

撞了半天，東方青蒼沒反應。小蘭花一琢磨，沒有辦法了，她一張嘴，一口咬在東方青蒼的腰上。牙關緊鎖，她絲毫沒有吝嗇半點力氣。

東方青蒼的身體下意識地微微一顫。小蘭花鬆了口，抬頭一看，只見東方青蒼垂下頭，正目光晦暗地盯著她。小蘭花乾笑了一聲：「大魔頭，你這身體刀槍不入，但沒想到還怕癢啊……唔……」

東方青蒼掐著小蘭花的臉，目光森冷，「小花妖，妳竟膽敢對本座的身體動嘴了啊？」

小蘭花臉被捏得變了形，嘟囔著一個完整的字都說不出來。

然而便在此時，幻境之中的場景忽然猛地一抖。陣中殺氣銳減，東方青蒼目光微凝。

小蘭花掙扎著扭頭往前望去，然後驚呼出聲：「不見了！」
赤地女子與東方青蒼竟都不見了。
東方青蒼眉梢一挑，「陣破了。」
「哎？」
陣破了？可他們明明什麼都還沒做啊！
小蘭花尚在愣神，忽覺一陣失重感傳來，她驚悚回頭，卻見東方青蒼背後那雙骨蘭結成的翅膀也不見了！他們倆急速下墜，小蘭花想抓住東方青蒼，但她沒有手啊！
「大魔頭！」小蘭花只有驚慌大喊：「你要好好把我抓住啊！」
東方青蒼沒有回應。
但隨即，在失重感帶來的驚恐之中，小蘭花感覺有一隻手臂圈住了她的脖子，將她抱在懷裡。
溫熱的胸膛，有著讓人安心的力量。
她不會死的。小蘭花心裡忽然堅定地湧出了這個想法。她不會死的，因為有大魔頭在。
忽然，身子一沉，小蘭花感覺自己臉朝下落了地，但卻絲毫沒有疼痛感。她睜開眼，面前一片黑暗。
餘光裡，她隱隱看到了一絲光亮。
「還算是來得及時。」千隱郎君的聲音在她耳邊響起。「阿蘭，妳可還安好？」

小蘭花轉了轉頭，她眨著眼睛，讓自己的視線慢慢變得清晰。她看見那渾身裹著黑布的神祕人提著燈籠站在一旁，而此時俯著身子皺著眉頭打量她的，正是布下那重重殺陣的人——千隱郎君。

他臉上的神色好像極為抱歉，「怪我疏忽，讓妳如此狼狽，真是我的不是。」

小蘭花愣愣地看了他好一會兒，眼珠子才往旁邊一轉。自己仍在那個黑暗的地道中，只是之前那些詭譎的殺氣已盡數消失不見，「大魔頭呢？」

她問出這幾個字，神志忽然就清醒了，「大魔頭呢？」她神色驚慌。

「從本座身上滾開。」

一句低沉的喝罵自小蘭花身下傳來。

小蘭花這才感覺到異樣，低頭一看，竟是她僅存的、尚還完好的胸脯將東方青蒼的臉給壓住了……

小蘭花尖叫了一聲：「流氓！」她急欲翻身離開，但無手無腳，只有用腦袋撐著地掙扎著往旁邊挪。

許是這個場面狼狽得讓旁邊人都看不下去了，千隱郎君道了一聲：「失禮。」接著脫下自己的衣服給小蘭花裹上，然後才將她殘破的小半截身體從東方青蒼臉上抱了起來。

面前的阻礙消失，躺在泥地裡的東方青蒼與千隱郎君打了個照面。

千隱郎君對東方青蒼笑了笑，然後瞥了他手腕上的骨蘭一眼，接著就轉回了目光，連忙用袖子給小蘭花擦著臉上的灰，看起來十分心疼的模樣，「痛嗎？」他聲音又輕又柔。「要不阿蘭先去納魂壺裡住一會兒？」

阿蘭？

東方青蒼瞇起眼睛，還真是叫得出口。

小蘭花也覺得千隱郎君對她的關心讓她有點無所適從。

是因為……她會辨識寶物？

她心裡犯嘀咕，旁邊的東方青蒼已經自己從泥地裡站了起來。雖然他現在也是一身狼狽，但依舊是一副高高在上的模樣，「你便是千隱山主？」

聽得這句話，千隱郎君的目光才從小蘭花臉上挪開，轉頭去看東方青蒼，「正是。」他打量了東方青蒼一眼，「看兄臺的氣質，若在下沒猜錯，你應當是魔界之人。」

這個千隱郎君竟看不透東方青蒼的身分？小蘭花轉頭看了東方青蒼一眼，了悟了。

這一頭灰一身土，渾身法力全無、滿臉倒楣的模樣，任誰都不會將他認成叱吒風雲的上古魔尊吧。

「我千隱山與魔界素無交集，不知兄臺前來，所為何事？」

「息壤。」

東方青蒼簡潔地吐出的這兩個字讓氣氛瞬間沉了幾分。黑影人的手微微一動，東方青蒼手腕上的骨蘭立即有了反應，場面緊張得一觸即發。

「阿影。」千隱郎君淡淡喝止了身後人的動作。

黑影人僵持了半晌，終於默默退了一步，東方青蒼的骨蘭也隨即服貼了下去。

千隱郎君的笑容深了幾許，「你便是阿蘭與我說的，她到千隱山要來找的那位薄情郎、負心漢？」

小蘭花腦袋微不可見地一僵。

然後她便聽到了東方青蒼喜怒難辨的聲音：「哦，對，我約莫便是她口中的那個薄情郎、負心漢。」

小蘭花後頸的寒毛都豎起來了，不用想也知道，東方青蒼現在一定又在琢磨折騰她的辦法呢。

千隱郎君看看小蘭花又看看東方青蒼，了悟過來他們的關係或許比小蘭花表述的要複雜許多，於是他對東方青蒼笑了笑，「你既是阿蘭的朋友，我千隱山自得好好招待。」

話音未落，他身後的黑影人又抗議地發出了動靜，但毫無意外地被千隱郎君忽略了去。

小蘭花目光越過千隱郎君的肩頭，打量黑影人，但在他黑布的遮掩下，什麼都沒看到。她撇了撇嘴，正打算轉回目光，恍然看見黑布之中有一隻紅色的眼睛轉了一下，直勾勾看向她。

小蘭花嚇得脖子一僵，再一眨眼，卻再沒看見什麼紅色的眼睛。

是……錯覺？

她愣愣地轉開目光，耳邊千隱郎君接著對東方青蒼道：「息壤確實乃我千隱山之物，只是不知兄臺為何要特地來此取用息壤？據我所知，息壤對於魔界之人而言，並無用處。」

東方青蒼沉默了一瞬，隨即瞥了小蘭花一眼，「為了造一個身體。」

小蘭花聞言，倏爾眼睛一亮，她猛地抬頭，恰好對上東方青蒼的目光。小蘭花的心臟像是被一股熱流撞了一下，讓她從剛才開始就一直涼乎乎的身體微微發熱起來。

大……大魔頭不辭辛苦，千里萬里地找來千隱山，闖過迷陣，只為了給她重造一個身體？小蘭花覺得自己無法冷靜下來了，但是在激動之中，她又忍不住感覺到事情有點蹊蹺。

如果東方青蒼是為了給她重造身體才來的千隱山，那為什麼當時在得到千隱山的消息後不直接帶著她上路呢？他就不怕等他造出身體，再回來卻找不到她的魂魄了？

還是說，他要造的這個身體，根本就不是給她的？

小蘭花越想心頭越涼，剛才湧上來的熱乎勁兒慢慢冷卻下來。她靜靜地看著東方青蒼，可是他重造身體，不給她，還能給誰呢？

「喔？」千隱郎君像是明瞭小蘭花的心意，代她問出了聲：「是為了給阿蘭重造一個身體嗎？」

東方青蒼沉默，小蘭花有些莫名緊張地看著他。不過片刻，東方青蒼嘴角一彎，笑了，「不然還有誰？」

得到這個回答，小蘭花形容不出此時的心情，但她感覺得出來，她的臉頰是熱熱的，耳根也是熱熱的，連現在這個身體沒有的那顆心臟，也是熱熱的。

大魔頭對她，還是挺好的……

千隱郎君也溫和地彎了彎眼，「兄臺看來並非阿蘭口中的負心漢啊。」緊接著他話鋒一轉，「只可惜恐怕要讓兄臺失望了。」千隱郎君示意黑影人提著燈籠在前面走，他抱著小蘭花跟上去，看樣子是要帶他們走出迷陣了。

「阿蘭這副身體便是我以息壤為引，輔以陶土捏造而成的軀體。但遺憾的是，即便如此，這具身體也用不過三日。兄臺要以息壤重塑身體的願望，恐怕不能實現。」

「陶土是死物，捏造的身體，自然撐不過幾日。」東方青蒼淡淡道：「全部用息壤即可。」

千隱郎君腳步一頓，眼中被前方的燈籠點出了一簇火光，「兄臺或有不知，息壤乃是生生不息之物，若不輔以陶土，其形狀怪變，根本無法塑造人形。即便將魂魄注入其中，也無法令其生四肢長五官，它仍舊只是泥的形狀罷了。」

東方青蒼淡淡瞥了千隱郎君一眼，神色倨傲，「我自有辦法令其成人形，你只需將息壤給我便是。」

前面領路的黑影人腳步一頓，喝斥出聲：「狂妄！」

東方青蒼毫不在意地笑了笑，像是得到了什麼誇獎一樣。

千隱郎君打量了東方青蒼許久，道：「息壤數量有限，即便全部取用也不過只夠造一具身軀。若是重塑身體不成，阿蘭日後恐怕就只能住在納魂壺裡面了。兄臺，你可是有十分的把握？」

小蘭花聽聞此言，心頭也是緊張，連忙眨著眼睛將東方青蒼盯著。

東方青蒼仍舊冷冷一哼，「造一軀體而已，還會失敗不成？」

也是，比起東方青蒼做的其他事情，造一個軀體聽起來好像還挺簡單的，而且他本來就有點物成人之術，像之前在魔界時，她與東方青蒼一起……用同一個身體洗澡，東方青蒼也是隨便潑了一點水出去就塑了兩個人影出來。雖然那樣造出來的人活不了多久，但有他的法術加上息壤這種神奇的東西，應該也是挺容易的吧……

因為他是東方青蒼啊。

不過等等……

小蘭花忽然發現了一件非常可怕的事情——

東方青蒼他……現在不是沒有法力嗎！

黑影人點著燈籠在前面引路，沒一會兒，幾人便走出了這困了她與東方青蒼好久的迷陣。

外面大白天光一照，小蘭花像是終於活過來了一樣，長長地舒了一口氣。她往四周一望，發現這裡竟是當初千隱郎君帶著她乘船上島的地方，她的身後就是千隱山，而前面就是白白的沙灘和海浪。

原來這些時間，她和東方青蒼一直就在山中迷陣裡打轉來著……

千隱郎君引著小蘭花與東方青蒼到了院子裡。他給東方青蒼安排了房間，然後命人打掃，在這期間便讓東方青蒼先到小蘭花屋裡暫候。

他將小蘭花的「身體」先放到了桌上，摸了摸她的頭，「我現在便去催人給妳造新的身體，會盡快在今晚給妳送來的。」

小蘭花一愣，「不是說息壤數量有限嗎？」

「用陶土捏的身體花費不了多少息壤的。」千隱郎君笑道：「而且息壤沒有被我統一放在一個地方，而是遍布島上各處。將息壤全都找回來還要兩、三天，這期間，阿蘭還得有個新身體才行吧。妳放心，我自會計算好的。」他說著，又摸了摸小蘭花的腦袋，方才離去。

小蘭花扭頭看了一眼坐在一旁閒閒喝茶的東方青蒼，「千隱郎君很溫柔，是不是？」

「溫柔？」東方青蒼一哂。「妳說是便是吧。」

小蘭花一愣，「什麼意思？」

東方青蒼嫌棄地瞥了小蘭花一眼，然後目光投向窗戶之外，「陰陽石、上池水……這裡寶物遍地，而每一件寶物的氣息都詭譎至極。」

「氣息……」

「妳雖認得這些寶物，卻只識其形不識其心，妳那傳說中的主子，也是白教妳了。」

小蘭花跟著東方青蒼的目光往窗外看去，但見那些奇花異草正在陽光下各自盛放，她心裡忽然湧出了一些奇怪的感覺，「大魔頭，你說的心……是什麼？」

東方青蒼目光再次落在小蘭花臉上，「影子。」

「影子？」

「不屬於它們自己的影子。」

經東方青蒼如此一提點，小蘭花放遠目光一看，一株爬在院牆上的粉色花朵在陽光照射之下投出的陰影忽然詭異地動了一下。雖然弧度極小，但它是真的動了。可此時並無微風也無人經過，花朵也未動。

影子……自己動了……

小蘭花只覺周身發涼，「大、大魔頭……那是什麼？」

東方青蒼仍舊悠閒地喝茶，「大概就是妳那溫柔的千隱郎君所說的寶物吧。」

小蘭花恍然想起先前她與千隱郎君坐在院子裡吃糕點之時的對話，臉都白了，「大魔頭啊……怎麼辦？」

「靜觀其變。」東方青蒼道：「不管他留下我們的目的是什麼，只要他拿出息壤，別的都無所顧忌。」

「不……」小蘭花覺得自己嘴角有點顫抖。「我是說，之前千隱郎君對我說，我也是寶物……你說，他是什麼意思？」

東方青蒼眉梢一挑，盯住了小蘭花，「哦？寶物？」

小蘭花睜大眼睛，求助地看向東方青蒼。

東方青蒼將手中茶杯放下，感興趣地笑了，「難怪對妳如此好。倒是讓人好奇……」他瞇起了眼睛。「妳到底會是什麼寶物？」

小蘭花看見東方青蒼脣角的笑意，忽然覺得她不該將千隱郎君的話告訴東方青蒼。

因為，如果千隱郎君是頭惡狼的話，她眼前這隻……

就是窮凶極惡的上古妖獸啊！

傍晚的時候千隱郎君給小蘭花送來了新的身體。

可自打發現這千隱山的奇怪之處後，小蘭花再也沒法用正常的神情去直接面對千隱郎君溫和的笑容了。

她對著千隱郎君拿來的新身體看了許久，拐彎抹角地問：「頭髮都是用陶土捏的啊？」

千隱郎君溫柔地笑道：「是啊，費了不少工夫。」

「這麼精緻的身體，做起來應該挺不容易的吧？但感覺郎君你手下的人完成得還挺快……」

千隱郎君坦蕩地答：「因為之前便有捏好的人形，只需要在細節上修改一下即可。」小蘭花窮追不捨，「之前便有人形？你之前捏這些陶土人形做什麼？難道……」小蘭花小聲地說出自己的猜測，「你有別的魂魄可以放進去嗎？」

這句話問出口，小蘭花自己先膽寒了一下。

難道這個島上有飄蕩流離的魂魄？那不就是……鬼嗎……

千隱郎君聞言默了一瞬，隨即笑道：「哪裡還有別的魂魄，阿蘭多慮了。」又道：「阿蘭可是不喜歡這具軀體？要不在東方兄將身體造好之前，妳先住在納魂壺裡？」

東方是小蘭花告訴千隱郎君的名字。她不敢說全名，即便人界知道魔尊姓名的人少之又少，她還是留了個心眼。

小蘭花聽得千隱郎君這般說，立即搖了搖頭。

納魂壺裡又黑又小，她才不想住進去。而且住在納魂壺裡，指不定天天被千隱郎君提來拎去的，她想和大魔頭密謀個什麼事情都不行。

比起千隱郎君，小蘭花到底是更相信東方青蒼一些。

兩相比較，小蘭花連忙道：「沒有沒有，這身體很好，比我現在用的這個還漂亮。」說完，一溜煙地鑽進了新的身體裡。

魂魄隱入陶土人體的一瞬間，灰白堅硬的陶土開始慢慢變軟，皮膚有了肉體的質感，眼珠子變得有神，氣息開始在她鼻尖均勻地流轉，然後陶土捏造的手指動了動。

小蘭花張嘴說話：「呼……還是有手有腳比較方便。」

見證了整個過程的千隱郎君輕笑，「這是自然。」他瞇起眼睛，掩去眼底詭異的情緒，「說來，東方兄現在是去了哪裡？」

「他說出去轉轉。」小蘭花彎著手臂捏了捏拳頭，恍然反應過來，轉了轉眼珠子，答：「你放心，他不是個貪圖錢財寶物的人，不會拿你的寶物的……吧……」

小蘭花越說越沒底氣，誰知道東方青蒼會不會做出什麼奇奇怪怪的事情，他是大魔頭，言行舉止就沒有一個準則……

千隱郎君失笑，「既見東方兄氣度，自是不擔憂他會打我千隱山寶物的主意，不過……」千隱郎君目光灼灼地望著小蘭花，「我倒是好奇，妳是蘭花仙靈，為何會與魔界中人走到一起？」

小蘭花嘆息，「一開始，我是因為被他占了身子……」

「……」

饒是不動聲色如千隱郎君，聽到這句話時也不由得面色發僵。

小蘭花見他神情，回味了一下自己剛才的話，然後連忙擺手，「不是不是，你誤會了，不是你想的那樣，我和東方的關係很單純……非常單純……」

小蘭花一副百口莫辯的模樣，千隱郎君不由笑道：「聽阿蘭的意思，妳與東方兄卻並不是那薄情郎與痴情姑娘的關係。」

「哎？」小蘭花一愣，心跳莫名快了一瞬。「啊……那個啊……那個是我說著玩的。我和他……我們倆比起那種關係，倒更像是仇人來著。」

「如此我便放心了。」

「什麼？」

千隱郎君俯下身，在小蘭花耳邊輕言細語，呼出的氣息吹動了她耳邊的細髮，「這樣，我就還有機會把妳收藏在我身邊啊，就像那些寶物一樣。」

小蘭花愣愣地盯著千隱郎君。

「我是……寶物嗎？」她聲音有點抖。

「對啊。」

「什麼寶物？」

「或許是，可以達成我夙願的寶物。」千隱郎君揉了揉小蘭花的腦袋。「今晚早些睡，這段時間在迷陣裡，定是把妳嚇壞了。」

她現在才是真的嚇壞了，哪裡還睡得著。

千隱郎君離開她的房間之後，小蘭花便急匆匆地跑去找東方青蒼了。但到了東方青蒼的院子，卻發現東方青蒼竟然還沒有回來，她只好抱著胳膊坐在門口等。

等著等著，倒是真的睡了過去。

於是當東方青蒼踏著黑夜歸來時，便看見小蘭花靠在他門口仰著腦袋睡覺的場景。

東方青蒼走到她身邊，小蘭花一無所覺，咂巴了兩下嘴，仿似在夢裡吃到了什麼不錯的東西。東方青蒼等了片刻，仍舊不見小蘭花醒來，便大力一推門，進了屋。

靠在門扉上睡覺的小蘭花一頭仰倒，逕直摔在屋內的地上。

「嗷！」小蘭花一聲痛呼，捂著腦袋醒了過來。

她坐起來揉揉頭，扭著脖子往屋裡一望，東方青蒼已經坐在桌子邊倒了杯涼茶喝起來了。小蘭花怒氣沖沖地質問：「你就不能好好把我叫醒了再開門？」

「戒心如此低，怪得了誰？」

知道東方青蒼就是這個脾性，小蘭花捂著腦袋嘟囔了幾句，倒沒真的生他的氣，而是往門外一望，隨即退到屋裡，緊緊關上了門。

「大魔頭，外面有人嗎？」

東方青蒼喝了口茶，淡淡道：「沒有。」

小蘭花這才急急走到東方青蒼身邊坐下，一臉愁苦，「大魔頭，不好了，那個千隱郎君是真打算將我當作寶物留下來！他說，我能幫他達成什麼夙願來著。」

東方青蒼抬眼看了看小蘭花，沒有發表意見。小蘭花繼續嘀咕：「我如果真的是什麼寶物的話，為什麼我不知道？即便我不知道，我主子也該知道啊，但她哪裡有把我當寶物對待了？那就算我主子也不知道，大魔頭，連你也看不出來嗎？」

東方青蒼倏爾一笑，「急什麼，他留妳自有他的用處。用到妳的時候，妳不就知道了？」

「這怎麼行！等那時候我肯定死得很難看。」小蘭花想了想，又道：「不過也是奇怪，如果他真要對咱們不利的話，為什麼還願意把息壤給咱們呢？我有一個身體，對他來說也有什麼好處嗎？」

聽小蘭花用「咱們」來概括他和她，東方青蒼正要開口，小蘭花又自顧自地說下去，「也沒關係，反正你拿息壤給我捏了身體後咱們就走，管他要做什麼。」說到這裡，小蘭花頓了一頓，「大魔頭，你會帶我走吧？」

東方青蒼微微側頭，看見小蘭花正睜大著眼睛盯著他，漆黑的眼珠被桌上的燭火點亮，似乎有晶亮的光芒。

他轉開目光，晃了晃手中茶杯，看著茶水映出的光變得細碎，漫不經心地嗯了一聲。

小蘭花安下心來，不再盯著東方青蒼，轉而趴在桌子上嘟囔：「你說千隱郎君的夙願會是什麼呢？他到底是要我做什麼呢？自打我跟著你到處跑以來，遇見的奇奇怪怪的人和事真是越來越多，讓人腦袋都轉不過來了。」

東方青蒼目光落在窗上，月光照著竹葉，在窗戶紙上投下一片搖曳的竹影。他沒有說話。

過了一會兒，他聽見均勻的呼吸聲自身側傳來。他轉頭一看，竟是小蘭花趴在他桌子上又睡著了。

東方青蒼挑起眉梢，毫不客氣地掐了一把小蘭花的臉，「起來，回去睡。」

小蘭花迷迷糊糊地睜開眼，推開他的手，往旁邊挪了挪，「不要，我回去睡不著。」一想到屋子外面都是詭異的影子在到處爬，小蘭花就膽顫心驚。她調整了下姿勢，打算就這樣趴著睡。

「那是妳的事。」東方青蒼說著拽住小蘭花的胳膊，還沒使力便聽見小蘭花皺著眉頭，半是求饒半是撒嬌地說：「我又不搶你床，我就在這兒睡。」

她說：「你這裡安全。」

他這裡安全？

東方青蒼有一瞬間覺得自己幻聽了。

他是世人唯恐避之不及的魔尊，但到了這個小花妖嘴裡，他的身邊卻成了安全的地方。

東方青蒼一時竟不知道該拿什麼表情去應對小蘭花。就在他打算忽視心頭那股異樣感將她丟出去的時候，小蘭花竟然拿臉蹭了蹭他的手背，然後兀自睡得更加香甜。

東方青蒼便沒了動作。

他盯著小蘭花的後腦杓看了好一會兒，然後毫不客氣地一抽手，回到床上躺下，倒是沒有再趕她走了。

小蘭花又被他鬧醒，撇著嘴抱怨了幾聲，就又趴著睡熟。

她是真的累了，是該好好休息。但這關他什麼事？他為什麼要容忍這區區小花妖占領他的房間？

東方青蒼覺得自己腦子大概是出了什麼毛病。

窗外竹影仍舊在搖曳，但搖曳的只是竹影，並沒有風吹過竹葉的沙沙聲。在鋪灑著月光的庭院之中，千隱郎君迎著月光閉目仰首，在他身後，黑影人將方才小蘭花對東方青蒼說的話一字不變地複述出來。

千隱郎君勾起脣角輕輕微笑，「小仙靈性情十分爽直啊。」又問：「那人今日去了島上哪些地方？」

「只繞著海邊走了一圈。」

「喔？」千隱郎君睜開眼睛。「此人身上雖半分法力也無，但氣息詭異，將息壤給他之後，多加觀察，不能放過任何不妥之處。」

「是。」

「嗯，無事便下去吧。」

黑影人遲疑了一下，「郎君，當真要將息壤盡數給那魔界之人？他若是失敗了……」

「他若是失敗，我不過也與你一樣裝扮便好了。可若不試一試，我無論如何也無法甘心。」他抬手，摸了摸臉頰。他的臉上已經有一塊皮膚脫落，掉在地上，變成了泥灰。他垂下頭看了地上的陶土一眼，「走吧，我又該換個身體了。」

三日後，千隱郎君將息壤盡數給了東方青蒼。東方青蒼不許任何人前來打擾，包括小蘭花。然後他便拿起息壤入屋閉門，連著幾天足不出戶。

小蘭花實在好奇得不行，每天都去院子外面蹲守；與她相比，千隱郎君倒是沉得住氣多了。他像是根本不在乎東方青蒼拿著那些息壤幹什麼一樣，每天只顧著邀請小蘭花在島上到處玩，雖然小蘭花是一次也沒有答應。她情願每天枯守在東方青蒼門口，哪兒也不去。

是日正午，小蘭花正把耳朵貼在院門上細細探聽屋裡的情況，忽聽咚的一聲。小蘭花一驚，登時什麼也顧不上了，推門衝了進去。

屋中兩張桌子拼成的長案上是一塊白布蓋著的泥人，小蘭花心急地想去掀開白布，但旁邊忽而傳來喝止的聲音：「不行。」

小蘭花往旁邊一看，這才看見東方青蒼竟然倒在地上。他長髮鋪了一地，蜷縮著身體，手掌捂著胸口，神色隱忍。

小蘭花頓時也不急著看泥人了，連忙過去將東方青蒼扶起來，這才看見他眼睛恢復成了以前的血色，手上的指甲也長回來了，「大魔頭，你……恢復法力了？」

「本座的法力……從未消失。」東方青蒼道：「不過是暫時遺棄在那深潭之中了。」

對了，之前東方青蒼還在挨雷劈的時候，他也是這樣忽然開始痛起來的。他說那是魔界的人給他下的咒術，然後讓她背著他去了鹿鳴山的深潭之中，這才解開了咒術。便也是從那時候起，他的眼睛變成了黑色，或許……他的法力就是在那個時候丟掉的？

那他現在找回法力，所以咒術帶來的疼痛也跟著回來了嗎？

「你很痛嗎？」小蘭花問：「是那個咒術造成的嗎？有什麼辦法讓你不痛呢？」

她心裡又急又愧。「對不起啊，都是要給我造這個身體才這樣的……」

東方青蒼只道：「把妳的哭腔給本座收起來。」

被東方青蒼一喝，小蘭花連忙咬住了嘴巴。她不敢再出聲，只老老實實地聽東方青蒼的吩咐，把他扶到了床上。

「息壤之體尚未成形，本座……會昏睡片刻。」東方青蒼閉上了眼睛，額上有虛汗滲出。「在此期間，不得讓任何人進來。」

小蘭花連連點頭，「好。」

東方青蒼聲音慢慢弱了下去，「妳也不能……去看……」

小蘭花點頭，「好。」

東方青蒼昏睡過去。小蘭花蹲在床邊守著他，目光卻不由自主地落在了那蓋著白布的身體之上……越是細看越是覺得這具身體好像有點奇怪啊……

胸前，怎麼是平的呢……身體好像有點長也有點寬啊……

小蘭花回頭看了一眼昏睡的東方青蒼，又看了看桌上的人。她起身繞著桌子走了一圈，走到那個身體的腳邊時蹲下身，悄悄拉開一個角看看應該沒什麼關係吧？於是她沒按捺住好奇，這樣做了。

她掀開白布的一個角，往裡面一看，然後傻眼了。

從腳的方向望過去，那個兩腿之間的是什麼東西……

小蘭花只覺腦袋一熱，然後嘩地一把掀開了白布。

她看著眼前這個胸膛平坦、粗腰寬肩的男人身體，靜默了很久。然後氣得幾乎要咬碎牙，「東方青蒼這個混帳大糞球！」

難怪不讓她看！原來是要把她捏成男人啊！

小蘭花氣得一把抓住兩腿間的那一坨息壤，將它狠狠地抓了下來，掰成兩段，搓成球狀，放到了胸上。然後小蘭花對昏睡的東方青蒼吐舌頭做了個鬼臉，「我再也不靠你了，我自己動手！」

小蘭花從東方青蒼捏好的泥人身上節省下來了一堆泥土。

她搓細了泥人的胳膊與腿、掐細了它的腰、柔和了它面部的線條，然後將鼻子眼睛全都改了一遍。最後看著自己的成果，小蘭花得意地笑了。

身材極好臉蛋極棒，這是以後她的身體，小蘭花想想就覺得很幸福。

她在桌子邊駐足許久，眼看著「自己」的身體從溼潤慢慢變乾，小蘭花輕輕碰了碰泥人的手指，發現已經變得和千隱郎君拿給她的泥土身體差不多了。這應該就是東方青蒼昏迷之前所說的「成形」吧。

小蘭花忽然變得很心安。

便在此時，床榻之上呼吸聲一重，小蘭花恍然回神，連忙用白布將泥人蓋上。她轉頭一看，東方青蒼已經從床上坐了起來。

他揉了揉額頭，像是在調整自己的狀態。他手上尖銳鋒利的指甲又沒了，睜開的眼睛也再次變成了黑色。

大概是將法力又給暫時遺棄了？

所以，他果然是為了造這個泥人才暫時將法力找回來的，即便要忍受那樣的痛苦……

小蘭花心頭有幾分說不出的感動，畢竟東方青蒼這樣的人，居然願意為了她受苦。但這些感動在想到東方青蒼將她捏成了個男人後，又生生打了個折扣。

「你醒啦。」小蘭花不冷不熱地打了個招呼。

東方青蒼目光一轉，落在她身後白布蓋著的泥人身上，又轉回來對上小蘭花一直到處亂轉的目光。他微微瞇起眼，下床大步走到桌邊，一把抓住白布……

與此同時，小蘭花抓住了他的手，「要不，我先進去這個身體，穿好衣服你再看？」

話說到這個地步，東方青蒼還有什麼不明瞭。他牙關緊咬，額上青筋凸起，小蘭花幾乎聽到了他血液在身體裡衝擊的聲音。東方青蒼一把掀開白布，同時將小蘭花甩到一邊，力道之大，掀得小蘭花一個踉蹌，摔倒在地。

看著面前這具胸大腰細屁股翹的女人軀體，東方青蒼臉色是從未有過的陰沉。他伸手在泥人腰腹上一摸，感覺到泥土的硬度，嘴角又沉了幾分。

他轉過頭看小蘭花，「妳是半點不將本座放在眼裡。」

小蘭花在東方青蒼眼裡看到了隱隱殺氣，嚇得心神一凜，本來還想分辯是東方青蒼有錯在先，但在這樣的注視下，竟然一句話都說不出來。

他是真的……生氣了。

可他到底在氣什麼？就為她把這個身體變回了女人？

還不等小蘭花想出個結果來，東方青蒼一把抓起她的衣襟，將她從地上提了起來。小蘭花怔怔地與東方青蒼四目相對，這一刻，她以為東方青蒼是真的要殺她。可到底是沒有殺她，東方青蒼冷著臉將小蘭花丟出了房間，道：「不許進來。」然後便將門砰的一聲合上，插上門閂。

小蘭花在外面愣愣地站了一會兒，忽然反應過來，難道東方青蒼還要強行改變那個身體的性別？

她大驚，連連拍門，但哪裡拍得開。小蘭花急了，忙在窗紙上戳了一個洞，眼睛往前一湊，這下才是徹底驚呆了。

東方青蒼在桌上畫了一個陣法，隨即自衣袖中掏出一個小瓶。小蘭花識得那個瓶子，是當初謝婉清死的時候，東方青蒼用來收她魂魄的瓶子。

瓶子裡緩緩飄出一個白色的魂魄，東方青蒼以陣法之力，引著她慢慢往那泥人的身體裡面去！

小蘭花驚愕地睜大了眼。

東方青蒼……東方青蒼做這個身體，竟然不是給她的！

小蘭花心頭倏爾一空，體內的血液好似瞬間涼了下去，她反應了好一會兒才消化了這個事實——東方青蒼騙她。

他造身體根本就不是為了救她。

他是要救另外一個女人！

一股怒氣直沖天靈蓋，挾帶著她自己也說不清道不明的不甘心，像一場盛夏季節的狂風暴雨，席捲了她整個人。她氣得手都在發抖，甚至她都理解不了自己為什麼會生氣成這樣，「開門！」她使勁兒地拍門。「東方青蒼，你混蛋！」

裡面的人自是無動於衷。

眼瞅著那魂魄就要進入她辛辛苦苦捏好的身軀之中，小蘭花一頭撞在門上，將身體撞暈了過去，然後靈魂出竅，掙脫掉那個陶土身體，穿門而入，逕直向泥人身體撲去。

東方青蒼目光一凜，咬破食指將血液滴灑在法陣之上。法陣登時光芒大作，小蘭花的魂魄一頭撞在法陣結出的結界之上。結界之力化為紅光，纏繞著小蘭花的魂魄，痛得她慘叫出聲，聲音竟是已帶了哭腔：

「東方青蒼你這個大騙子！」

小蘭花的聲音帶著三分憤怒、三分不甘，更多的，是說不清的委屈。

東方青蒼看也沒看小蘭花一眼，只執著地將謝婉清白色的靈魂往那具身體裡面引。

小蘭花拚命按捺住翻騰的情緒，讓自己盡量理智地思考。息壤已經全部用來造這具身體了，如果她沒有搶到這身體，那以後就只有依賴剩餘的那點息壤繼續用陶土的身體過活，要不然就只能被裝在納魂壺裡……

那麼悽慘的日子，她才不要！

法陣的紅光還在繼續撕扯她的靈魂，小蘭花心一橫，大喝一聲，繼續往結界上面撞。

紅光報復似地更緊纏住她的靈魂。

東方青蒼聽見了小蘭花死死壓抑的哭泣聲。

他目光微微一動，恍然想起那天晚上，小蘭花貼著他的手閉眼睡覺的模樣。她軟軟的聲音好似還在他耳畔輕響，「你這裡安全。」

他看著現在狼狽不堪的小蘭花，心神微動。

他這裡，一點都不安全。

他是這世上，最壞心眼的惡魔。

就在東方青蒼微微失神的這一瞬間，屋內的影子竟全部詭異地動了起來，有的纏住他的腳，有的爬上桌，將他畫在桌上的法陣遮蓋住。結界登時一弱，小蘭花一頭闖進結界的範圍之中，近乎凶惡地，將那已進入泥人軀體一半的白色靈魂擠開，蠻橫地鑽進了那具軀體之中。

然後侵略，然後占有，絲毫不給別人機會。

此時此刻，與活下去的欲望一樣強烈的，是看一看東方青蒼那張鐵青的臉的欲望。

臉色越難看越好！神情越糟糕越好！

他不讓她好過，他也別想好過到哪裡去！

然而，這個身體似乎與之前的陶土之身不同。小蘭花進入這個身體後，眼前是一片黑暗，在這黑暗之中，她感覺到一股大力，將她拚命地往外推擠。

不是東方青蒼的力量，而是這個身體……在抗拒她。那力道大得小蘭花的靈魂幾乎都要爆炸了。

是了，小蘭花記起千隱郎君說過，息壤有生氣，從某個角度來說它是活的。它並不像陶土一樣是死物，它肯定會排斥別的生物來操控它。

但她現在肯定不能被推出去。

大魔頭在外面啊！

如果現在她被推了出去，大魔頭肯定會抓住她的脖子，讓她就此灰飛煙滅於塵世間的！

事關生死，小蘭花咬住牙，與息壤的力量相互拉扯著。

在疼痛淹沒她所有感官之前，她想到很久之前，司命對她說：「人生在世不容易啊，妳這個待在盆子裡的小花靈，是最幸福的了。」

她現在也深深地覺得，以前待在盆子裡的日子，是最幸福的了。

黑暗襲來，小蘭花再也無力抗爭，陷入了沉沉的黑暗之中。

第十三章

大荒東海有靈山，山上千影成一人。

小蘭花覺得自己作了一個夢。

夢裡她遇見了窮凶極惡的上古魔尊。他毀了她的身體、侮辱她的靈魂，然後利用她、欺騙她。她夢見自己與那個大魔頭一起看了許多奇怪的人，經歷了許多奇怪的事，她開始相信他，並且有點無法控制地依賴他了，她以為那個大魔頭只是看起來冰冷，但在危急關頭，他都會救她性命。

可最後，卻是他用一個紅色的結界，讓她險些魂飛魄散。

她覺得這個夢真是太嚇人了。等她醒了，她一定要好好地和主子哭訴，主子一定會輕言軟語地安慰她，溫柔地給她澆水，耐心地給她清理盆中雜草，然後抱著她去院子裡晒太陽……

有一縷刺眼的陽光照進黑暗中。

小蘭花適應了好一會兒，才慢慢睜開眼。

屋外夕陽西下，最後一縷斜陽透過窗戶，正好落在了她的臉上。她正躺在一塊堅硬的木板上，睜眼就看見上方的房梁。

她想轉動脖子，卻發現脖頸僵硬。

這一瞬間，她以為自己真的還在天界司命星君的小院裡，是那株被種在盆裡、沒法自己移動的蘭花。她眼珠子一轉，瞥見一個黑影立在自己身邊。

「主子？」她叫。

「呵。」

這一聲冷笑，宛如一根扎進太陽穴裡的銀針，小蘭花只覺整個腦袋一炸，立時回過了神，什麼夢境幻影瞬間破滅。

「東方青蒼！」

小蘭花說這四個字，說得咬牙切齒。

東方青蒼往前走了一步，讓透過窗戶的陽光落在了他臉上。他並沒有如小蘭花期盼的那樣露出失望頹敗的神情，他如往常一般冷著一張臉，只是黑色眼眸裡射出的寒光比平時更凜冽。

但她有什麼好怕的。小蘭花想，她已經占了這個身體，便沒什麼好怕的了。

東方青蒼抬手，在小蘭花腦袋上敲了兩下，「出來。」

小蘭花想躲，但是身體實在僵硬得不行，她只好怒視東方青蒼，「你作夢！這是我的身體！你這個壞蛋休想讓我放棄！」

東方青蒼瞇起眼睛。

小蘭花現在看見他的臉就不由自主地想到先前他布結界的模樣，登時怒從心頭起，厲聲指責，「東方青蒼你這個言而無信的大騙子！說什麼要給我捏身體，你根本從一開始就心懷鬼胎！你就是時時刻刻想讓我魂飛魄散、灰飛煙滅！壞蛋！」

東方青蒼盯著小蘭花，呼吸微微重了一瞬，他隱忍下來，沉聲道：「本座未曾想讓妳魂飛魄散。」

「你那不叫想讓我魂飛魄散叫什麼？給我機會自生自滅嗎？」小蘭花冷哼。「你就是藏了一肚子的壞水，逮著機會就全往我身上倒，我再也不要相信你了。」

東方青蒼額上青筋微微一跳，「本座會給妳再找一個身體，這個不行。」

小蘭花閉上眼睛不再看東方青蒼，「那我就待在這個身體裡，等你再造好一個身體再說。」

真當她傻嗎？

小蘭花心道，息壤都沒了，如果東方青蒼真的還有別的辦法再造一個身體，那他從一開始就不會大費周章地跑到這詭異的千隱山來。

「妳出去吧，我現在不想看到妳。」

話音一落，小蘭花的臉就被捏住了，東方青蒼掰著她的臉，把她腦袋扭了過來。

小蘭花一睜眼，就看見了東方青蒼近在咫尺的臉，也終於見到東方青蒼極力控制的情緒。他目光陰冷，神色晦暗，「小花妖，妳當真以為本座如今拿妳無可奈何？」

小蘭花每次看見這個樣子的東方青蒼都忍不住心顫膽寒，只嫌自己膝蓋軟得不夠快。但今天卻不知是怎麼了，只覺一股氣堵在胸口，上不去下不來，連東方青蒼這樣唬她也愣是沒有把這口氣給唬下去。

她衝口便道：「好啊，你要毀了這個身體便毀了吧。左右如今我是拿著這個身體做屏障的，你要是不看重這個身體，它也成不了我的屏障。我求你不求你、怕你不怕你，你心裡都有自己的打算。那乾脆我便不求了，也不怕了，我要做一朵有骨氣的蘭花，不給我主子丟臉！」

「你就隨便處置我好了。大不了我魂飛魄散了，你想復活的那個赤地女子，在這個世間也沒有她的落腳處！」

話一出口，場面有一瞬間的靜默。

小蘭花像是被自己的話嚇住了一樣。

東方青蒼眼睛微微一瞇，手上的勁力也輕了一瞬。

小蘭花咬牙閉上眼，恨不得將自己舌頭咬掉。

最後這一句像是在使氣的話，她到底是為什麼要說出口啊……

便在兩人僵持之際，院子外面忽然傳來了一行人的腳步聲。

小蘭花猛地睜開眼。千隱郎君來了！雖然他可能不是什麼好人，但千隱郎君既將她當作「寶物」，就一定會護著她的。讓他去和東方青蒼鬥，總好過她現在這個「癱瘓在床」的人和東方青蒼鬥。

誰知道大魔頭會不會真的一怒之下就將這個身體毀了呢，剛才話雖然說得那麼決絕，但她到底還是想活著回去見主子的……

東方青蒼自是也聽到了腳步聲，他目光微微一凝，鬆開了箝制著小蘭花的手，將小蘭花的身體用白布一裹，扔到了床上，拿被子蓋上。便在此時，敲門聲恰好響了起來。

不等東方青蒼說「進來」二字，已有人推開了房門。千隱郎君走了進來，他神色雖與平時沒什麼區別，但從這個舉動來看，卻是帶著幾分急迫的。

「身體……阿蘭的身體，可是造好了？」

東方青蒼坐在小蘭花身邊，盯著走過來的千隱郎君，「好了，不過目前四肢尚還僵硬，需要一段時間適應。」

千隱郎君看也沒看東方青蒼一眼，目光直接落在小蘭花臉上。但見她肌膚勝雪、五官精緻，一雙眼睛水靈靈地動人，千隱郎君神色複雜地呢喃，「竟當真……成功了。」

看著他的眼神，小蘭花不禁想起前幾天他在她耳邊輕吐的「寶物」二字，只覺有一條冰涼黏膩的蛇順著她的脊背往上爬。

她囁嚅著不敢搭腔，千隱郎君立刻關切地詢問：「阿蘭可覺得身體有什麼不適？不如我命人去把阿蘭的床褥布置得更加柔軟舒適一些……」

「不用了。」

小蘭花還沒開口，東方青蒼便先打斷了千隱郎君的話，「她就在我這裡睡。」

「哎？」小蘭花愣住。「什……」

東方青蒼根本不理會她，只對千隱郎君道：「以息壤塑造肉身也是我第一次嘗試之事，並不知後續是否會有意外，所以我要將她留在身邊方便時時觀察。另外，太軟的床鋪對脊椎不好，她就睡我這裡。」

千隱郎君的目光這才落在東方青蒼身上，「東方兄既如此說，自無不從。」千隱郎君輕笑，「東方兄且將阿蘭照顧好啊，她現在，可是世間至寶啊。」

東方青蒼也瞇眼笑，「我自然知曉。」

千隱郎君告辭離去，小蘭花縮在被子裡打量東方青蒼，「你把我留在這裡，不會是還想著將我的魂魄從身體裡拖出去，然後換那個赤地女子進來吧？」

「閉嘴。」東方青蒼輕喝了一聲。他閉上眼睛，耳朵動了動，聽見已經走出院子的千隱郎君輕聲說：「明日晚上動手。」他嗓音冰冷，「他不好對付，萬事小心。」

「大魔頭？」小蘭花奇怪地看著東方青蒼睜開眼睛，然後勾出詭異又奸詐的笑。

小蘭花眨了兩下眼睛，「你果然還想對我做不好的事！」

東方青蒼回頭看小蘭花，笑得十分惡劣，「這裡就沒有人想要對妳做好事。」

是夜，天陰。

千隱山中一片黑暗，東方青蒼的桌子上點了燈，他坐在桌子旁邊，任由燭光將他的影子投在地上。

在他身後的床榻上，小蘭花在不安分地動來動去。她適應了一整天，但現在能做的動作也僅限於抬抬手臂、扭扭脖子，腿與腰還是不受她的控制。

這無疑讓小蘭花有些焦急與挫敗，特別是在她和東方青蒼獨處一室的情況下……

「彆扭了。」東方青蒼頭也沒回地道：「沒有三天，妳是無法完全適應這具身體並且靈活活動的。」

小蘭花哼了一聲，現在但凡東方青蒼與她說話，她便覺得心底有一股餘怒未消，幾乎是下意識地嗆聲：「你也沒有自己吹噓得那麼厲害嘛。造了個身體，讓人住進去了還得當好幾天的活死人。」

東方青蒼像是沒聽見一樣，端起茶盞自顧自地喝了口茶。待放下茶杯，他一回味，這才皺了眉頭。他心裡覺得奇怪，是從什麼時候開始，他對這個小花妖的冒犯，可以容忍到這種程度了呢……

推開茶杯，東方青蒼喝了點清水漱口，然後一揮衣袖，扇滅了桌上的火光，讓房間陷入徹底的黑暗當中。

小蘭花的心瞬間就提起來了。

只聽東方青蒼的腳步聲在黑暗中不受半點阻礙地往她這邊走來，小蘭花陷入了徹底的驚惶當中，「你要幹麼？」她徒然地扭了幾下。黑暗中，以她的視力根本難以視物，只能睜大著眼睛向東方青蒼的方向痛斥，「你竟然想對一個泥腥味都還沒褪的、癱瘓在床的弱女子行非禮之事！你簡直喪心病狂！」

「本座向來便是喪心病狂之人，妳今日才知曉？」

東方青蒼面不改色地在床榻邊坐下。小蘭花嚇得面如土色，便在她發愣的時候，東方青蒼的胳膊橫過她的胸前，溫熱的手掌貼上了她的臉頰，輕輕一用力，小蘭花的腦袋便不由自主地往旁邊歪了一下。接著，溫熱的呼吸噴灑在她的耳畔，「閉眼，睡覺。」

這種姿勢怎麼睡啊！小蘭花扭頭掙扎，卻覺東方青蒼的食指在她耳邊輕輕勾畫著什麼。

她一愣，忽覺耳邊傳來不同尋常的熱度，緊接著腦袋裡竟響起東方青蒼的聲音：「閉上眼。」

是傳音入密……

東方青蒼現在連傳音入密這種低等法術都要靠在人耳邊畫法陣才能實現了嗎？他為了不讓咒術纏身，還真是一點法力也沒留啊……

小蘭花一邊琢磨，一邊閉上了眼睛，接著便驚訝地發現，閉上眼後，東方青蒼的身影竟然出現在了她的面前，小蘭花嚇得忙又睜開了眼。

但睜眼之後卻是一片虛無的黑暗，一時間，她竟有些分不清到底哪個才是真正的世界了。

東方青蒼顯然有點不耐煩了，捏了捏她的耳朵，「讓妳睡覺。」

小蘭花心知東方青蒼一定是有事情要和她說，這才懷著忐忑的心情重新閉上眼睛。黑暗之中，東方青蒼立在她身前，神色冷漠，「妳可還想走出這座千隱山？」

她要去找主子，自然要離開千隱山。小蘭花皺眉，「不然我待這兒幹麼？」

「過了明日，妳即便不想待在這兒，怕是也會被強留在此。」

小蘭花一愣。

「大荒東海有靈山，山上千影成一人。」東方青蒼冷笑道：「這座千隱山，只怕應該喚千影山才是。」

「什麼意思？」

「先前本座讓妳注意此處影子，妳竟還未悟透？」東方青蒼道：「這裡的影子，全是有靈氣的，島上之人，全是影妖，那千隱郎君也不例外。影妖天生缺陷，即便修道萬年也未必能得一體。他那身體，與妳前些天用的身體沒什麼兩樣，皆是陶土捏製而成。」

小蘭花一驚，「那他為什麼還願意拿息壤來給我造身……」話沒說完，小蘭花就反應過來，不由臉色一白。

那千隱郎君和東方青蒼一樣，都虎視眈眈地覬覦著她這具身體呢。

「可是……」小蘭花忽然想到一件不合情理的事。「先前他為什麼要說我是寶物呢？如果說他想要那具息壤身體，他應該說息壤是寶物，或者你是寶物才對呀。」

小蘭花盯著東方青蒼。

東方青蒼瞇著眼睛笑，「是啊，他為什麼要這麼說呢？」

小蘭花一見東方青蒼笑就下意識地想往後退，但身與願違，一點都動不了。

「且不論這個。」東方青蒼轉移了話題。「千隱郎君明晚欲除本座而後快……」

小蘭花眼睛一亮，「他們能殺掉你嗎？」語氣聽起來竟有幾分小激動。

東方青蒼斜睨著她，「妳道本座死了對妳有好處？」他冷冷一哼，「妳只會成為千隱郎君的籠中雀。以後就別再妄想回天界了，等他搶去這具息壤的身體，妳便用他捏的陶土人將就過活吧。待剩餘的息壤用完，妳便如外面那些寶物一般……」

小蘭花一驚，「那些寶物也有蹊蹺？」

「每個寶物裡都承載著一個影妖。千隱郎君倒是聰明，借寶物靈氣助那些小妖成形。」東方青蒼毫無感情地瞥了小蘭花一眼。「妳日後便在納魂壺裡自求多福吧。」

小蘭花立即堅定地道：「你畫法陣傳音入密，一定是要預謀壞事的。你說，我聽聽看是否可行。」

「不指望妳做什麼大事。」東方青蒼道：「記住這個陣符的畫法。」他說著，虛無的黑暗中忽然出現一道亮光，像筆一樣在空中畫下了一道符咒。

小蘭花皺起眉頭，「這符好邪氣。」

「本座畫的符，自是邪氣。」東方青蒼道：「桌上的殘茶中含有本座血氣，明日下午，為了將本座引開，千隱郎君必定會到此處來牽制妳。到時候妳沾些許茶水，找機會在千隱郎君身上畫下此符。」

小蘭花想了想，先關心了一個最重要的問題，「我這息壤之身，手指碰了水，會不會化掉？」

東方青蒼一哂，「妳當本座連一個身體都造不好？」

得到這句回答，小蘭花點了點頭，然後才問：「這符畫在千隱郎君身上，會有什麼作用？」

「讓他爆體而亡。」

東方青蒼說這話時，語調森冷得像從幽冥地府裡吹出來的風。

小蘭花看了他一會兒，「大魔頭，你莫不是對之前在迷陣裡面吃的虧，還心有憤恨吧……」

東方青蒼沒再理她，身影慢慢變淡，然後徹底消失。

小蘭花撇嘴，「還真是……睚眥必報。」

嘀咕完這句話，小蘭花兀自沉默了一會兒。在被東方青蒼欺騙之後，小蘭花覺得自己應該重新審視一下東方青蒼。這個上古魔尊，在很多情況下救了她不假，幫了她不假，但是在這些情況中，他幫她是為了幫自己，或者是被迫幫她。

這個魔頭的本性始終未變，奸詐、狡猾、騙起人來面不改色，報復心又強，他……

不是值得信賴和依靠的人。

她已經為自己的輕信付出了代價。東方青蒼用現實打她的臉真是打得毫不猶豫。

鑑於前車之鑑，小蘭花覺得自己這次不能完全聽信東方青蒼的話，她得有自己的打算。

她若是落在千隱郎君手裡，後果可想而知，但落在東方青蒼手裡就會有好下場嗎？

他遲早有一天會為了達到自己的目的將她擠出這個身體。到時候她一樣是孤魂野鬼，說不定比留在千隱郎君這裡還慘。

所以她得好好籌劃一下，給自己留條後路。

第十四章

小花妖，妳是不是喜歡上他了？

翌日，千隱山下起了綿綿細雨，屋內昏昏沉沉的一片。

小蘭花已經能下床了，正扶著牆壁在屋中僵硬地走來走去。東方青蒼閒極無聊，從書架上隨便挑了本書，倚著窗戶看。

東方青蒼看書，這個畫面讓小蘭花有些驚訝。不論是傳說中，還是這段時間親眼所見，她都覺得東方青蒼是一個不開心就用武力解決問題的人。這樣的人，也會讀聖賢書，習仁者道義？

他只怕是……

窗邊的東方青蒼忽然對著手裡的書冷冷一笑，神色輕蔑。

小蘭花抽了抽嘴角，登時明瞭。東方青蒼其實……不過是在看寫這些書的人有多蠢，然後在心裡嘲笑他們罷了。書中的道理，對於崇尚武力的東方青蒼來說，像是地上的泥土，一文不值。

她不再看他，只專心走自己的路。

其實在小蘭花觀察東方青蒼的時候，東方青蒼也時不時抬頭掃她一眼。因著小蘭花現在身體僵硬，步履蹣跚，走幾步歪一下，只要那邊的小蘭花一個不穩摔倒在地，東方青蒼便會輕瞟她一眼，見她自己爬起來繼續走，目光才再落回到書上。

活像是在看孩子……

傍晚，千隱郎君來的時候，看見的便是這麼一幅既詭異又和諧的畫面。

他的出現打破了屋中的沉默。小蘭花挪著步子盡量不動聲色地躲開他，最後靠著桌子站穩，「千隱郎君怎麼來了？」

「自是來看妳的。」千隱郎君如是說，目光卻掃向東方青蒼，而後才轉到小蘭花臉上，將她上下打量一番後，滿意地笑了，「阿蘭竟然已經能活動了，看來適應得很是不錯。」

想到他這話背後的涵義，小蘭花只覺得脊柱一陣陣地發寒，忙接了話道：「還不適應呢，走路老摔。」

「如此，還得勤加鍛鍊才是。只可惜今日下雨，沒法邀妳去花園散步，只好委屈妳在這屋子裡走走了。」

小蘭花沉默，那邊的東方青蒼更像是沒聽見這兩人的對話一樣，只自顧自地看書。卻是千隱郎君將話頭引到東方青蒼身上，「說來慚愧，我這千隱山中工匠十數人，研究息壤數十年，卻無一人能以息壤為體。如今剩下的息壤雖已不夠再做一具身體，但工匠們對此奇淫巧術卻充滿好奇，不知東方兄肯否為我千隱山上工匠解惑？」

「我的法術他們學不會。」東方青蒼冷硬地丟了一句話過來。在千隱郎君眸光微深之際，他卻丟了書起身，表情是一如既往的高傲，「不過我不介意為人解惑。」他說著，往門口走去，「帶路吧。」

千隱郎君微微瞇起眼，看著東方青蒼沒有說話。東方青蒼轉頭看他，「怎麼，不去了？」

千隱郎君輕笑，「自是要去的，阿影。」他喚道，那個一直跟著他的黑影人身影一閃。「帶東方兄去工匠們的地方。」

「小蘭花。」離開房間之前，東方青蒼卻忽然頓住腳步，他轉過頭，隔著雨幕和逆光，神色專注地看著她。「乖乖等我回來。」

不等小蘭花答話，他已轉身。銀色髮絲劃出一道桀驁的弧度，他身著黑袍，毫不猶豫地踏入雨幕之中。

小蘭花有些失神，卻聽千隱郎君道：「東方兄雖是男子，但容顏風姿實在讓我等不得不驚嘆。」

是啊，東方青蒼這傢伙讓人最無法原諒的事，大概就是明明有一顆世上最惡劣的心，卻生就一副傾城的容貌吧。

小蘭花心裡有些沉，東方青蒼那身體雖然無懼刀山火海，但一想到他昨日連傳音入密這種低級法術也要靠畫法陣來實現，小蘭花就有些心煩意亂。

她不承認自己是擔心東方青蒼，她只是擔心東方青蒼失手的話會連累她的計畫……

千隱郎君在桌邊坐下，「阿蘭，妳不坐下來歇會兒？」

聽得千隱郎君這句話，小蘭花才回過神來，她撐著桌子坐下，然後將茶杯端到了自己面前。

千隱郎君見狀，眸光微動，「阿蘭已經可以喝水了？」

「嗯。」小蘭花點頭。「大……東方說我去海裡游泳都沒問題。」

千隱郎君垂下眼眸，「到底是息壤捏的身體，就是不一樣。」他的手指在桌上輕輕敲了敲，像是在斟酌著什麼。忽然間，地面傳來一陣震動，桌上茶杯裡的水蕩出了細微的波紋。

不等千隱郎君開口，小蘭花忽然道：「你的人開始對他動手了嗎？」

千隱郎君還在桌上輕輕敲著的手指一頓，他抬頭看向小蘭花，一臉溫和的困惑，「阿蘭在說什麼？」

「別裝了，我都知道。」小蘭花道：「你是影妖，想要我這具息壤的身體。」

話音一落，屋裡的空氣窒了一瞬。

千隱郎君臉上的笑意慢慢冷了下去，他盯著小蘭花，「喔？阿蘭是如何知道的？據我這幾日觀察，東方兄或有察覺與防備，但也不應知道得如此清楚，沒有機會與妳細說才對呀。」

「要論演戲，你們誰又演得過他。你們是騙子，他是個大騙子。」

小蘭花說著，地面又是一陣震動傳來，比之前還要強烈幾分，桌上的茶杯都與桌子發出了篤篤的磕碰聲。

小蘭花神色鎮定，一字一句道：「而且，要論打架，你們也打不過他。」

千隱郎君眸光凝在小蘭花臉上，「東方兄在阿蘭心目中，竟是如此厲害之人嗎？」他輕笑，「還是說，在阿蘭看來，在下便如此無用？」

「不是我心中如此認為，是他本來就很厲害。」小蘭花說得很是無奈。「我知道，你既然能在千隱山中布下那麼大的迷陣，定是有非凡的本事，但你們不會是他的對手。」

像是要印證小蘭花的話一樣，更大的震動傳來，從窗戶望出去，只見群鳥嘰嘰喳喳地喧囂成一片，各自飛上天逃生。

千隱郎君沉下眉目。

小蘭花像是絲毫不受影響，面容沉著，「我知道影妖萬年而難成一體，你對這個身體一定十分渴望，不然也不會這樣大費周章。我可以把這個身體給你。」

千隱郎君眯起眼睛，「阿蘭定是不會無條件將這個身體給我的吧？」

「沒錯。」小蘭花道：「我要和你做交易。」

千隱郎君輕笑，神色之間，好似對千隱山另一端發生的事情毫不在意一樣。他問：「不知阿蘭要與我做何交易？」

「我主子以前常說，做買賣要公平。我將我知道的事坦誠相告了，你也得將你知道的事，坦誠告訴我。如果你要得到這個身體，第一步，告訴我，你一直說我是寶物，我到底是什麼寶物？」

千隱郎君笑了笑，「東方兄沒有告訴妳嗎？」

小蘭花不說話。

「有意思。」千隱郎君道：「說實話，在下並不知曉阿蘭到底是什麼寶物，不過，阿蘭可還記得，咱們第一次見面時，妳的那個身體已經破爛成了什麼模樣？」

當然記得，那時候的狼狽，小蘭花這輩子都不會忘記。

「如妳所說，我確實是影妖，是這天下最接近魂魄的活物。對於魂魄要去依附一具身體而存的感受，沒人比我們更明白。所以我知道，在妳當時那種情況下，依舊能夠依附身體在世間行走，尋常魂魄絕對辦不到。而妳的魂魄，卻能好好地待在那具身體裡，若非妳自己出來，恐怕再堅持兩、三天都不是問題。」

小蘭花皺眉，「你是說，我因為怕死所以爆發的力量特別強大嗎？」

千隱郎君失笑，「如果那時候還能這樣說的話，那妳現在能安穩地待在這具身體裡，絕對不是因為妳『怕死』才爆發出強大的力量，而是因為妳魂魄的力量，本就強大。」

小蘭花一愣，這倒是千古以來頭一遭有人誇她力量強大。

「息壤形狀多變且有生氣，多年以來，我千隱山從無人能抵抗息壤自有的生氣。」千隱郎君眸中有灼熱的光。「但是妳卻可以駕馭這個身軀，使它慢慢變得靈活，慢慢臣服於妳的魂魄。」

「阿蘭，妳說，妳不是寶物是什麼？」

魂魄附體時的片段闖入小蘭花腦中，「所以當時，我的魂魄被東方的法陣所攔，地上的影子突然動了，幫我遮擋住了東方的法陣……因為你想讓我先進入這個身體，讓我當實驗品，看看會不會成功……」

千隱郎君點頭，倒是坦誠至極的模樣，「然後，待妳將這身體變得靈活，我再設法將妳的魂魄引出，彼時息壤對魂魄的抵抗必定要少許多。」

小蘭花愣了好一會兒，「果然，你們就是一窩的騙子，陰謀詭計數不勝數。」

千隱郎君不言語。

地面震顫更加強烈，小蘭花穩了穩心神，深吸一口氣道：「好，過去的事我都不追究了，當務之急是，我要去天界，你要得到我的身體。」

千隱郎君眉頭一皺，「妳要去天界？」

「我是蘭花仙靈，當然要回天界。你若能將我送到南天門，讓我回到我主子身邊，我就把這具身體還給你。要不然……」小蘭花手指蘸了蘸茶杯裡的茶水，「東方教了我一個咒。」她說著，在桌子上畫下那個咒符。她指尖經過的地方一開始並沒有任何痕跡，但隨著最後一畫落定，小蘭花指尖離開的一瞬，桌面上光芒大盛，一股邪氣猛地自符咒中湧出。

千隱郎君見狀就地一蹬，他座下木凳立時滑出去了老遠。此時邪氣已將木桌包裹，不消片刻，一張好好的實木桌子竟在那濃郁邪氣的包裹下化為了灰燼。

地上木桌的影子猛地發出一聲尖銳刺耳的慘叫，然後消失殆盡。木屑落了一地，有的還撒在了小蘭花的膝蓋上。

她盯著地上的灰燼，臉色蒼白，有點發愣。

她知道東方青蒼給的東西一定很邪門，但還是沒想到竟邪門至此。這符咒如果真是畫在千隱郎君身上，現在掉在她膝上的，怕是一團團的土灰了吧。

她抬頭看向隔了老遠的千隱郎君。他臉色微沉，眼神犀利，「這咒術，是東方教妳的？」

小蘭花按捺住心頭洶湧的情緒，「沒錯。」

千隱郎君臉色第一次變得有些難看，「東方到底是何人？」

「我說了，你們鬥不過他的。現在你唯一的出路，是帶我去天界。」小蘭花說著，臉色還有些發白，但神情已經鎮定了下來。見千隱郎君沒什麼反應，她終是咬了咬牙，然後在千隱郎君的注視下，她左手端起茶杯，右手蘸了杯中的茶水，指尖落在自己胸前。

「要不然，咱們誰都別想好過。」

千隱郎君的眸色瞬間如外面的天氣一般晦暗。

屋簷上落下的雨水在石板地上砸出滴滴答答的聲響，屋裡鴉雀無聲。

千隱郎君神色陰沉地看了小蘭花許久，倏爾笑了，「我只道阿蘭是心思單純的花仙，卻沒料到，阿蘭遇事也能如此沉著謀劃，實在是有大將之風啊。」

「我主子以前和我說過，兔子急了也咬人的。一個東方一個你，左邊是狼右邊是虎，我要再不動動腦子，這腦子可就沒法動了。」

千隱郎君定定地看著她，似對千隱山另一頭的激烈鬥爭全不關心，「只是阿蘭，九重天何其高，南天門豈是我等下界小妖說去就能去的地方？妳這賭，只怕是賭差了。」

「賭沒賭差你心裡有數。」小蘭花猶豫了一下，隨即一咬牙，在自己胸前畫下了第一筆，「別想拖延時間，你要麼現在帶我走，要麼我就……」她話音未落，卻聽一聲巨響自遠方傳來。小蘭花愕然地望向窗外，只見遠處的山忽然往旁邊偏了偏。

下個瞬間，千隱山主峰猛地坍了下去。隨著主峰的坍塌，整座千隱山都開始慢慢塌陷，塵埃漫天紛飛。

小蘭花瞠目結舌。

東……東方青蒼怎麼搞出這麼大動靜！他是想把整個島全部給翻到海裡面去嗎！

巨大的震動很快從地底傳了過來，伴隨著轟鳴聲，整個房屋都開始搖晃。小蘭花身體本就還不太靈活，再被這樣一晃，根本無法站穩。她下意識地伸出手，想要扶著點什麼，卻被一個溫暖的手掌握住。

小蘭花一轉頭，卻是千隱郎君將她抓住了。

小蘭花大驚。茶杯裡的水早在剛才天搖地晃的時候被全部潑了出去，此時也就手指頭上還有點溼潤的痕跡。她雖然想聯合千隱郎君逃過東方青蒼的魔掌，但是前提是，她得有能力脅迫千隱郎君聽她吩咐才行啊！

否則和落在東方青蒼手上有什麼區別！

還不如跟著東方青蒼混呢！

至少她也被東方青蒼壓迫了那麼長時間了，脾氣還是互相瞭解的……

小蘭花想通這一茬，當機立斷，伸出手指頭便往千隱郎君身上戳，一心要在他身上畫一個符咒來。

但且不論他們的力氣誰大誰小，便說她現在，光是身體的靈活度都比不上千隱郎君啊！於是毫無懸念地，千隱郎君三下五除二地便將小蘭花徹底制住，困在懷裡。

得，什麼謀劃都不必說了，全砸在東方青蒼這一通天搖地晃裡面了。

在不在都壞她事！這倒楣催的東方青蒼！

「阿蘭。」千隱郎君自身後將小蘭花抱住，一隻手擒著她的雙手手腕，另一隻牢牢地圈住她的肩頭。他的聲音如往常一樣溫柔，「妳若是再掙扎，我也是可以在不傷害這具身體的情況下，讓妳吃吃苦頭的。」他輕聲道：「息壤的身體，還是知道痛的，是吧？」

是……

談判崩了，現在是她處於弱勢，只有聽人吩咐的分兒。

地底的震顫還在繼續，屋內的頂梁柱在劇烈的搖晃之中終於支撐不下去了。只聽嘩的一聲巨響，整個房頂罩頭塌下。

小蘭花在千隱郎君身前，根本不用她擔心，千隱郎君便已撐起結界，擋住了碎石磚瓦，還有迎面撲來的綿綿細雨。

小蘭花知道，這具陶土做的身體不能沾水。

沒有牆壁阻礙視線，小蘭花這才看清，四周已是巨石嶙峋、滿目瘡痍。相比於其他地方，小蘭花屋子所在的這個地方竟然是四周唯一一塊尚且保存完好之地。

若非如此，此時小蘭花只怕是已經在石頭上挺屍吹風了……

她忽然想到東方青蒼臨去時對她說的那句話，他讓她在這裡乖乖等他回來。是因為……他知道這個地方不會被破壞嗎？

小蘭花一時心情複雜。

整個千隱山已是風貌大改。島的盡頭似乎被一圈不知從哪兒冒出來的山圍住了。小蘭花定睛一看，險些爆粗口。

那他大爺的根本不是什麼山！

那是海！

四周全是海！東方青蒼將整座島沉了下去，現在周圍的海水只是被他的法力撐住，只待他將結界撤去，整個千隱山立刻就會被徹底淹沒在海底！

他不是沒有法力了嗎！

小蘭花呆滯地看著眼前的一切。

千隱郎君更是神色凝重，直至此時，他終於承認，自己恐怕是算計了一個絕對不該算計的人。

他早有預料那人不好對付，但卻怎麼也沒想到他竟然有本事將整個島拉墜到海底。而今三界之中，還有誰有這個本事……

「東方……」千隱郎君瞳孔一縮。「東方青蒼！他是上古魔尊？」

小蘭花已經被四周的海嚇得快尿出來了，「你知道得太遲了……」

千隱郎君緊緊扣住小蘭花的肩，「他到底想幹什麼？」

小蘭花也是一片惶然，「我怎麼知道他想幹什麼！」

千隱郎君一咬牙，提起小蘭花便往給東方青蒼設下埋伏之處趕去。

待到了地方，只見那黑影人正生死不明地躺在地上。小蘭花第一次看見黑影人的臉。他的臉上五官模糊，是黑乎乎的一團，許是察覺到了千隱郎君的氣息，黑影人緩緩睜開眼睛。

「阿影，回來。」千隱郎君沉聲喚道。那黑影人倏爾化作一道黑影，貼著地面，向千隱郎君游來。

一瞬之間！半路中猛地竄出一道枯藤，釘子一樣穿透黑影，將他牢牢地釘在地上。

影子發出淒厲的呼喊聲，小蘭花不由自主地豎起了寒毛。

「千隱郎君？」

東方青蒼自一塊大石背後走出。他步伐閒適，絕非之前為了做息壤的身體而動用法力後那般頹然無力。也就是說，東方青蒼把千隱山弄成這樣，竟然連一點法力都沒有動用？

小蘭花覺得自己有點理解不了這些上古神魔的世界……

可不等她再想，東方青蒼劍一樣的目光已經犀利地扎在了她身上，「若是按本座的計畫，他現在應當已不在三界之中了才對。小花妖……」東方青蒼語調微微一揚，「妳又動了什麼歪心思，嗯？」

小蘭花只覺似乎有十數條毒蛇吐著芯子順著她的脊背爬上她的脖子，讓她不寒而慄。

他說，千隱郎君此時應當已不在三界之中了。那也就是說，那咒術……竟是一個讓人魂飛魄散的咒術……

小蘭花有點想從千隱郎君的禁錮裡掙脫出手來，將她畫在自己胸口上的溼潤痕跡擦掉……

「魔尊。」

千隱郎君臉色僵硬地看了一眼被藤枝釘死在地上的黑影，目光轉回東方青蒼身上，「久仰魔尊威名，不想一見之下，竟有所冒犯。」

東方青蒼歪起嘴角一笑，「無妨，本座自古以來，便習慣了被冒犯。」他的話中帶著血腥與殺氣。「本座將這冒犯，討回來便好。」

四周湛藍的海水將千隱山圍住，氣氛格外壓抑。

小蘭花隱隱聽見遠處有人在驚恐地呼喊。

千隱郎君眉頭緊皺，終是先服了軟，開口：「在下有眼不識泰山，得罪了魔尊，不求其他，唯願魔尊能放我千隱山生靈一條生路，他們並無過錯。」

東方青蒼一笑，「如何沒錯？你既成大迷陣於這山中海底，這山是錯，這海也是錯，千隱山上上下下，本座一個也不會放過。」

這魔頭……果然是記恨在迷陣之中吃的苦頭來著。可是在迷陣時，吃苦最多的明明是她吧！水淹火燒的，哪個礙著東方青蒼的事了？除了最後他們一起被埋在土裡……

小蘭花神色微微一頓，難道，東方青蒼是因為看到了那些上古舊事而不開心？那場與赤地女子的戰鬥當真是他心中的死結？但凡有一點拐彎抹角的牽連都不行？

還是說，他的死結，是赤地女子？

想到自己現在用的這個身體本是他不惜忍著咒術帶來的劇痛，動用法力為赤地女子造的，小蘭花這些日子一直掩埋在心底的那股不舒爽感又出來了。再想想先前，東方青蒼做的事，當真無一件不是在圍著赤地女子打轉。

朔風劍、謝婉清……

難道，上古之時，他真的是因為喜歡赤地女子才敗在她手下的？

小蘭花越想越遠，不等她想出個結果，地底又有轟鳴聲傳來。周遭的海水也跟著激蕩起來，小蘭花不由開始心憂，若是東方青蒼當真讓這海將千隱山淹沒，到時候勢必激起海上巨浪，形成海嘯。千隱山周圍的小島，甚至陸上沿海的村莊恐怕都會受到不小的波及。

東方青蒼這個貨真價實的、渾天渾地的大魔王！

小蘭花心念電轉，思索著阻止這場災難的辦法。可惜她現在被擒在千隱郎君手裡，又能有什麼辦法？

她被擒在千隱郎君手裡……

小蘭花眼睛倏爾一亮，她掙扎了一下，千隱郎君立時將小蘭花抓得更緊。像是被突然點醒了一樣，千隱郎君再次開口，聲音之中仍舊緊張，但卻多了幾分希望，「雖不知魔尊與阿蘭到底是什麼關係，但既然你肯不辭辛苦，遠道而來取我息壤，想來阿蘭……不，或者說這具身體，對你而言定是十分重要吧。」

千隱郎君說著，扣住小蘭花肩頭的手放到了她的喉嚨上。手指成爪，鎖住小蘭花的咽喉，「不知息壤造就的身體，毀壞之後，是否還能癒合如初呢？」

東方青蒼微微瞇起眼睛，隨即毫不在意地笑了一聲：「誰知道，要不你試試？」

小蘭花一愣，來不及反應，千隱郎君手中倏爾寒光一閃，一把匕首出現在他掌間。他手一動，小蘭花只覺脖間一涼，還沒來得及生出更多的感覺，忽見一根藤枝迎面刺來，速度快如閃電，但卻在千隱郎君身前一尺處，被千隱郎君的結界擋在了外面。

藤枝與結界撞擊出火花，可到最後仍舊沒能穿透結界。

藤枝沒有攔住千隱郎君的動作，是千隱郎君自己停了下來。

他鬆開匕首，以氣凝聚而成的匕首轉瞬消失，只有小蘭花的脖子上留下了一道深深的印記。

沒有流血，但傷口周圍一圈變成了灰白的顏色，好似沒有生氣的泥土。

傷口沒有癒合。

千隱郎君摸了摸那道凹陷的傷口，「好像沒辦法癒合呢，魔尊。」

小蘭花嚇得臉色慘白，愣愣地望著東方青蒼。

東方青蒼盯著千隱郎君，黑色的眼眸之中寒氣凜冽。盤旋在他周身的殺氣撩動他長及腳踝的銀髮，氣氛一觸即發。

看著這樣的東方青蒼，小蘭花幾乎有一種錯覺——他好像在生氣，為別人傷了她而生氣。

但這樣的錯覺不過一瞬的時間，小蘭花心裡清楚，東方青蒼不會為別人傷了她而生氣，他只會為別人傷了這具身體而生氣。

他在乎的是息壤。

千隱郎君胸有成竹地笑了，「看來魔尊是口是心非呢。」不等東方青蒼應聲，他收斂了笑容道：「事已至此，這具息壤的身體我可以不要，如今整座島的生死都在魔尊一念之間，只求魔尊放過我千隱山一干生靈。如若不然……」

一道黑影從千隱郎君的掌心漫出，貼著小蘭花的脖子往上爬，像是蛇一樣，一圈一圈地將小蘭花的腦袋纏住，在她臉上勾勒出詭異的圖案。

東方青蒼目光更冷，眼底紅光一閃而逝。

「在下雖不才，但畢竟成妖多年，還是習得了不少咒術祕法的。雖不足以抗衡魔尊，但讓阿蘭這具剛造好的息壤身體變為一團死灰還是綽綽有餘，更有甚者，恐怕還會波及其中魂魄。」千隱郎君摸了摸小蘭花的臉，對結界外分出無數尖刺的藤枝視若無睹，「此咒既施，便是施術者身死亦不會失效。唯一的法子，便是由我親自解咒。」

他說完便靜候東方青蒼的選擇，身前的小蘭花也圓睜著一雙眼看著東方青蒼，對面之人卻始終沒有動作。

千隱郎君目光微暗，「看來，魔尊是想讓阿蘭與我等同歸於盡了。」他倏爾一拂袖，周身結界猛地撤掉，漫天飛舞的細雨立時落在了小蘭花的頭上。她一驚，想要轉頭去看千隱郎君，卻被他禁錮了動作，無法回頭。

「若這是魔尊想要的，那便如此吧。我死，千隱山亡；你想要的，也得不到。」

還真是……和她剛才威脅千隱郎君的步驟，一模一樣……

隨著漫天細雨落下，小蘭花感覺到臉上被黑影纏繞的部分開始傳來灼痛的感覺。她想抬手擋住臉上的細雨，卻被千隱郎君抓住了手。

她垂眼一看，千隱郎君暴露在雨水中的手已經開始慢慢化成溼潤的泥。

她心中驚愕，這人是真的打算和她同歸於盡嗎？

肩上一重，千隱郎君那陶土捏的腦袋搭在了小蘭花的肩頭上，緊接著她身上一沉，是千隱郎君的陶土身體整個兒壓在了她的身上。

小蘭花身體本就不太靈活，被男子的身軀一壓，當即便腿一彎，啪的一下跪在了地上。

泥水濺在小蘭花的臉上，讓她忍不住痛呼出聲。

便在此時，四周的藤蔓驀地生長出來，在小蘭花四周形成了一道屏障，還有一些纏繞過來，將她與千隱郎君一同纏住，固定在地上。

緊接著，大地之下的轟鳴聲一震。

小蘭花轉頭一看，東方青蒼長身玉立，背後的銀髮被流動的氣息撩動，張揚在空中。他手中結印，一雙長眸靜靜地望著她。

那是一雙猩紅的眼。

他把法力拿回來了。

前些日子東方青蒼為了捏造身體而動用法力之後的虛弱狼狽，小蘭花還記得。現在，為了讓千隱郎君給她解咒，他又打算動用法力將整個島重新抬上海面去了嗎？

可見這個息壤身體對東方青蒼而言……著實重要。

但為什麼東方青蒼要這樣看著她呢，簡直要讓她誤以為，他想要救的是她。只是她。

「呵……」在一片混亂喧囂之中，小蘭花聽見已經變得面目全非的千隱郎君在她耳邊低聲輕笑。「阿蘭，有幸得魔尊如此相護，對妳來說，到底是好事，還是壞事呢……」

小蘭花垂眸看著溼潤的土地，「不是這樣的。」

不是這樣的，東方青蒼要護的，根本不是她。

所以根本談不上什麼好事壞事。

大地的震顫漸停，千隱山終於重新浮上海面。四周結成屏障的藤蔓漸漸鬆散，踩著溼潤泥地而來的腳步聲，在這天地都好似已死寂的場景裡，格外突出。

「解咒。」東方青蒼的聲音不帶絲毫溫度。

千隱郎君低笑，「魔尊還要答應我，此事過後不會對我千隱山施加報復。」

東方青蒼冷冷一笑，「好，本座答應你。」

「在下相信上古魔尊不是言而無信之徒。」千隱郎君道：「阿蘭，我本來也不想害妳的。」說著，他抬起又溼又軟的手貼到小蘭花臉上。

臉上的灼痛感在慢慢消失，些許冰涼的感覺滲出來，在小蘭花還愣神之際，她身後倏爾傳來刷的一聲。

小蘭花驚愕回頭，只見一枝藤條自土裡鑽出，狠狠穿透千隱郎君的身體！

大魔頭果然又賴皮了！

接下來，他一定會讓千隱山沉下去的。「大魔頭……」小蘭花一把抱住東方青蒼的腿。「不可以！」

「不可以？」東方青蒼眉目冷淡地蹲下身，一把推開小蘭花肩頭上千隱郎君殘缺的陶土身體，接著手腕一轉，捏住了小蘭花還沾著泥水的下巴，瞇眼看她。「千隱郎君跑得倒快，妳不讓本座追去殺他，是對他生了什麼情不成？」

千隱郎君跑了？他只是要去追千隱郎君？

小蘭花鬆了口氣。還沒說話，就覺下巴被狠狠一捏，她吃痛地叫了一聲，抬頭對上東方青蒼猩紅的眼睛。

四目相接，東方青蒼語氣微妙，「本座記得，之前交代過讓妳殺了他。」他手下力氣越來越大，「小花妖，妳當真是喜歡上他了？」

小蘭花看見東方青蒼眼中的殺氣，連忙搖頭，「不不不，不是的，我只是……我只是……」

只是想威脅千隱郎君，利用他對這具息壤身體的渴望，逃回天界去……

這句話說出去大概會死得更快吧！

於是小蘭花沉默了。

東方青蒼捏著她的下巴晃，「妳且說說，妳將本座給妳的符咒用到哪裡去了，嗯？」

「我閒得無聊在桌子上畫畫，就畫到桌子上了……」

東方青蒼不語，半晌方緩緩開口：「還沒人敢用這麼拙劣的謊言欺騙本座。」

見東方青蒼抬起手，小蘭花嚇得直往後縮，「咱、咱們有話好好說……」

鋒利的指甲碰到了小蘭花的頸項。

小蘭花嚇得閉上了眼睛。

但喉間卻沒有刺痛感傳來。

小蘭花睜開眼，卻見旁邊伸來一枝藤蔓，尖端之上黏了一塊黑色的泥土。東方青蒼用手指將那點泥土摳下來，敷在了小蘭花脖子上的傷口處。

他的指腹貼在她的頸項上，溫熱的觸感從傷口處慢慢流遍了全身。

東方青蒼歪著腦袋，細細地將傷口抹平，然後收回了手，「息壤有生氣，傷口是可以自行癒合的。只是妳現在身體剛與魂魄融合不久，所以癒合的速度很慢。這是千隱郎君那具陶土身體裡的息壤，先用它填補傷口，回頭待妳的傷口開始自行癒合，這塊息壤自然會被推出去。」

小蘭花仰著頭，表情有些呆。

東方青蒼居高臨下地睨著她，「本座知曉，若不另外給妳找具身體，妳必定要折騰不休。所以，本座會給妳再找一具身體。接下來的日子，不管願不願意，妳都得與本座待在一起，妳心裡那些奇奇怪怪的小算盤最好趁現在全部給本座打消。」說完，他不再看小蘭花，起身站了起來。濛濛細雨中，他的面目有些模糊，聲音卻一如既往地冷硬，「起來，現在要盡快離開這裡。」

蒼蘭訣

第十五章

孤島、豔陽、睡美人和小魚乾。

細雨還在不停地下。

小蘭花掙扎著從地上爬起來的時候，東方青蒼已經走出去好遠。她踉踉蹌蹌地往前追，地上盡是亂石碎土，一個沒注意，她就被突出來的石頭絆了一跤。

小蘭花顧不上疼痛，拍了拍灰土就爬起來繼續追趕，卻見前方的東方青蒼竟然折了回來，向她伸出手。

小蘭花愣愣地看著他，然後恍悟，驚愕地道：「不是吧！我都瘸成這樣了，你還讓我扶你？」

東方青蒼伸出去的手在空中一僵，他神色微妙，「誰說要妳扶我了？」話音落下，他一把抓住小蘭花的手，將她拉到自己身前。

小蘭花被他的力道拉得往前踉蹌了兩步，緊接著就發覺東方青蒼的手臂繞過她的腰，手掌貼在她的腰腹上，然後一用力……

她被扛了起來。

「東方青蒼！」她驚呼。「痛痛痛，肩膀硌到肚子了！」

東方青蒼不耐煩地一皺眉，「妳自己抓好。」他說著，調整了下姿勢，讓小蘭花趴在他背上。小蘭花下意識地抱住他的脖子，雙腳緊緊地纏在他的腰上，像塊布口袋一樣掛在東方青蒼身上。

也不管小蘭花抓沒抓穩，東方青蒼邁步往前走去。

整座島上已是一片死寂，這些全是拜東方青蒼所賜。

但也是這個人，不管出於什麼目的，三番兩次地救了她的性命。

突然間，一聲嘶鳴劃破長空。

小蘭花立即精神緊繃起來，東方青蒼繞過幾塊遮擋視線的巨石，只見風起浪湧的黑色大海之上，一條通體銀白的大蛇探出半個身子，立在岸邊。

這蛇頭上有金黃的冠子，一雙鮮紅的眼睛燈籠大小，身體比三人合抱的大樹還要粗，渾身鱗甲似刀刃一樣閃著寒光。

小蘭花震驚地看著牠，這……這不是傳說中的海中魔蛇嗎？

小蘭花聽主子說過，這可是上古時期便存在的老怪物，仙魔大戰後隱世不出，一旦現世，必定引起一場腥風血雨……

東方青蒼面不改色地向牠走去，那魔蛇將腦袋放在沙灘上，俯首於地，以示臣服。

這畫面哪有半點腥風血雨的氣勢……

東方青蒼行至魔蛇身邊，魔蛇先是乖巧地閉上眼，但好似是察覺到了小蘭花的氣息，又倏爾睜開眼，周身鱗甲一豎，吐出了烏黑的蛇芯子。

小蘭花嚇得四肢一緊，緊緊夾住東方青蒼。

東方青蒼並未指責小蘭花，而是輕飄飄地瞥了魔蛇一眼。

巨蛇像是意識到了危險，收回芯子，將頭埋得更低。

東方青蒼冷哼一聲，踏上巨蛇身體，坐在牠的七寸之上。小蘭花仍舊緊緊抱著東方青蒼，東方青蒼皺眉，「放手。」

「哦……」小蘭花猶猶豫豫地鬆開手，她感覺自己的四肢都已經用力得有點發軟了。「我們坐在這背上幹什……」話還沒說完，魔蛇長嘶一聲，猛然騰空而起，飛入天際。

小蘭花不由自主地往後一仰，差點一個跟頭滾下去，幸好身後的蛇鱗立了起來，將她護住。小蘭花在空中轉頭一望，被東方青蒼折騰得一片狼藉的千隱山眨眼之間已隱沒了蹤跡。

這個大魔頭竟然當真信守承諾，沒有將千隱山沉入海底？小蘭花覺得有點匪夷所思，依照他睚眥必報、言而無信的脾性，怎麼也不會放過千隱山才對呀……

小蘭花回過頭來，正想問東方青蒼，卻見東方青蒼已經倒在了蛇背上。銀髮蓋在他的臉上，讓人看不清他的表情。

小蘭花愣了愣，「大魔頭？」

沒有回應。

小蘭花戳了戳他的腰，依舊沒有回應。她躊躇了一會兒，終是鼓起勇氣，爬到東方青蒼臉頰旁，伸手撥開他臉上的銀髮，然後就看見他蒼白的臉色還有……

七、七竅流血……

「大魔頭！」她不敢胡亂觸碰東方青蒼，又怕魔蛇察覺到東方青蒼受傷，不肯再臣服於他，只得壓低聲音，在東方青蒼耳邊焦急地呼喚，「大魔頭，東方青蒼，你怎麼了？」

沒有回應。

原來，不是東方青蒼不想報復，而是他根本無法報復啊！

找回法力對東方青蒼的影響竟然如此大。難怪急匆匆地帶她離開千隱山，他這樣的狀況若是被千隱郎君撞見，只怕是要反過來擔心千隱郎君報復了……

小蘭花看看四周，魔蛇已馱著他們飛到了白雲之上。周圍雲霧繚繞，鳥也不見一隻，她現在一個泥土的身子，怎麼帶著東方青蒼跑路啊……

小蘭花正愁得不知所措，忽覺蛇頭向下一轉，毫無預兆地俯衝而下。小蘭花大驚，難道這蛇發覺東方青蒼不對勁，想將他們甩下去？

她下意識地一把抱住東方青蒼，一手圈著他的肩膀，一手捂著他的腦袋，不是尋求保護的姿勢，倒像是要去保護東方青蒼。

魔蛇穿破雲霧，一座遍布嶙峋岩石的孤島出現在視野裡。蛇身落下，穩穩地停在一塊平坦的岩石之上，蛇頭低俯，沒有了動作。

小蘭花拖著東方青蒼，戰戰兢兢地爬了下去。魔蛇一直規規矩矩地貼在地上，直到她雙腳落地，方一甩尾巴扎進海中，徹底消失了蹤跡。

直到海面再次恢復平靜，小蘭花方鬆了口氣。舉目四望，四周皆是深灰色的礁石，看起來並無活物，應該還算安全。

於是小蘭花重新將注意力放回到了東方青蒼身上。

她將他在地上放平，然後撥開他臉上的銀髮。只見鮮血從他眼中汩汩流出來，糊了滿臉。小蘭花捏著袖子給他擦臉，一邊擦一邊嘀咕：「要不是你把千隱山弄沉了，哪會搞成這副德行。」

她道東方青蒼正在昏迷，什麼都聽不見，哪想她話音還未落，東方青蒼便鼻息一沉，緩緩開口：「妳若是肯乖乖聽本座的話將那千隱郎君殺了，本座也不致如此。」

小蘭花一驚，給東方青蒼擦臉的手一頓，然後坐在地上連連往後挪出去好遠，「你、你沒事？」

東方青蒼睜開眼睛，瞳孔竟還是鮮紅的顏色。他冷笑一聲，回答：「死不了。」

小蘭花默然，隔了許久，在東方青蒼重新閉上眼之後，她才問出了聲：「你那個法力……咒術還在，你身體不痛嗎？」

「妳說呢？」

看來還是挺痛……

小蘭花絞著手指，「你要不，再把法力先放到別的地方去？我又沒本事對你做什麼，在這裡也做不了什麼……」

東方青蒼冷笑，「妳道封印法力的陣法何處都能擺？若是如此，當初我又何必讓妳帶我去鹿鳴山深泉。」

「可你上次造這個息壤身體的時候也動用了法力，不是一樣還回去了，現在就不行了嗎？」

東方青蒼轉過頭瞥了小蘭花一眼，「捏造息壤之體多藉助陣法，根本無需多少法力，妳當重塑山河也如此簡單？」

小蘭花忍不住嘀咕：「你毀掉千隱山的時候倒是簡單……」見東方青蒼目光不善地盯過來，她趕忙開口：「話說回來，你到底是怎麼做到的？」

「事先在千隱山周圍布下陣法，讓千隱山殺氣四溢。」東方青蒼唇角勾起，聲音萬分邪惡。「而後，借骨蘭之力，挖空整個海底。」

骨蘭食殺氣而生，小蘭花陡然想起東方青蒼有一天曾在千隱山四處逛了一圈，只怕是那個時候就計畫好了的。

真是陰險……

「小花妖……」東方青蒼倏爾道：「本座會昏睡一段時間，待本座醒後，我們去妖市。」

小蘭花一愣，還沒來得及問他回妖市去幹什麼，便見東方青蒼閉上了眼睛，聲音慢慢變小，但命令的口氣半點未減，「在這期間，妳乖乖守在本座身邊，休想逃走。」

小蘭花看了看他，又往四周一望，幡然省悟——

東方青蒼讓那魔蛇將他們送到這個孤島上，難道是為了保證在他昏睡期間，小蘭花無處可逃嗎？

真是……

小蘭花咬牙看著東方青蒼那張血糊糊的臉，心底的氣不知道為什麼有點聚集不起來了。

為了困住她，他還真是拚命啊！

這孤島上一眼望去全是礁石，連根草都沒有，小蘭花在島上走了一圈，只好回來繼續守著東方青蒼。閒極無聊，乾脆就在東方青蒼旁邊躺下，睡了過去。

一夜相安，第二天小蘭花被熱辣辣的太陽晒醒，睜開眼的瞬間差點兒直接被陽光晃瞎。

周圍深色礁石的溫度也開始隨著太陽的升起而越來越高。小蘭花回頭看了眼直挺挺躺在礁石上的東方青蒼，覺得這樣不行。她頂著太陽又在島上兜了幾圈，研究了許久，終是找到了一個能擋住四面烈日的石穴。

她走回來架住東方青蒼的胳膊，將他連拖帶拉地往石穴裡搬。待到了地方，小蘭花累得像狗一樣直喘，東方青蒼的衣服也被磨破了好幾個地方。

他被小蘭花隨意扔在地上，姿勢奇怪、白髮覆面，活像是被拋了屍一樣……

當然這些東方青蒼自己不知道，小蘭花也是毫不在意的。她繼續百無聊賴地守了東方青蒼許久，眼看著外面的太陽都升起來兩輪了，可東方青蒼還是不醒。她看著東方青蒼緊閉的雙眼，摸著他微弱的鼻息，甚至生出了一個想法——他大概永遠也不會醒了。

小蘭花看著外面的礁石，心道東方青蒼確實夠有心計，這樣的島上，她連翻塊土將他埋了都做不到。

每天這樣守著東方青蒼也不是個辦法，小蘭花繞到東方青蒼左邊蹲下來，用最凶狠的眼神瞪著他的左手腕，又作勢要掐東方青蒼的脖子。她齜牙咧嘴地折騰了許久，東方青蒼左手腕上的骨蘭卻毫無反應。小蘭花氣急，站起身來踢了一腳東方青蒼身前的石頭。

然而便是這一腳，骨蘭驀地一動，刺出老長一條藤枝，尖銳的末端堪堪停在小蘭花的眼珠子前。

小蘭花先是嚇了一跳，反應過來後趕忙退後一步，蹲下身子，將那藤枝喀的一下折了下來，然後毫不猶豫地從東方青蒼腦袋上拔下來兩根頭髮，將它們細心地打了個結，套在藤枝尖端之上。

做好這一切後，小蘭花志得意滿地出了石穴，在滿地礁石上挑了一塊石頭，奮力磨了一上午，做成了一個魚鉤，往藤枝上一掛。

扛著這根自製的釣魚竿，小蘭花走到海邊，在礁石縫隙裡捉了兩隻螃蟹，將牠們放在石頭上砸碎了做成餌，一把撒在海裡，一點穿在魚鉤上，然後便坐下來，一邊打哈欠一邊等著魚兒上鉤。

卻不知是上天眷顧還是她運氣太好，憑著這般簡易的工具，竟真讓她釣了三條魚上來。

手邊沒有像樣的刀，小蘭花找了半天，就又打起了東方青蒼的主意，她抱起魚跑過去，一把抓住東方青蒼的手，然後用他尖銳的指甲在魚肚子上一劃，魚肚子瞬間就被劃開了一道口。

如此這般，小蘭花將三條魚都開了膛。

東方青蒼醒來時，就發現自己一手血腥。出了石穴，他一眼便掃到一邊釣魚一邊打瞌睡的小蘭花，身邊還有幾條翻著肚皮曝晒的魚乾，饒是東方青蒼也忍不住抽了抽嘴角。

等到走近看清她手裡的魚竿後，東方青蒼額上的青筋都跟著跳了起來。往水裡掃了一眼，那魔蛇又回來了，正咬著魚往小蘭花的魚鉤上掛。小蘭花睡得直點頭，對此毫無反應。

東方青蒼一巴掌抽在小蘭花的後腦杓上，「魚上鉤了。」

小蘭花一個激靈，下意識地撈起魚竿。東方青蒼伸手捏住了用他頭髮做成的漁線，面不改色地將魚取了下來。

小蘭花這才回過神，「大魔頭，你醒了！」

東方青蒼居高臨下地看著石頭上的魚乾，「妳餓了？」

小蘭花搖頭，「晒著玩。」她上上下下地打量起東方青蒼，「你不痛了嗎？」「痛，但咒術的力量已有所減弱。」東方青蒼冷笑。「此咒如此厲害，能堅持到今日已算是他們本事。再繼續下去，施術者必定被反噬。」

小蘭花看著東方青蒼猩紅的眼睛裡閃爍的殺氣，心道日後他怕是要去魔界掀一場血雨腥風了。東方青蒼忽然對著海面喚了一聲：「大庾。」

腳下礁石一顫，小蘭花回過頭，見那條魔蛇又回來了，正把腦袋乖乖地擺在礁石上，低頭順目地俯在東方青蒼腳下。

東方青蒼踩著牠的臉上了背，「去崑崙妖市。」

小蘭花躊躇了半天才跟著伸腳往大庾臉上踩，畢竟心下忌憚，爬得東倒西歪。正掙扎之際，一隻手伸到面前。

小蘭花一愣，抬頭看向東方青蒼。他逆光而立，猩紅的眼睛裡面沒有半分情緒波動，但有她的影子。

小蘭花垂下眼，將手放在東方青蒼手裡。

他的掌心溫熱，用力一握，她就被拉到了大庾背上。

小蘭花坐在東方青蒼身後，看著他的背影和被風吹起的長髮。偶爾有幾絡銀髮飄到她面前，輕輕觸碰她的臉頰，柔軟得像是在撫摸。小蘭花忽然覺得，如果東方青蒼懂得溫柔的話，應該會是一個很好的情人吧……

下一秒，小蘭花就被自己這個想法驚呆了。

她……她剛才居然把東方青蒼和情人這兩個字聯繫在一起了。她這是……瘋了吧？

正在小蘭花對自己唾棄不已時，前面忽然傳來東方青蒼的聲音：「小花妖。」

「啊？」

東方青蒼微微偏過身子，「手給我。」

小蘭花一愣，「哎？」

像是不耐煩了一樣，東方青蒼逕直伸手抓住她的右手。接著，骨蘭順著東方青蒼的手腕爬了過來，變成環，緊緊地扣在了她的手腕上。

東方青蒼鬆開手，轉過身去，一副不打算再說話的模樣。

小蘭花愣愣地看著手腕上的骨蘭，又看向東方青蒼，「為什麼要給我？」

如果不是靠它，在東方青蒼失去法力的這段時間裡，他不知會悽慘多少倍。這麼重要的防身物品，他卻給了她？

「本座既已找回法力，雖咒術還在，不能輕易動用，但防身無礙，不需要它了。但妳需要。」

小蘭花一默，點頭，「也對，這個息壤的身體很寶貴，不能弄壞了。」

東方青蒼聞言微微側頭看了小蘭花一眼，只見她正垂著腦袋撥弄手上的骨蘭。他轉回頭，道：「不只息壤，妳也需要保護。」

小蘭花一怔。

「本座答應再給妳找一個身體，便不會讓妳在那之前出事。」東方青蒼沒有回頭，只給了小蘭花一個冷漠的背影。「所以，妳只需安安心心地待在本座身邊即可。」

小蘭花有些莫名的心緒雜亂，她伸手把頭髮理到耳朵後，然後點頭應了聲：「哦。」

大庾速度極快。

抵達崑崙妖市之時，太陽尚未落山。大庾漸飛漸低，下面的人察覺到濃郁的魔氣，紛紛仰頭觀望，發出一陣陣驚呼。

小蘭花有點不好意思，「這樣是不是太高調……」話沒說完，冰湖已經出現在了視線裡。

「抓緊鱗甲。」東方青蒼輕聲道，緊接著，大庾一頭撞在冰湖之上，冰水撲面而來。

巨大的衝擊之下，小蘭花徒勞地抱著鱗甲，眼看自己就要被沖走之際，一隻手忽然抱住了她的腰。然後她只來得及看見周身飛快往水面逃竄的氣泡，閉眼再睜眼，東方青蒼已帶著她撞進了冰湖的結界中，突兀地落在了妖市中央。

周圍的吵鬧聲瞬間死寂，賣天香肚兜的妖怪還在，賣藥的大叔也在，所有人都眼巴巴地看著他們倆。

小蘭花抬頭一看，大庾被攔在了結界外。牠也不急，自顧自悠閒地在湖裡游來游去。湖底妖市的地面上，全是牠流動的巨大影子，給人帶來無形的壓迫感。

小蘭花不好意思地撓了撓頭，「大家……繼續啊，我們就來取個東西……」話音未落，她便被東方青蒼拽著往前走去。

東方青蒼先去了那家把骨蘭賣給他的店。

兩人進門時，店鋪老闆正在撥弄一把玉珠算盤。察覺到有人影靠近，他抬頭瞥了一眼，然後呆了一下，連忙將算盤收了，方才還麻木的臉上堆滿了笑，「魔尊大人，您又來光顧小店啊？」他搓了搓手，「上次您給的法力凝珠已經賣出去了，您看看這次還要什麼，我這店裡的東西，隨便您挑啊！」

「本座此次來，只為賣你一物。」東方青蒼道。

「賣？」老闆愣了愣，又忙堆起笑。「大人，您要賣什麼，小人要怎麼與你買呀？」

「賣你一則消息，我們金錢交易即可。」

「好呀！」老闆很開心，想也沒想就應下來了。「能用錢解決的事都是小事，小人相信，大人您給的消息，那必定都是，嘿嘿……」

東方青蒼一笑，嘴角弧度陰險又奸惡，「自臨海城出發，向東南方前行有一島，名喚千隱山。」小蘭花愣愣地轉頭看向東方青蒼，聽他冷笑著說道：「島上祕寶無數，妖市之物難以匹敵。」

商鋪老闆聞言，一雙渾濁的眼睛裡面聚起了精光。

東方青蒼又道：「本座可許你一張前往千隱山的航海圖。」

小蘭花嘴角抽了抽。

東方青蒼這傢伙……自己報復不了就慫恿別人去幫他報復……

真是睚眥必報到一個境界裡去了。

兩人從商鋪裡走出來時，東方青蒼手中便捏了一遝銀票。小蘭花看著那印有「妖市通用」字樣的銀票不由納罕，「你要妖市的錢幹什麼？」

東方青蒼腳步未停，只拿餘光瞥了小蘭花一眼，「買東西。」

小蘭花忍不住開口揶揄，「你買東西也用錢嗎？這麼講道理的大魔頭還真是少見。」

東方青蒼難得沒有黑臉，反而勾了勾嘴角，「本座偶爾也想遵守一下這世間的規矩。」

小蘭花撇嘴，「其實你就是想借妖市這些貪婪商人的手，給千隱郎君找麻煩而已吧？」

東方青蒼心情頗好地笑了笑，權當默認。

說話間，兩人到了兵器鋪。東方青蒼掀開門簾走了進去，小蘭花跟在他後面，然後就一頭撞上了他的後背。

殺氣自東方青蒼周身溢出，小蘭花從他背後探頭一望，兵器鋪裡面的人都一臉惶恐地看著東方青蒼。而他離開時插在地上的那把朔風長劍已經不見了蹤影，只在地上留下了一道尚結著冰霜的裂痕。

東方青蒼挑起眉梢，目光在每個工匠臉上掃過，「何人能動朔風劍？」

隔了許久，一個打鐵的彪形大漢方戰戰兢兢地開口：「那把寒劍被殿下取走了……」

殿下，妖市主？東方青蒼想起那個坐在輪椅上的男子，他皺了皺眉，「妖市主在哪兒？」

大漢猶豫著不敢開口，他用求助的目光左右看了看，卻沒人敢說話。東方青蒼眼睛一瞇，便在此時，背後傳來一道女聲：「魔尊大人。」

小蘭花回頭，只見一個身著紫衣的女子垂首靜立，「大人，知曉大人再臨妖市，主上特派小女子來迎接大人前去錄雪殿一敘。」

東方青蒼也回頭看她，轉身的時候，小蘭花拉著他的胳膊，挪著小碎步又移到了東方青蒼背後。然後還是如剛才那樣，只探了個腦袋出來盯著那女子。

「本座從不與誰一敘。」

那紫衣女子仍舊垂首道：「主上擔心朔風劍寒氣傷人，便暫將其取走，存於錄雪殿之中。大人若想要拿回朔風長劍，也須得移步才是。」

東方青蒼眉梢一挑，「要脅本座？倒有幾分勇氣。」

紫衣女子側身，恭敬道：「魔尊，請。」

既然朔風劍在那裡，東方青蒼自是要去的。

小蘭花和東方青蒼隨著紫衣女子走到妖市入口處。結界之上有五個門，左右四個門皆有人出入，唯有正中的門緊閉，直到紫衣女子行到面前，棕紅色的大門才緩緩打開。

三人抬腳跨了進去，門的這邊竟是鳥語花香、陽光明媚。地上春草正在生長，野花也藏在石頭縫裡搖晃，頭頂藍天白雲，暖風和煦……

他們竟是直接到了陸地上？

自打遇見東方青蒼，小蘭花就處在不停歇的逃命奔波之中。她已經太久沒有看到如此和諧美好的場景了，眼前的一切都好似有一股若有似無的吸引力，引誘著她往深處而去。

小蘭花心旌搖盪地往前走了兩步，但立即就被東方青蒼抓著衣襟拎了回來。

「別亂跑，是幻境。」

一句話讓她回過了神，小蘭花愣愣地回頭一看，門那邊喧囂的妖市還看得清清楚楚。一門之隔，差別竟如此之大，果真是以法力營造的幻境。

紫衣女子一言不發，引著兩人踏著青草繼續往裡面走。登上一個山坡，小蘭花放目望去，滿目綠意，流水環繞，遠處是一個小院，看起來簡樸至極。

這個妖市主，布下偌大的幻境，竟然就是為了住在這麼一個地方？

在春草與野花中踏行了片刻，到底是走到了小院面前。

小蘭花與東方青蒼一走進院子裡，主屋裡便出來了兩人。其中一個是女子，從相貌到衣著打扮都與引他們來此的那紫衣女子一模一樣，她手中推動著一架輪椅，輪椅之上的，自然便是妖市主。

在小蘭花看見妖市主的那一刻，許是她的錯覺，妖市主的第一眼也落在了她的身上。四目相接，她竟在妖市主的眼中看到了近乎狂熱的光。

與此同時，小蘭花手腕一痛。

竟是骨蘭扎了她一下。

小蘭花嘶地抽了一口冷氣，東方青蒼回頭看她，小蘭花嘟囔：「你送的骨蘭有點扎人。」

東方青蒼聞言不再理她，轉過頭去開門見山道：「朔風劍何在？」

妖市主咳了兩聲：「朔風劍寒氣太重易傷人，在下便將它取來，已久候魔尊大駕。」他揮了揮手，院子裡那兩個一般相貌的紫衣女子便化作一對紫翅蝴蝶，撲扇著飛出了院落。

妖市主指了指那簡陋的小屋，「在下將劍暫放於此，魔尊自可將其取走。」

東方青蒼聞言微微挑眉，卻是不信事情如此輕易。但直到他進屋取了劍又出來，妖市主都無半點動作。

他只是把目光若有似無地停在小蘭花身上。

小蘭花起初並沒有覺得有什麼不對，但慢慢就在這目光中察覺到一點熟悉感了。

後背的冷汗一下子就下來了。

因為……

之前千隱郎君，也是這樣看她的……

第十六章

書生養出來的花妖，難怪如此蠢笨。

用蛇鱗鍛造的朔風劍劍鞘已經鑄好，妖市的工匠們手藝高超，將一片片蛇鱗打磨得光滑至極。

只是蛇妖千年道行終究太淺，抵不過朔風劍的寒氣。在蛇鱗重疊的縫隙裡，還是有寒氣溢了出來，在劍鞘表面結出了一層冰晶。

妖市主推著輪椅向院外走，「既已物歸原主，我這便送二位出門吧。」

小蘭花躲在東方青蒼背後悄悄打量妖市主。察覺到她的目光，妖市主不躲不避，竟對她輕輕笑了笑。

那笑容溫柔至極，彷彿春暖花開。

小蘭花有點愣神。

妖市主將他們送下山坡，然後停在路邊，「兩位順著這條小徑一直往前走，便可回到湖底水晶城了。」

東方青蒼聞言，立刻毫不客氣地轉身大步離去。

待走得有些距離了，小蘭花才拉著東方青蒼的袖子小聲道：「這妖市主給人的感覺好生奇怪，他是不是也在打什麼壞主意啊？」

東方青蒼冷哼一聲：「兵來將擋，無名小卒何足為患。」

小蘭花聞言忍不住回頭看去，只見春草陌上，妖市主仰著頭，任由一隻紫色的蝴蝶停在他眉心。

隔了那麼遠的距離，照理說小蘭花應該是看不清楚什麼的，但奇怪的是，妖市主的臉像是近在眼前一般，她能清晰地感覺到他睫毛的顫動還有鼻尖輕緩的呼吸……

「大魔頭。」小蘭花不由有點恍惚，這個幻陣與千隱山海底山中的幻陣全然不同，那裡是黑暗與殺氣，而這裡，像是一場美到極致的夢。「這裡太美了，我都有點不想走出去了……」

「然後等著死在這裡，是嗎？」

東方青蒼的話像一坨鐵，硬生生地將小蘭花被花香鳥語迷惑了的腦袋砸醒，然後她就被東方青蒼拎著衣襟拽出了門。

兩人走得太快，誰也沒看見在他們身後，一隻紫色的蝴蝶想要跟他們一樣穿過大門，但是只來得及露了一個翅膀出來，便像是被一股大力吸回去了一樣，不見了蹤影。

門外的妖市一如既往地吵鬧。

「妳想跑嗎？」

花香之中，漫天蝴蝶翩翩飛舞，妖市主攤開掌心，對指尖上的蝴蝶輕輕吹了一口氣。蝶翅開始劇烈地扇動，然後蝴蝶滾落在地，竟發出了痛苦的人聲，直至漸漸變成了一個人的模樣。

一個女人，與之前那兩個紫衣女子有著一模一樣的臉。

她赤身裸體地躺在青草之上，神色驚恐地看著輪椅上的妖市主。

妖市主一雙淡漠的眼睛裡映出她的身體，細細打量了一會兒，他發出一聲嘆息，「過了這麼些天，妳還是學不像。她不會露出妳這樣的神色，將眼淚收回去。」

女人身體劇烈地顫抖著，她連忙抬手將眼淚抹乾，死死咬著牙，不敢發出一點點聲音。

妖市主又將她盯了好一會兒，最後還是搖了搖頭，「蝶衣。」

他喚道，身邊立即出現一個紫衣女子，「在。」這女子的面容與地上的人亦十分相似，只是眼角的皺紋讓她看上去滄桑了幾分。

「她學得不像。」妖市主擺了擺手。「像她母親一樣，把她的血搾乾。」

「是。」

蝶衣上前，正要將地上的女人拖走，妖市主忽然再次開口：「蝶衣，妳跟著我多久了？」

蝶衣將猶自掙扎不休的女子拎起來，面無表情地道：「已有八千年了。」

妖市主勾脣笑了笑，「難怪，妳也老了。」他轉過頭望著遠方，似有無限感慨，「可是她不會老的。如果她還活著，她一天也不會老。妳……到底不是她啊。」

蝶衣聞言，手上一抖，捏得那女子發出一聲痛哼。

妖市主擺了擺手，「帶她走吧，哭得心煩。」

「是。」

妖市主抬起手，一隻紫色的蝴蝶停在他的指尖。他一揮手，紫蝶化成一道人影，靜靜立在他身前。他看著面前的人，輕輕抓住了她的手，「要是魔尊能再快一點就好了，再快一點……我就能再見到她了。」

他看著面前的人，「真是奇怪，明明天天都能見到妳……明明天天都能見到妳，但我好像，越來越記不起妳的模樣了……師父……」

再次走到兵器鋪前的小蘭花忽然抽了一口冷氣，「嘶……」她垂頭看著手腕上的骨蘭，然後抬頭問東方青蒼，「大魔頭，你之前是不是也常被骨蘭扎啊？這一天到晚扎來扎去的，好痛啊。」

東方青蒼淡淡道：「不過是感受到了店鋪內兵器的殺氣罷了。」他掀簾進門，小蘭花緊緊跟上，「你朔風劍都拿回來了，還到這兵器鋪裡來幹什麼？」

東方青蒼回頭看她，「妳主子教過妳什麼武器？」

小蘭花一愣，隨即反應過來，不敢置信地望著東方青蒼，「你要給我買武器？」

東方青蒼挑眉，「不想要？」

小蘭花的目光在各式各樣的兵器上繞了一圈，然後回到東方青蒼的臉上，「我……我主子是九重天上的文官，是講理的人，她才不會教我舞刀弄槍呢。」

東方青蒼一臉嫌棄，「難怪如此蠢笨，原來是書生養出來的花妖。」

「我是仙靈！」小蘭花頓了頓。「而且我主子也不是書……」話音未落，東方青蒼已逕直取下一把刀往小蘭花面前一遞。小蘭花下意識地伸手接住，然後等東方青蒼手一收回去，刀便咚的一聲落在了地上。

東方青蒼看她，小蘭花漲得滿臉通紅，「太……太重……」

東方青蒼不置可否，換了一把紅纓槍放在小蘭花手裡。小蘭花雙手握槍，將它立在地上。東方青蒼瞇起眼，發現這槍比小蘭花要高出一個頭還多，她拿槍這樣一站，不像是要去廝殺，更像是一副要順竿爬的模樣……

於是東方青蒼又把槍拿走，換了一把劍給她。

小蘭花握住劍，這下合適了，不大不小，不長不短。東方青蒼還算滿意地點了下頭，「舞兩招劍勢給我看。」

小蘭花苦著臉。

她是蘭花仙靈，還是個被一口仙氣催生出來的蘭花仙靈，她這輩子幹得最多的事就是趴在陽臺上晒太陽，其次是看主子寫命格。她哪有機會去學什麼劍招啊。

她往周圍看了一圈，兵器鋪內的工匠們全都放下了手裡的工作，一副看熱鬧不嫌事大的表情盯著她。

小蘭花將劍還給東方青蒼，「我不會。」

周圍立時響起一片唏噓聲。

東方青蒼目光涼涼地一轉，然後將劍塞回小蘭花手中，從身後圈著她，握住她的手，「本座教妳。」

話音落下，他拉著小蘭花的手一揮劍，劍氣如虹，轟的一下掀了兵器鋪的屋頂。

小蘭花看著忽然亮堂的屋子僵住了表情。

屋裡看熱鬧的工匠們也僵住了表情。

東方青蒼一把扔了斷掉的長劍，冷聲道：「劣質品，給本座拿最好的來。」

工匠們聞聲而動，都連忙將自己打好的劍收拾收拾，藏了起來。

東方青蒼的目光在屋子裡掃了一圈，眾工匠遮遮掩掩地護住自己的刀劍，然後七嘴八舌地出主意，「大人，我覺得小姑娘不適合舞刀弄槍的，乾脆你給她整條鞭子吧。」

做鞭子的立即就黑了臉，「鞭子多難學啊，抽到自己怎麼辦，還是買軟劍的好。」

打軟劍的連忙擺手，「軟劍哪行啊，刃口鋒利還沒有劍鞘，小姑娘腰那麼細，繞兩圈都嫌鬆，回頭別再割到自己，還是收把匕首吧。」

賣匕首的大驚，「匕首能頂什麼用！人都說一寸長一寸強，回頭人都打到她了，她匕首都還沒掏出來呢，我覺得還是買暗器好。」

這個提議得到了一致同意。畢竟這兵器鋪裡沒有暗器，外面才有……

東方青蒼沒有說話，反是小蘭花先開了口：「暗器好啊。」她回頭，目光灼灼地盯著東方青蒼，踮著腳尖往他耳邊湊。但東方青蒼背挺得筆直，小蘭花腳尖都要繃直了也還是差一點。東方青蒼斜眼看她，然後竟微微彎下腰。

「大魔頭，反正你不就是想讓我有自衛能力嘛，我覺得不戰而屈人之兵的武器最好了。」小蘭花道：「外面那個天香肚兜我瞅了許久，感覺甚是不錯，要不……」

東方青蒼彎下的腰一僵，隨即微微側頭，也湊在小蘭花耳邊，道：「稍後，本座便會回魔界。魔界之人既敢給本座下咒，必定免不了一通惡戰。」他聲音中帶著幾分不懷好意。「小花妖，妳是要穿著一條肚兜陪本座去廝殺嗎？」

說完，他重新站直身體，小蘭花目光發直，「你、你要……你要我和你一起去魔界打、打、打、打架？」

「本座說了，接下來的時間，妳要和本座待在一起。自是我去哪兒，妳去哪兒，我下地獄，妳怎能在人間獨活？」

小蘭花覺得這個句式真是太熟悉了，從前常在主子的命格本子上看到一個人對另外一個人說：「你去哪兒，我就去哪兒，你下地獄，我怎能在人間獨活？」相似的話從東方青蒼嘴裡說出來，不過是換了「妳我」兩字的位置，竟有這般強的恐嚇感。

她連忙搖頭，「不行不行，你要去打架，一定顧不上我，我會被人捅死在那裡的。」

東方青蒼收斂了逗弄小蘭花的表情，「所以本座讓妳挑一件順手的武器。」

「我就不能讓骨蘭把我團成團，然後等你打完架了來接我嗎？」接到東方青蒼鄙夷的眼神，小蘭花豎起兩根手指發誓，「我不會使心眼趁機跑掉的……」

東方青蒼冷哼一聲走到火爐旁，突然赤手將爐子上燒得赤紅的玄鐵拿了起來。眾人看得目瞪口呆，東方青蒼拿著玄鐵左右翻看了兩下，隨即眼中紅光一閃，掌中烈焰霎時包裹住整塊玄鐵。東方青蒼研究了片刻，隨即將玄鐵放回爐子上，「這把匕首，本座要了。」

「哎……可這還沒鍛造好呢……」

東方青蒼扔給工匠一遝銀票，「本座會在水晶城外的妖市客棧等一晚，明日給本座送來。」

接住那一遝印著「妖市通用」字樣的銀票，工匠眼睛都直了。他不敢置信地低頭數了兩遍，再抬頭時，東方青蒼已經拎著小蘭花出了兵器鋪。

小蘭花還在掙扎，「你給多了！你一定是給多了！你看旁邊那些人的眼神兒！你一定給太多了！」

東方青蒼毫不理會地往水晶城外走，「本座高興。」

小蘭花恨道：「你多給他不如多給我，我一定比他更需要錢！」

東方青蒼聞言終於瞥了她一眼，「拿錢買肚兜？」小蘭花目光亮晶晶地看著東方青蒼，東方青蒼一笑，「好，本座給妳買，全部給妳買。」小蘭花雙目放光，東方青蒼臉上和煦的笑卻漸漸陰險起來，「不過，從此以後，妳便日日只能穿肚兜。一天一件，不得重複。」

「……」

「還要嗎？」

「不要了……」

眼看著小蘭花像霜打了的茄子一樣蔫了下來，垂下腦袋有氣無力地跟在後面，東方青蒼忍不住勾了勾嘴角。是時，他恰好走到了水晶城的結界邊緣，透明結界上若有似無地映出了他的臉。

看見自己嘴角的那抹微笑，東方青蒼微微一怔，隨即一眨眼，轉瞬便已將笑意掩去，沒讓任何人察覺。

出了水晶城，上了岸，身後的冰湖忽然傳來嘩的一聲。

小蘭花回頭一看，原來是大庾從冰湖裡探出腦袋，像先前那樣乖乖地趴在岸邊，像是在等東方青蒼去踩牠的臉。

東方青蒼頭也不回地繼續往前面妖市走去。

大庾等了一會兒，眼見著東方青蒼越走越遠，牠不解地把腦袋抬起來，看著東方青蒼的背影，有點……

可憐？

小蘭花是這樣覺得的……

沒有像期待中一樣被踩臉，好像讓牠有點受傷……

「我們明天再走。」小蘭花不由對大庾道：「你先在湖裡玩著。」

大庾聞言，也沒有什麼不滿，安安靜靜地將頭縮回了湖裡。

傳說中一出世就要掀起血雨腥風的魔物……在東方青蒼面前，竟然乖巧得像隔壁仙君家養的小狗……

這還真是讓小蘭花有點意想不到。

當晚，兩人在客棧住下。小蘭花躺下沒多久就睡著了。

她知道自己開始作夢，而且很清晰地意識到這是一個夢。她像是被套在一個透明的籠子裡，回到了妖市主營造的那個幻境中。

春草野花，暖陽與微風。

但是這個場景與她今日所見的幻境卻又有些不同。這裡沒有那種詭異的誘惑感，一切都是自然而然的，比起幻境，更接近於真實世界的樣子。

她看見從那座簡樸的院落裡走出一個紫衣女子，與今日所見的紫衣女子容貌一樣，只是神情更為靈動，眉宇間更是透出一股難以模仿的英氣。

她伸了一個懶腰，目光遙遙望著遠方，不知是看到了什麼，脣邊勾起微笑，衝那方招了招手。她的口型好像是在說：「……過來。」

讓誰過來？

遠處好似有個身影在慢慢靠近，她臉上的笑越發溫和。

「阿昊……」

「起來。」

小蘭花的夢境被猛然打斷。她睜開眼，窗外已是天光大亮，東方青蒼站在她床邊，面無表情地看著她，「妳在天界便是一覺睡至晌午？」

小蘭花愣愣地坐起來，「我覺得我明明只睡了一會兒啊……還作了一個奇奇怪怪的夢……」

東方青蒼眸光一動，「喔？什麼夢？」

小蘭花使勁回憶了一下，然後撓了撓頭，「你剛才一叫我，我就給忘了。」

東方青蒼審視了小蘭花一會兒，沒再說什麼，只是將一把嶄新的匕首扔到了她床褥上，「妳的匕首，拿好。」

小蘭花先是一呆，然後愁眉苦臉地拿起匕首，「你還真要我和你一起去殺敵啊……」

東方青蒼道：「不指望妳能幫什麼忙。不過魔界到底不如千隱山這般好對付，骨蘭不一定能護妳周全。匕首上有本座的法力，緊要關頭，或可為妳爭取一線生機。」

東方青蒼轉身向外走，「回頭別說本座沒有護著妳。衣服換好，今日該啟程去魔界了。」

蒼蘭訣 上

作　　者／九鷺非香
執 行 長／陳君平
榮譽發行人／黃鎮隆
協　　理／洪琇菁
總 編 輯／呂尚燁
執行編輯／陳昭燕
美術監製／沙雲佩
美術編輯／陳又荻
國際版權／黃令歡、梁名儀
企劃宣傳／洪國瑋
文字校對／施亞蒨
內文排版／謝青秀

國家圖書館出版品預行編目資料

蒼蘭訣 / 九鷺非香作 . -- 1 版 . -- 臺北市：城邦文化事業股份有限公司尖端出版：英屬蓋曼群島商家庭傳媒股份有限公司城邦分公司尖端出版發行 , 2022.06
冊；　公分
ISBN 978-626-316-937-1（上冊：平裝）

857.7　　111006433

出版／城邦文化事業股份有限公司　尖端出版
台北市 104 中山區民生東路二段 141 號 10 樓
電話：（02）2500-7600　傳真：（02）2500-2683
讀者服務信箱：7novels@mail2.spp.com.tw
發行／英屬蓋曼群島商家庭傳媒股份有限公司城邦分公司　尖端出版
台北市 104 中山區民生東路二段 141 號 10 樓
電話：（02）2500-7600　傳真：（02）2500-1979
劃撥專線：（03）312-4212
戶名：英屬蓋曼群島商家庭傳媒（股）公司城邦分公司
劃撥帳號：50003021
※ 劃撥金額未滿 500 元，請加付掛號郵資 50 元
法律顧問／王子文律師　元禾法律事務所　台北市羅斯福路三段三十七號十五樓

台灣地區總經銷／中彰投以北（含宜花東）　楨彥有限公司
電話：（02）8919-3369　　傳真：（02）8914-5524
雲嘉以南　威信圖書有限公司
（嘉義公司）電話：（05）233-3852　　傳真：（05）233-3863
（高雄公司）電話：（07）373-0079　　傳真：（07）373-0087
馬新地區總經銷／城邦（馬新）出版集團 Cite（M）Sdn Bhd
電話：603-9057-8822　　傳真：603-9057-6622
E-mail：cite@cite.com.my
香港地區總經銷／城邦（香港）出版集團 Cite（H.K.）Publishing Group Limited
電話：852-2508-6231　　傳真：852-2578-9337
E-mail：hkcite@biznetvigator.com

版　次／ 2022 年 6 月 1 版 1 刷　Printed in Taiwan
2022 年 9 月 1 版 2 刷